NORDIC
TALES

노르딕 환상 동화

세계를 매료시킨 신비로운
북유럽 동화 17편

울라 타이넬 그림
권기대 옮김

베가북스
VegaBooks

그의 이야기가 끝나자 모두들 경외심으로 침묵했다.
다만 힐두르가 그에게 다가가 이렇게 말했다.
"당신이 확실한 증거로써 그걸 증명하지 못한다면
당신이 했던 얘기는 전부 거짓말이라고 단정할 거예요."

욘 아르나손(Jón Árnason)이 쓰고
조지 파월(George Powell)과
에이리퀴르 마그누손(Eiríkr Magnússon)이 번역한
〈요정들의 여왕, 힐두르〉에서

CONTENTS

변신

재치

여정

변신

과부의 아들

❦

노르웨이

외아들 하나만을 둔 가난한, 아주 가난한, 과부가 있었다. 그녀는 아들이 견진성사를 받을 때까지는 그와 함께 그럭저럭 생계를 유지했으나, 그 후로는 더 이상 아들을 먹여 살릴 수 없다면서 아들한테 세상으로 나아가 직접 살아갈 궁리를 하라고 말했다.

그래서 집을 떠나 방황하던 외아들은 하루쯤 걸은 끝에 어떤 외지인을 만나게 되었다. "자네 어디로 가고 있는 중인가?" 남자가 물었다. "너른 세상에 나가서 무슨 일자리라도 얻어볼까, 하는 중입니다." 젊은이가 그렇게 답하자 남자가 다시 물었다.

"내 밑으로 와서 일할 생각이 있는가?"

"아, 마다할 이유가 없지요. 아저씨든 다른 누구든, 가서 일하는 거야 다를 게 없겠지요."

남자는 이렇게 말했다. "아주 좋은 일자리라는 것을 자네도 알게 될 거야. 달리 할 일은 없고 그냥 나와 함께 있어만 주면 되거든."

그렇게 아들은 남자의 집으로 따라갔다. 과연 그는 먹고 마실 것을 넉넉히 얻었으며 할 일이라곤 거의 없었다. 그러나 다른 한 편으로는 주인아저씨 곁으로 다가오는 사람이라곤 눈을 씻고 봐도 없다는 점이 이상하긴 했다.

그러던 중 하루는 주인이 젊은이에게 이렇게 말했다. "지금부터 난 여드레 동안 일을 보러 가야 하네. 자네 혼자 여길 지키게 될 텐데, 이 네 개의 방에는 절대로 들어가면 안 돼. 만에 하나라도 자네가 방에 들어갔다가는, 내가 돌아오면 자네 목숨을 내놓아야 해." 젊은이는 그 어떤 방에도 절대 들어가지 않겠노라고 약속했다.

그러나 그는 주인이 떠난 지 사나흘이 지나자 더는 호기심을 억누르지 못하고 그 중 한 방의 문을 열고 말았다. 방에 들어가 주위를 둘러보았지만 방문 위쪽 벽에 선반 같은 게 하나 보일 뿐이었고, 그 선반에는 자그마한 찔레 가지 하나가 놓여 있었다. 흠, 틀림없이 내가 들어오지 못하도록 가로막아 놓은 거로군. 그는 그렇게 생각했다.

이윽고 여드레가 지나고 주인이 돌아와 이렇게 물었다. "어느 방에든 절대 들어가지 않았을 테지?"

"아뇨, 그럴 리가 있습니까." 청년이 답했다. "흠, 그래, 곧 알게 되겠지." 주인은 그렇게 말하면서 젊은이가 들어갔던 그 방 안으로 들어갔다. 그리고 이렇게 말하는 것이었다. "이런, 그 말과는 달리 자네는 여기 들어왔었잖아. 자, 이제 자넨 목숨을 내놓아야 해!"

젊은이는 큰 소리로 울며 손이야 발이야 싹싹 빌어 간신히 목숨만은 유지했다. 하지만 대신 회초리로 실컷 두들겨 맞아야 했다. 그런 다음 두 사람은 다시 전과 다름없는 가까운 친구가 되었다.

얼마간 시간이 지난 후 주인은 다시 집을 비우게 되었다. 이번엔 보름쯤 떠나 있을 거라면서, 주인은 무엇보다 먼저 젊은이에게 이미 가본 데를 제외하고는 아무데도 발을 들여놓지 말라고 경고했다. 전번에 이미 들어가 본 방은 다시 가도 괜찮다면서.

아뿔싸, 하지만 사태는 첫 번째와 똑같이 전개되었고, 청년은 여드레가 지나자 더 이상 참지 못하고 두 번째 방에 발을 들여놓고야 말았다. 이 방 역시 방문 너머 벽에 선반이 있을 뿐이었고, 그 선반에는 돌 한 개와 물병이 놓여 있었다. 그래, 저런 물건을 보고 몹시도 겁을 먹으라는 얘기로군, 그는 이번에도 그렇게 생각했다.

주인이 돌아와서는 그에게 혹시 방에 들어갔느냐고 다시 물었다. 아뇨, 천만에요, 아무 방에도 들어가지 않았어요. "두고 보면 곧 알게 되겠지." 주인은 그렇게 말했지만, 젊은이가 다른 방에 또 들어갔었다는 걸 알게 되자 이렇게 으르렁댔다. "이제 더 이상 널 살려두지 않을 테다. 이번엔 목숨을 내놓아야 해!"

그러나 젊은이는 다시금 목청을 높여 울면서 싹싹 빌었고, 또 한

번 회초리 세례를 받은 다음에야 용서받을 수 있었다. 하지만 이번엔 거의 서 있기도 힘들 정도로 흠씬 두들겨 맞았다. 그 후유증을 간신히 극복한 다음, 그는 전과 다름없이 안락한 일상을 보냈다. 그리고 주인과도 다시 더할 나위 없이 친한 친구가 되었다.

얼마 후 주인은 한 번 더 여행을 떠나게 되었는데, 이번엔 석 주 동안 돌아오지 않을 거라고 했다. 그러면서 자기가 집을 비운 사이 세 번째 방에 들어가는 우를 범한다면 결코 목숨을 부지하지 못하리라고 단단히 일러두었다.

보름이 지나자 젊은이는 이번에도 스스로를 억제하지 못하고 세 번째 방안으로 몰래 들어가고야 말았다. 거기엔 뚜껑을 치켜들고 아래로 내려가는 문이 바닥에 설치되어 있을 뿐, 아무 것도 없었다. 그 문을 번쩍 들어 올리고 아래쪽을 들여다보니 한가운데 커다란 구리 솥이 있고 뭔가가 부글부글 끓으며 거품이 일고 있었다. 그러나 이게 웬일, 주전자 밑에는 불이 없지 않은가!

불도 없는데 뜨거울까? 이거, 재미있겠는데, 하는 생각으로 그는 솥 안에다 손가락을 쑥 집어넣었다. 그러고는 다시 꺼냈더니 손가락은 온통 금으로 도금되어 있는 게 아닌가! 그가 문질러도 보고 씻어도 봤지만 도금은 벗겨지지 않았다.

어쩔 수 없이 천 조각을 둘둘 말아 손가락을 싸매야 했다. 주인이 집에 돌아와서 손가락은 왜 다쳤느냐고 묻자 그는 칼에 아주 고약하게 베었다고 둘러댔다. 그러나 주인이 천 조각을 찢어냈더니 그의 손가락을 번거롭게 하고 있는 게 진짜 뭔지 금세 드러났다.

처음에 주인은 젊은이를 정말로 죽일 생각이었으나, 온 집안이 떠나가라고 울면서 살려달라고 애원하는 바람에 흠씬 패주는 것으로 대신하고 말았다. 어찌나 심하게 때렸던지 청년은 꼬박 사흘을 침대에서 나오지도 못했다. 주인은 벽에 걸려 있던 항아리를 가져와 거기 담겨 있던 것을 조금 발라 문질러주었다. 젊은이는 다시 건강을 되찾았다.

오래지 않아 주인은 다시 집을 떠났다. 이번엔 한 달가량 돌아오지 않을 요량이었다. 그는 젊은이에게 일러두었다. 만약 네가 마지막 네 번째 방까지 침범한다면, 그 땐 목숨을 부지할 생각하지 마, 알겠니?

두어 주일이 흐를 때까지 젊은이는 근근이 유혹을 참아냈다. 하지만 그 후로는 자신도 어찌해볼 도리가 없었다. 하나 남은 그 방안을 꼭 가봐야만 했다. 그리고 그 유혹에 지고 말았다. 방안에는 크고 새까만 말 한 마리가 상자 속에 서 있었고, 말 머리 쪽에는 이글이글 타오르는 잉걸불이 든 말구유, 그리고 꼬리 쪽에는 건초다발이 놓여 있었다. 이건 완전히 잘못 놓여 있잖아, 그런 생각이 들어 그는 둘의 위치를 바꾸고 건초다발을 말 머리로 가져다 놓았다.

그러자 말이 이렇게 말했다. "당신은 심성이 아주 착해서 나한테 먹을 것을 주었으니, 내가 당신을 난쟁이 괴물에게서 구해주겠소. 당신이 함께 일하고 있는 그 주인이 바로 난쟁이 괴물이거든. 바로 이

위의 방으로 올라가서 거기 걸려 있는 옷들 중에서 갑옷 한 벌을 가져와요. 하지만 반들반들 빛나는 갑옷을 택하면 안 돼요. 가장 녹슨 갑옷이 보이거든 그것을 가져오라고요. 또 칼이며 안장도 직접 보고 꼭 같은 식으로 골라요."

젊은이는 시키는 대로 했지만, 그 모든 걸 한꺼번에 다 들자니 너무나 무거웠다. 그가 돌아오자 말은 그를 향해 입고 있는 옷을 홀랑 다 벗고 아래쪽 방에서 끓고 있는 구리 솥 안으로 뛰어들어 푹 적시라고 말했다.

"그럼 난 눈 뜨고 볼 수 없는 몰골이 될 텐데." 젊은이는 그렇게 생각했지만 어쨌든 말이 시키는 대로 했다. 그가 구리 솥에서 몸을 적시고 나오니 아주 깔끔한 미남이 되어 있었을 뿐 아니라, 핏빛처럼 발그레하고 우유처럼 새하얀 피부에 예전보다 힘도 훨씬 세졌다.

"뭔가 달라졌다는 느낌이 들어요?" 말이 그에게 물었다. 젊은이가 그렇다고 고개를 끄덕이자 말은 "날 번쩍 들 수 있는지 한번 해봐요"라고 했다. 오, 맙소사, 심지어 말을 번쩍 들 수도 있었다. 그리고 그토록 무겁던 칼도 마치 새털인 양 머리 위로 마구 휘둘러댔다.

"됐어, 그럼 내 등에 안장을 얹어요. 그리고 그 갑옷을 입은 다음, 찔레 가지와 돌덩어리와 물병과 향유가 든 항아리도 잊지 말고! 준비됐으면 우린 이제 출발!"

젊은이가 말에 올라타자마자 둘은 얼마나 부리나케 내달렸는지,

그는 그들이 달리는 속도를 짐작조차 할 수 없었다. 그렇게 얼마를 달렸을까, 말이 청년에게 속삭였다.

"뭔가 지축을 울리며 우르릉대는 소리가 들리는 것 같아. 주위를 한번 돌아봐요. 뭐, 보이는 게 없소?"

"아, 맞아요. 커다란 무리가 우릴 좇아오고 있어요. 적어도 열두어 명은 되겠는걸!" 젊은이가 그렇게 답했다. "아, 바로 난쟁이 괴물들이 로군. 그 주인이 조무래기들을 데리고 우릴 따라오고 있어요."

둘이 좀 더 계속해서 달리자, 추격해오던 자들이 한층 더 가까이 왔다. 그러자 말이 젊은이에게 지시했다. "자, 갖고 온 찔레 가지를 어깨 위로 휙 던져요. 단, 내 뒤로 거리를 넉넉히 두고 던져야 해요." 젊은이가 그대로 하자, 갑자기 그들 뒤로 커다랗고 촘촘한 찔레나무 울타리가 생겨나는 것이 아닌가! 난쟁이 괴물은 울타리를 잘라낼 도구를 구하러 집으로 돌아가야 했고, 둘은 멀리 멀리 달아날 수 있었다.

하지만 시간이 좀 흐르자 말이 다시 외쳤다. "뒤를 돌아봐요! 뭔가가 혹시 안 보이나요?" 젊은이가 대답했다.

"맞아요, 교회 하나를 가득 채울 정도로 커다란 무리가 따라오고 있네요."

"아하, 난쟁이 괴물들이군. 이번에는 졸개들을 더 많이 데리고 왔네. 들고 있는 그 돌덩어리를 뒤에다 던져요. 내 뒤로 멀찍이 던지라고요."

젊은이가 그의 말대로 하자마자 아주 크고 가파른 산이 느닷없이 그들의 뒤를 가로막았다. 난쟁이 괴물은 다시금 집으로 돌아가 산을 뚫고 나아갈 수 있도록 무언가를 가져와야 했다. 그러는 사이 젊은이는 계속 말을 타고 앞으로 내달릴 수 있었다.

얼마 후 말이 다시 뒤를 돌아보라고 했는데, 이번에 따라붙은 무리는 태양 아래 번쩍이는 갑옷으로 무장한 군대와도 같았다. "아하!" 말이 소리를 높였다. "난쟁이 괴물들. 이젠 도깨비 졸개들을 모조리 끌고 왔구만. 물병을 꺼내요, 그리고 뒤로 물을 모두 쏟아버려요. 나한테는 한 방울도 흘리면 안 되니까 조심하고!"

젊은이가 시키는 대로 하긴 했지만, 조심조심 물을 쏟으려 했음에도 말의 옆구리에다 물을 한 방울 떨어뜨리고 말았다. 어쨌거나 그가 쏟아놓은 물은 널찍한 호수로 변했는데, 말 옆구리에 흘린 물로 인해 젊은이와 말은 물속에서 허우적대고 있었다. 그러나 말이 헤엄을 쳐서 둘은 함께 무사히 뭍으로 올라왔다.

한편 호숫가에 도달한 난쟁이 괴물들은 호수를 말려 없애기 위해 몸을 숙여 물을 마셨다. 어찌나 많이 마셨는지 모두 배가 터지고 말았다. 그러자 말이 흡족해하며 "이제 놈들을 다 처치했군."이라고 했다.

다시 아주 오래도록 길을 달린 그들은 마침내 어느 숲속의 푸르른 들판에 이르렀다. "자, 이젠 몸에 걸친 갑옷을 모두 벗어버리고 당신의 그 누더기를 다시 입도록 해요." 말이 그렇게 지시했다. "그런 다음 내게서 안장을 벗기고 날 가게 해요. 하지만 소지품은 전부 속이 텅 빈 이 커다란 참피나무에다 걸어놓은 다음, 솔이끼로 가발 같은 것을 만들어 쓰고는 여기서 별로 멀지 않은 임금님의 궁전으로 가세요. 거기서 할 일을 찾아야 해요. 혹시 내 도움이 필요할 땐 그냥 이 고삐를 흔들기만 하면 돼요. 그럼 내가 당신한테로 올 테니까."

그렇게 젊은이는 말이 시키는 대로 했다. 그런데 솔이끼로 만든 가발을 뒤집어쓰니 몰골이 어찌나 흉측하고 창백한데다 측은하게 변했던지 아무도 다시는 그를 알아보지 못할 것만 같았다.

어쨌거나 그는 궁전으로 가서 우선 물었다, 주방에서 물도 길어 나르고 나무도 해올 테니까 자신을 써줄 수 없겠느냐고. 하지만 요리사가 말했다. "그 보기 흉한 가발은 왜 쓰고 있는 거야? 당장 벗어버려! 그런 기이한 꼴을 여기 둘 수는 없지." 젊은이가 대꾸했다. "그럴 순 없어요. 머리에 문제가 좀 있거든요." 그러자 요리사가 호통쳤다. "아니, 그게 사실이라면 음식 옆에 그런 너를 놔두리라고 생각하니? 마부한테나 내려가봐. 넌 외양간 청소에 훨씬 더 어울릴 테니까."

하지만 마부가 가발을 벗으라고 했는데도 그가 똑같은 대답을 하자, 마부 역시 젊은이를 받아들이려 하지 않았다. "정원사한테나 가보는 게 어때? 밭에 나가 흙이나 파는 게 너한테 어울릴 것 같아." 그렇다, 정원사는 이 젊은이를 받아주고, 함께 지내도록 허락해주었다. 그렇지만 다른 시종들이 그의 곁에서 함께 자려고 하질 않아서, 정자의 계단 아래 혼자 잘 수밖에 없었다. 몇 개의 기둥이 정자를 받치고 있었으며 높은 계단으로 입구에 이르게 되어 있었는데, 젊은이는 그 아래에다 이끼를 매트처럼 바닥에 깔고 요령껏 누워야 했다.

궁에 들어온 지 시간이 좀 흐른 어느 아침, 막 태양이 떠오를 즈음, 젊은이는 우연히 이끼 가발을 벗어놓고 세수를 하고 있었다. 그 순간의 청년은 너무나도 잘 생겨서 그저 바라보는 것 자체가 즐거움이었다.

때마침 공주가 창가에서 그 젊은이를 내려다보고는 저렇게 잘 생긴 남자는 한 번도 본 적이 없다면서 감탄하였다. 공주는 정원사를 불러 어째서 청년이 저 계단 아래에서 자느냐고 물어보았다.

"아, 공주님, 그것은 함께 일하는 시종들이 녀석이랑 자려고 하질 않기 때문입니다."

"그럼, 그를 이리로 오게 해서 내 침실 밖에서 누워 자라고 하라." 공주가 명했다. "그러면 시종들이 그와 한 방에서 자기가 싫을 정도로 자신들이 대단하다는 생각 따윈 하지 않을 거야."

정원사가 젊은이에게 공주의 명을 전해주었다. 그러자 젊은이가 대꾸했다. "제가 그렇게 할 거라고 생각하세요? 사람들이 뭐라고 하겠어요? 공주님 꽁무니를 쫓아다닌다고 하겠죠." 정원사가 답했다.

"그래, 그런 의심을 사기가 십상이겠구나. 이렇게 미남이니까 말이야."

"휴우, 하지만 어떡하겠어요? 그게 공주님의 명령이라면, 제가 가야겠지요."

저녁에 청년이 계단을 올라가는데 끔찍스럽게도 쿵쿵거리며 발을 구르는지라, 사람들은 임금님이 아실까 두려우니 좀 사뿐히 걸으라고 호통을 쳐야 했다. 우여곡절 끝에 젊은이는 문가에 몸을 뉘이고 코를 골기 시작했다.

그러자 공주가 시녀에게 말했다. "살그머니 다가가서 가발을 벗겨 봐." 시녀가 청년의 머리에서 가발을 벗겨내려는 순간, 그는 그걸 두 손으로 꽉 잡더니 가져가면 안 된다고 말했다. 그러더니 다시 누워서 코를 골기 시작했다. 공주는 다시 한 번 신호를 보냈고 이번에는 시녀 가 가발을 휙 벗겨버렸다.

그러자, 오, 너무나도 사랑스럽고 발그스레하고도 하얀 젊은이가 거기 누워 있는 게 아닌가! 공주가 아침 햇살 아래 보았던 바로 그 광 경이었다. 이날 이후 청년은 매일 밤 공주의 침실 밖에서 잠을 잤다.

그러나 오래지 않아 정원에서 일하는 청년이 매일 밤 공주의 침실 밖에서 잠을 잔다는 소문이 왕의 귀에까지 들어가고 말았다. 임금은 너무도 화가 치밀어 하마터면 청년의 목숨을 빼앗아버릴 뻔했다. 그 렇지만 간신히 화를 억누른 왕은 그를 감옥탑에다 감금시킨 다음, 공 주도 방에 가둬놓고 밤이든 낮이든 절대 밖으로 나가지 못하게 금족 령을 내렸다. 공주는 울면서 젊은이와 자신을 위해 기도했지만 아무 런 소용이 없었다. 왕은 오히려 더욱 화를 낼 따름이었다.

얼마 후 나라는 전쟁에 휩싸였고 임금은 자신의 왕국을 빼앗으려는 다른 왕에 맞서서 군사를 일으켰다. 이 소식을 들은 청년은 간수에게 부탁했다, 임금님께 가서 갑옷과 검을 요청하고 전쟁에 나아가 싸울 수 있게 허락을 받아달라고.

간수가 이 말을 전하자 모두가 껄껄 웃으면서 그 가련한 인간이 전쟁터에 나가 싸우는 모습을 보게 녹슬고 낡아빠진 갑옷을 하사하시라고 왕에게 청했다. 그렇게 해서 청년은 왕의 허락을 얻었으며, 보기에도 가엾은 말 한 마리를 덤으로 받았는데, 그것은 달릴 수 있는 성한 다리가 셋뿐이고 나머지 다리는 질질 끌고 다니는 말이었다.

어쨌거나 그들은 모두 적군과의 일전을 각오하며 길을 떠났다. 그런데 궁을 벗어난 지 얼마 되지도 않아 젊은이는 타고 가던 말과 함께 늪에 빠져 오도가도 못 하는 신세가 되었다. 그는 거기 털썩 주저앉아 소릴 질렀다. "일어나, 일어나라고!" 병사들은 이런 꼴을 재미있어하는가 하면, 큰 소리로 웃고 그를 조롱하면서 지나갔다.

하지만 병사들이 멀리 사라지자마자 젊은이는 예전의 그 참피나무로 달려가 그의 갑옷을 걸친 다음, 고삐를 흔들었다. 그러자 순식간에 말이 나타나 이렇게 알려주었다. "당신은 당신대로 나는 나대로 최선을 다하는 거요!"

젊은이가 전장에 이르렀을 때, 전투는 이미 시작되었고 왕은 몹시 난처한 곤경에 빠져 있었다. 바로 그때, 젊은이가 싸움판의 한가운데로 뛰어들어 적군을 보기 좋게 무찔러버렸다. 왕과 그의 부하들은 도무지 알 수가 없었다. 이렇게 우릴 도우러 와준 저 사람은 도대체 누구지? 그렇지만 어느 누구도 그와 이야기를 나눌 수 있을 만큼 가까이 가지 못했고, 전투가 끝나자 그는 어디론지 홀연히 사라졌다. 그들이 궁전으로 돌아가면서 보니, 청년은 여전히 늪에 빠진 채 다리가 셋뿐인 말을 발로 차고 있었다. 그들은 다시 비웃기 시작했다. "저놈 좀 보게! 저 바보 녀석은 아직도 퍼질러 앉아 있군!"

다음날 병사들은 다시 전장을 향해 떠났고, 젊은이가 여전히 늪에 앉아 낑낑대는 모습에 한 번 더 웃음을 터뜨리며 조롱했다. 하지만 그들이 지나가자 젊은이는 다시 참피나무 쪽으로 달려갔고, 전날과 똑같은 일이 고스란히 반복되었다. 임금님을 도와주는 이 기묘한 전사는 대체 누구란 말인고? 다들 머리를 갸우뚱하며 궁금해했다. 물론 아무도 상상하지 못 했다. 그것이 바로 그 청년일 줄은!

밤이 되어 귀환하면서 청년이 여전히 넘어진 말에 앉아 있는 걸 본 병사들은 다시금 그를 조롱했고, 심지어 어떤 병사는 그에게 활을 쏘아 다리를 맞히기까지 했다. 청년은 큰 소리로 어찌나 처량하게 울어댔던지, 그를 본 왕이 상처 난 다리를 동여맬 수 있도록 자신의 손수건을 꺼내 던져주었다.

세 번째 날 아침, 군대가 출정할 즈음에도 청년은 여전히 늪에 앉아서 말에게 소리를 지르고 있었다. "벌떡 일어나, 좀 일어나란 말이

과부의 아들

야!" 그런 그의 곁을 지나가면서 어떤 병사는 "굶어죽을 때까지 저렇게 앉아 있을 모양이로군,"이라고 내뱉으면서 마구 웃어재끼다가 말에서 떨어질 뻔했다. 그렇지만 군대가 지나간 후 젊은이는 다시 참피나무로 달려갔고, 아슬아슬하게 때를 맞추어 전쟁터에 도달했다. 그날 그는 적군의 왕을 죽였고, 그리하여 전쟁은 막을 내렸다.

전투가 끝난 후 왕은 그 신비의 전사가 다리에 감고 있는 자신의 손수건을 우연히 보게 되었다. 이제 그 용감한 전사가 누구인지는 너무도 뚜렷해졌다. 병사들은 환호성을 터뜨리며 그를 환영했고, 궁전으로 데려갔다. 그들이 돌아오는 모습을 창 너머로 보고 있던 공주는 도저히 믿을 수 없으리만치 기쁨에 겨워 행복한 목소리로 이렇게 외쳤다. "저기 내 사랑하는 그 이가 오는구나!"

젊은이는 자신의 다리에다 향유를 발랐고, 이어 상처 입은 다른 부위에도 모두 향유를 문질렀다. 그러자 바로 그 자리에서 모든 상처가 치유되어 나았다.

그렇게 젊은이는 결국 공주와 결혼하게 되었는데, 혼례를 올린 바로 그 날 그는 외양간으로 내려갔다. 거기엔 자신의 말이 찌무룩하고 풀이 죽은 채 서 있었다. 두 귀를 축 늘어뜨리고 아무 것도 먹으려들지 않았다. 젊은 임금이 (그렇다, 이제 그는 왕이 되어 왕국의 절반을 물려받았다) 말에게 대체 무슨 일이냐고 물어보니, 말은 이렇게 답하는 것이었다. "난 지금껏 당신을 도와주었고, 더 이상은 살고 싶은 의

욕도 없소. 그러니 칼을 꺼내 내 머리를 내려치시오!"

젊은 왕이 대꾸했다. "아니, 그런 짓을 하고 싶은 마음은 없어요. 앞으로 당신은 원하는 것이면 뭐든 갖게 될 것이며, 더는 아무 일도 하지 않아도 돼요."그러자 말이 다시 답했다. "흠, 만약 당신이 내 말대로 하지 않는다면 당신의 목숨을 잘 지켜야 할 것이요, 그 목숨은 온전히 내 손아귀 안에 있으니까." 그래서 왕은 어쩔 수 없이 그의 부탁을 들어주어야 했다.

그러나 왕이 칼을 높이 들어 내리치려는 순간, 너무나도 가슴이 아파서 얼굴을 돌리지 않을 수 없었다. 자신이 말을 죽이는 모습을 보고 싶지 않았기 때문이다. 하지만 그가 말의 머리를 자르자마자 그 자리에는 더할 나위 없이 잘 생긴 왕자가 서 있는 게 아닌가!

"아니, 도대체 너는 어디서 나타난 게냐?" 왕이 물었다.

"제가 바로 그 말이었습니다." 왕자의 대답이었다. "임금님이 어제 전투에서 죽였던 그 왕의 나라에서 사실은 제가 예전의 왕이었지요. 그런데 그가 날 말로 둔갑시키고는 난쟁이 요정한테 팔아버린 것입니다. 그러나 이제 그가 죽었으니, 저는 제 왕국을 되찾게 되고 임금님과 저는 서로 이웃나라의 왕이 될 것입니다. 물론 우리가 서로 다투는 일은 절대 없을 것이고요."

과연 그들 두 왕은 서로 싸우지 않았다. 그들은 평생을 두고 좋은 친구였으며, 서로의 왕국을 자주 방문하여 교류하곤 했다.

과부의 아들

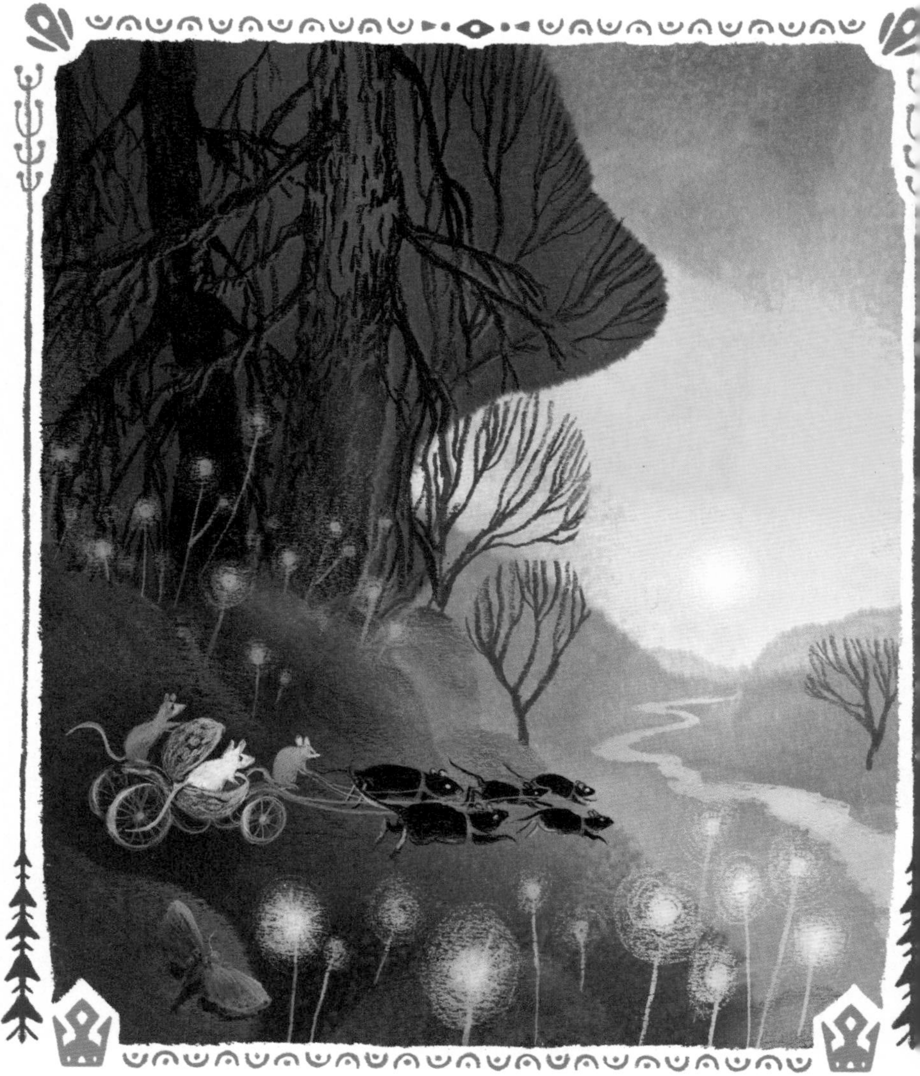

숲속의 신부:
생쥐로 변한 공주 이야기

핀란드

세 아들을 둔 농부가 살고 있었다. 아이들이 커서 성인이 된 어느 날 농부는 그들에게 말했다. "얘들아, 너희들도 이제 모두 신부를 맞아들일 때가 됐구나. 내일부터 너희들이 나가서 참한 신붓감을 찾아봤으면 좋겠다."

"하지만 어디로 가서 찾아야 하죠?" 첫째 아들이 물었다.

"음, 나도 늬들이 어디로 가야 할지 생각해봤는데 말이다." 아버지가 대답했다. "자, 이렇게 하자. 한 사람씩 나뭇가지를 자르는 거야. 그리고 떨어진 가지가 가리키는 방향으로 각자 가는 게 좋겠어. 그 방향으로 주욱 가다 보면 각자 적당한 신붓감을 찾을 수 있을 거다. 틀림없어."

그렇게 해서 세 아들은 이튿날 각자 나무를 찍었다. 장남이 잘라낸 나뭇가지는 북쪽을 가리켰다. "이 방향이면 됐어!" 북쪽으로 가면 아주 예쁜 아가씨가 살고 있는 농장이 있다는 것을 알고 있는 큰아들은 그렇게 말했다.

둘째 아들이 자른 나뭇가지는 남쪽을 가리켰다. "나도 이 방향이면 좋아!" 그렇게 말하는 둘째의 머릿속은 함께 종종 춤을 추곤 했던 소녀가 남쪽에 있는 농장에 살고 있다는 생각으로 가득했다.

그런데 베이코라는 이름의 막내아들이 잘라낸 나뭇가지는 숲 쪽을 가리키면서 뚝 떨어지는 게 아닌가. 두 형들은 박장대소했다. "하, 하, 하. 우리 막내는 늑대 아가씨나 여우 아가씨를 찾아 나서야겠네!"

형들의 놀림은 숲속에 사는 거라곤 짐승들뿐이라는 뜻이었고, 두 사람은 그게 막내를 제대로 놀려먹는 멋진 농담이라고 생각했다. 하지만 베이코는 이렇게 대꾸했다. "괜찮아, 난 기꺼이 운에 맡기고 나무가 가리키는 쪽으로 가볼 거야."

두 형들은 신나게 길을 떠났고 각자가 좋아하는 농부의 딸에게 청혼했다. 막내 베이코도 당당한 표정으로 출발했지만, 얼마간 숲속을 걷다 보니 용기가 떨어지기 시작했다.

그러고는 스스로에게 탄식했다. "사람이라고는 눈 씻고도 찾아볼 수 없는 이런 곳에서 어떻게 신붓감을 찾지?"

바로 그때 조그만 오두막이 눈에 띄었다. 그는 문을 열고 안으로 들어갔다. 아무도 없었다. 물론 식탁 위에 쬐끄마한 생쥐 한 마리가 앉아서 다소곳하게 수염을 만지고 있긴 했지만, 생쥐로 뭘 어쩌겠는가.

"아이 참, 여긴 아무도 없잖아!" 베이코가 큰 소리로 말했다.

그러자 매무새를 다듬고 있던 꼬마 생쥐가 그를 향해 몸을 돌리더니 꾸짖듯이 말했다.

"아무도 없긴. 베이코, 나 여기 있잖아요!"

"하지만 넌 해당이 안 돼. 겨우 꼬마 생쥐가 뭘?"

"내가 왜 해당이 안 돼요?" 꼬마 생쥐가 당당히 말했다.

"도대체 뭘 찾고 있었는지 말해봐요."

"난 예쁜 신붓감을 찾고 있었지."

작은 생쥐가 계속 질문을 던지자 베이코는 자기 형들과 각자가 베어낸 나뭇가지 이야기를 모두 들려주었다.

"우리 두 형은 아주 쉽게 신붓감을 찾을 거야." 베이코는 풀이 죽어 말했다. "그런데 난 이 외진 숲속에서 뭘 찾을 수 있겠어. 이렇게 돌아가서 나 혼자만 실패했다고 털어놓으면 얼마나 창피할까."

그러자 꼬마 생쥐가 이렇게 달랬다. "이거 봐요, 베이코. 그럼 나를 신붓감으로 데려가는 게 어때요?"

그 말에 베이코는 껄껄 웃었다. "넌 겨우 생쥐에 지나지 않아. 생쥐를 신붓감으로 맞아들이는 남자라니, 그런 얘기는 아무도 들어본 적이 없을걸!"

생쥐는 진지한 표정으로 그 작은 머리를 절레절레 흔들었다. "내 말을 믿어봐요, 베이코. 나를 신부로 삼는 것도 절대 나쁘지 않을 거예요. 내 비록 꼬마 생쥐이긴 하지만, 당신을 진정으로 사랑하고 당신한테 충실할 수 있거든요."

생쥐는 아주 귀엽고 우아했다. 앙증맞은 두 앞발을 턱 밑에 괴고 앉아서 초롱초롱한 두 눈을 반짝이며 자신을 올려다보고 있는 모습에 베이코는 조금씩 마음이 끌리게 되었다.

이어서 생쥐는 베이코에게 예쁜 노래를 불러주었다. 그 노래에 얼마나 기분이 좋아졌는지, 베이코는 원했던 신붓감을 찾지 못했다는 실망감조차 까맣게 잊어버렸다. 그리하여 집으로 돌아갈 때가 되자 그는 생쥐에게 이렇게 말했다.

"그래 좋아, 생쥐야. 내가 널 신붓감으로 데려갈게!"

그러자 생쥐는 기쁨에 겨운 나지막한 탄성을 지르며 그에게 말했다. 난 당신에게 충실한 아내가 될 거예요. 그리고 당신이 아무리 오래 나가 있더라도 꼭 당신이 돌아오기를 기다릴 거예요.

어쨌거나⋯⋯. 집으로 돌아온 형들은 각자 자기 신부 자랑을 하느라 떠들썩했다.

맏형이 말했다. "내 신부를 좀 봐. 저렇게 장밋빛으로 빨간 두 뺨을 본 적 있어?"

둘째 형도 지지 않았다. "내 신부는 어떻고! 저 치렁치렁한 노란 머리칼을 보라니까."

베이코는 아무 말도 하지 않았다.

그러자 두 형은 껄껄 웃으며 물었다. "왜 그래, 베이코? 네 신부는 귀가 제법 뾰족한데다 하얀 이빨은 날카롭잖아, 그렇지?"

그러니까 두 사람은 여전히 여우며 늑대에 관한 농담을 하고 있는 것이었다.

베이코가 대꾸했다. "비웃을 것 없어, 형들. 나도 신부를 찾았다고. 부드러운 가운을 걸친 아주 점잖고 앙증맞은 우아한 신부라니까."

"부드러운 가운이라고!" 큰형이 얼굴을 찌푸리며 그의 말을 되풀이했다.

"마치 공주님처럼 말이지!" 작은형이 조롱하듯이 내뱉었다.

"그래, 맞아." 베이코가 고스란히 반복했다. "공주님처럼 부드러운 가운을 입었지. 게다가 이 신부가 똑바로 앉아서 날 위해 노래를 불러 줄 때면 난 완전히 행복하다고!"

"흥!" 두 형들은 막내가 그렇게 대단한 신부를 갖는다는 것이 조금도 달갑지 않아서 그렇게 툴툴댔다.

며칠이 지나고 늙은 농부가 세 아들에게 말했다. "그래, 어디 보자, 너희가 데려온 신부들이 어떤 일들을 할 수 있는지 알고 싶구나. 각자 나한테 빵을 한번 만들어달라고 하거라. 그러면 그 아이들이 살림 잘하는 아내감인지 아닌지를 내가 알 수 있을 거야."

"제 신부는 빵을 만들 줄 알 거예요, 틀림없어요!" 큰아들이 가슴을 부풀리며 큰소리쳤다.

"제 각시도 할 수 있을 겁니다." 둘째 아들도 합창하듯 말했다.

하지만 베이코는 잠잠했다.

그러자 두 사람은 비웃으며 물었다. "네 공주님은 어떨까? 공주님도 빵을 구울 줄 알 것 같니?"

"잘 모르겠어." 베이코가 솔직하게 답했다. "직접 물어봐야겠어."

꼬마 생쥐가 빵을 굽다니, 물론 그렇게 상상할 만한 이유가 없었다. 그가 숲속의 오두막에 이르렀을 즈음에는 슬프고 낙심천만이었다.

문을 밀어서 열고 안으로 들어가자, 작은 생쥐는 지난번처럼 식탁 위에 앉아 다소곳이 수염을 매만지고 있었다. 베이코를 보자 꼬마 생쥐는 기쁨에 들떠 이리저리 춤을 추고 다녔다.

"또 만나게 돼서 정말 기뻐요!" 생쥐가 찍찍 소리를 냈다. "꼭 돌아올 줄 알고 있었죠!"

그러나 베이코가 시무룩하게 입을 닫고 있음을 알아챈 생쥐는 무슨 일이냐고 물었다. 베이코가 입을 열었다.

"아버지가 세 신부 모두에게 빵을 만들어보라고 하셔. 내가 구운 빵을 갖고 가지 못한다면 우리 형들이 날 놀릴 거라고."

"그럼 구운 빵을 갖고 집에 가면 되잖아요." 꼬마 생쥐가 말했다. "나, 빵 만들 줄 알거든요."

이 말에 베이코는 깜짝 놀랐다.

"빵을 구울 줄 아는 생쥐라고? 그런 얘기는 생전 처음 듣는데!"

"글쎄, 내가 할 줄 안다니까."

그 말이 끝나자마자 생쥐는 자그마한 은방울을 흔들었다. 딸랑, 딸랑, 딸랑. 다음 순간 황급히 다가오는 발걸음 소리, 사각사각 자그만 발걸음 소리가 들리는가 싶더니, 수백 마리의 생쥐들이 오두막 안으로 달려 들어왔다.

앙증맞은 생쥐 공주는 위엄 있게 똑바로 자세를 고쳐 앉더니 그들에게 명령했다.

"다들 나가서 가장 보드라운 밀가루를 가져오너라."

생쥐들이 모두 재빨리 종종걸음으로 나가더니, 오래지 않아 하나씩 하나씩 아주 부드러운 밀가루를 갖고 돌아오는 것이었다. 그때부터 공주 생쥐가 너무도 맛있는 밀가루 빵을 구워내는 모습은 전혀 속임수가 아니었지만 베이코는 도통 믿을 수가 없었다.

다음날 세 형제는 아버지에게 각자의 신부가 만든 빵을 보여주었다. 맏아들 것은 호밀 빵이었다.

"훌륭하구나." 농부가 말했다. "우리처럼 열심히 일하는 사람들에겐 호밀 빵이 좋지."

둘째 아들이 내놓은 빵은 보리로 만든 것이었다.

"응, 보리빵도 역시 좋아." 농부가 흡족해했다.

그런데 베이코가 먹음직스럽게 보이는 밀가루 빵을 꺼내 보이자,

아버지는 목청을 높였다.

"세상에, 이게 뭐야! 하얀 빵이잖아! 오, 막내야, 네 신부는 틀림없이 부자인 모양이다."

"물론이지요." 두 형은 코웃음을 치면서 냉큼 받았다. "우리 막내가 자기 신부는 공주님이라고 했잖아요. 이봐, 베이코. 공주님이 아주 가늘게 빻은 밀가루가 필요할 땐, 어떻게 그런 걸 구하지?"

베이코는 간단하게 대꾸했다.

"그냥 자그마한 은방울을 울리기만 하면 돼. 그럼 하인들이 들어오고 우리 공주는 최고로 부드러운 밀가루를 가져오라고 시키거든."

그 말을 들은 두 형은 질투심에 가슴이 터져버릴 것 같았고, 아버지의 꾸중을 듣고서야 정신을 차렸다.

"자, 자, 우리 막내가 운이 좋은 건데 너희들이 투덜투덜 불평하면 안 돼! 너희 신부들이 각자 만들 줄 아는 빵을 구워왔으니 아마도 모두 나름대로 좋은 배필이 될 것이다. 하지만 각자 신부를 우리 집으로 데려오기 전에, 집안 살림 꾸리는 재능은 어떤지 한 번 더 테스트해보고 싶구나. 자, 그러니 다들 베를 조금씩 짜서 나한테 보내라고 하거라."

이 말에 큰아들과 둘째 아들은 쾌재를 불렀다. 자기 신부들이 베 짜는 재주는 탁월하다는 걸 알고 있었기 때문이다.

막내의 신부가 누구인지는 몰라도 베 짜기에서도 자신들을 부끄럽게 만들 수는 없을 거라고 자신만만했던 형들은 이렇게 비아냥거렸다. "이번엔 공주 마님께서 어떻게 해내실지 한번 두고 보자고."

베이코 역시 심각하게 의구심이 일었다. 앙증맞은 생쥐가 베틀을 만질 줄이나 알려나?

"베를 짤 줄 아는 생쥐라니, 누가 그런 말을 들어보기나 했겠어?" 그는 숲속 오두막의 문을 열면서 혼자 중얼거렸다.

"오, 마침내 오셨군요, 당신!" 생쥐는 즐겁게 짹짹거렸다.

그러고는 환영의 뜻으로 자그마한 두 발을 내밀더니 몹시 흥분하여 식탁 주위를 맴돌며 춤을 췄다.

"우리 생쥐 아가씨, 내가 와서 정말 그렇게 기쁜 거야?" 베이코가 물었다.

"두말하면 잔소리죠." 생쥐가 똑 부러지게 말했다. "난 당신의 신부잖아요, 안 그래요? 난 지금까지 당신이 반드시 돌아오기를 바라면서 목을 길게 빼고 기다렸다고요! 베이코, 이번에도 당신 아버님이 또 원하시는 게 있어요?"

"응, 맞아. 생쥐 아가씨, 이번엔 당신도 줄 수 없는 걸 원하시는 것 같아."

"그거야 뭔지 들어봐야죠. 뭘 원하시는데요? 말해봐요."

"응, 당신이 짠 천을 좀 가져오라고 하셔. 당신이 베를 짤 수 있을 것 같지는 않은데 말이야. 베를 짜는 생쥐라고는 들어본 적도 없거든."

"쯧, 쯧!" 생쥐는 혀를 찼다. "나, 그거 할 수 있거든요. 베이코의 신부가 베를 짤 수 없다면 그거야말로 이상하지 않아요?"

생쥐는 또 한 번 은방울을 흔들었다. 딸랑, 딸랑, 딸랑. 그러자 수백 개의 앙증맞은 발이 내는 사각사각 소리가 아련히 들려왔다. 이윽고 사방팔방에서 생쥐들이 모여들어 엉덩이를 곧추세우고는 공주님의 명령을 기다렸다.

"너희들은 지금 나가서 각자 구할 수 있는 최고급 품질의 아마 실을 가지고 오너라."

생쥐들은 총총히 달려 나갔고, 오래지 않아 아마 실을 들고서 하나씩 돌아오기 시작했다. 그들이 아마 실을 자아서 예쁘게 빗어놓자, 생쥐 공주는 너무도 아름답고 정교한 아마포를 짜냈다. 천이 얼마나 얇은지 곱게 포개서 호두 껍데기 안에 쏙 집어넣을 수 있을 정도였다.

"여기 있어요, 베이코." 공주가 말했다. "이 조그마한 상자 안에 내가 짠 천이 들어 있어요. 아버님 마음에 쏙 들었으면 좋겠네요."

자기 신부가 짠 천이 한 번 더 형들을 머쓱하게 만들 것이 확실했기 때문에 집에 도착한 베이코는 조금 당황스러운 기분이었다. 그래서 처음엔 천이 담긴 호두 껍데기를 호주머니에 가만히 넣어두고 내보이지 않았다.

큰형의 신부는 거친 면으로 짠 네모 천 조각을 견본으로 보내왔다.

"아주 보드랍진 않다만, 그래도 훌륭하구나!" 농부가 말했다.

작은형의 신부가 보낸 견본은 면과 아마를 섞어 짠 네모 조각이었다.

"응, 이건 좀 더 낫구나." 농부가 고개를 끄덕이며 말했다.

그런 다음 막내아들 쪽으로 몸을 돌렸다.

"그래 베이코, 너는 신부가 짠 천을 가지고 오지 않은 모양이로구나."

베이코는 아버지에게 호두 껍데기를 내놓았다. 그걸 본 두 형은 껄껄웃음을 터뜨렸다.

"하, 하, 하. 베를 좀 짜서 보내라고 했더니, 웬 호두를 주더란 말이냐?"

그러나 농부가 호두 껍데기를 열고서 보드랍기 짝이 없는 커다란 아마포를 흔들어 펼치기 시작하자, 비웃던 두 사람은 꼼짝없이 꼬리를 내려야만 했다.

"이런, 이런, 베이코, 내 아들! 네 신부는 도대체 무슨 실로 짰기에 이렇게 거미줄처럼 보드라운 거냐?"

베이코는 겸손해하면서 대답했다.

"제 신부가 자그만 은방울을 흔들자 하인들이 달려왔죠. 그러자 가서 보드라운 아마 실을 가져오라고 명령하더군요. 그들이 명령에 따라 실을 가져와서는 그걸 자아서 빗어주자 제 신부가 이렇게 천을 짠 겁니다.”

“너무도 훌륭하구나!” 농부는 입을 다물지 못했다. “이런 베를 짜는 사람이 있다는 얘기는 들어본 적도 없다. 다른 아가씨들은 농부의 아내로서 적합하지만, 베이코의 신부는 정말 공주인지도 모르겠구나. 자, 그럼…….” 농부가 마침내 결론을 내렸다. “이제 너희 모두 신부를 우리 집으로 데려올 때가 되었다. 내가 직접 내 눈으로 너희 신부들을 보고 싶어. 다들 내일 데리고 올 수 있겠지?”

베이코는 숲속으로 걸어가면서 속으로 생각했다. “내 신부는 착하고 앙증맞은 생쥐지만 나는 정말 좋아. 하지만 형들은 내 신부가 생쥐란 것을 알면 틀림없이 비웃고 놀리겠지. 아냐, 웃을 테면 웃으라지, 뭐! 내게는 얌전하고 훌륭한 신부였으니까 난 부끄러워할 이유가 없어!”

오두막에 도착하자 그는 작은 생쥐에게 아버지가 보고 싶어 하신다고 곧장 알려주었다.

앙증맞은 생쥐는 마음이 크게 들떴다.

“그럼 아주 멋지게 차려 입고 가야겠네요!” 그녀가 말했다.

그러더니 다시 한 번 은방울을 흔들어 다섯 마리의 말이 끄는 마차를 대령하라고 지시했다. 이윽고 모습을 드러낸 마차는 사실 속을 파낸 호두껍데기였고, 그걸 끄는 말은 사실 다섯 마리의 새까만 생쥐들이었다. 생쥐 공주가 마차에 들어가 자리를 잡자, 그녀의 앞에 마부가 앉고 뒷자리에는 하인 생쥐가 앉았다.

"이그, 형들이 보면 깔깔대고 웃겠네!" 베이코는 그렇게 생각했다.

그렇지만 베이코는 웃지 않았다. 그는 마차 옆에서 걸어가면서 공주 생쥐에게 자기가 잘 보살펴줄 테니까 두려워할 것 없다고 말해주었다. 아버지는 마음씨 부드러운 노인이니까 당신한테도 친절하실 거야.

숲속을 벗어나자 징검다리가 걸려 있는 강이 나타났다. 베이코와 호두껍데기 마차가 다리 중간쯤에 이르자 반대편에서 어떤 남자가 걸어오고 있었다.

"아이고, 맙소사!" 베이코의 옆에서 기묘하게 생긴 조그만 마차가 또르르르 굴러가고 있는 모습을 본 남자가 소리 질렀다. "이게 도대체 뭐야?"

허리를 굽히고 들여다보던 남자는 큰 소리로 웃으면서 마차와 공주 생쥐와 하인들과 새까만 다섯 생쥐를 발로 걷어차는 게 아닌가! 그들은 모두 다리 밖으로 떨어져 강물 속으로 빠져버렸다.

"이게 무슨 짓이오? 당신 무슨 짓을 한 거냐고?" 베이코가 냅다 소리 질렀다. "내 귀여운 신부를 물에 빠뜨렸잖아!"

그런 베이코가 미친 사람이라고 생각한 남자는 황급히 달아나버렸다.

베이코는 눈물을 글썽이며 강물 속을 내려다보았다.

"불쌍한 생쥐 공주님! 이렇게 물에 빠져 죽다니, 정말 미안해. 당신은 정말 성실하고 사랑스러운 신부였어. 이제 당신이 가고 없으니까 내가 당신을 얼마나 좋아했는지 비로소 알 것 같아."

혼잣말을 하고 있던 베이코가 머리를 드는데, 번들거리는 말 다섯 마리가 끄는 아름다운 금빛 마차가 반대편 강둑을 내달리고 있는 모습이 눈에 들어왔다. 금빛 레이스로 치장한 마부가 고삐를 단단히 잡고 있었고, 뾰족한 모자를 쓰고 마차 뒤에 앉은 하인은 꼿꼿이 허리를 펴고 있었다. 그리고 마차 안에는 세상에서 가장 아름다운 여자가 앉아 있었다.

그녀의 피부는 딸기처럼 빨갛거나 눈처럼 하얬으며, 치렁치렁한 금발이 온갖 보석들과 함께 반짝였고, 그녀가 입은 옷은 진주 색깔의 벨벳이었다. 그녀가 베이코에게 손짓을 했다. 그가 다가가자 이렇게 말했다.

"이리로 들어와서 나랑 함께 앉지 않을래요?"

"나…… 나한테…… 그러는 거요?" 너무나 어리둥절해 제대로 생각조차 할 수 없었던 베이코는 그렇게 더듬거렸다.

아름다운 아가씨가 미소를 머금었다.

"내가 생쥐로 변해 있을 때도 당신은 부끄러워하지 않고 날 신부로 택했으니까." 여자가 그렇게 말했다. "내가 다시 공주로 돌아왔다고 나를 버리진 않겠죠?"

"생쥐라고!" 베이코는 숨이 멈추는 것 같았다. "당신이 그 생쥐……?"

공주는 고개를 끄덕였다.

"응, 내가 바로 그 생쥐였어요. 사악한 주술에 걸려 있었던 거죠. 만약 당신이 날 신부로 받아들이지 않았더라면, 또 다른 인간이 날 물속에 빠뜨리지 않았더라면, 그 마법은 절대로 풀리지 않았을 거예요. 이제 난 영원히 그 주술에서 풀려났어요. 그러니 함께 아버님을 만나 허락을 받고 나면 우린 결혼할 것이고, 그 다음엔 우리 왕국으로 돌아갈 거예요."

그러고는 모든 것이 그녀의 말 대로였다. 두 사람은 한 순간도 지체하지 않고 농부의 집으로 내달렸다. 베이코의 아버지와 형들과 그들의 신부들은 공주님의 마차가 대문 앞에 멈춰 서자, 저토록 지체 높은 분들이 이 누추한 데서 무슨 볼 일이 있을까 싶어 모두들 나와 허리 굽혀 절을 했다.

"아버지!" 베이코가 소릴 높였다. "절 몰라보시겠어요?"

농부는 허리를 펴고는 한참동안 그를 올려다보았다.

"하나님 맙소사, 오!" 그가 소릴 질렀다. "우리 막내 아들이잖아!"

"맞아요, 아버지, 저 베이코에요. 그리고 여긴 제가 결혼할 공주님이고요."

"공주……라고 그랬니, 베이코? 아이구, 우리 아들, 어디서 공주님을 찾았어?"

"저의 나뭇가지가 가리켰던 저 숲속에서요."

"그래, 그래, 네가 잘라낸 나뭇가지가 거길 가리켰지! 신붓감을 찾는 데는 그게 제일 좋은 방법이라는 얘길 수도 없이 들었단다."

두 형들은 울적한 표정으로 머릴 절레절레 흔들며 중얼거렸다.

"에구구, 참 운도 없지! 우리 나뭇가지가 숲 쪽을 가리키기만 했더라면 우리도 못생긴 시골 처자들이 아니라 공주님을 찾았을 텐데 말이야."

하지만 형들의 생각은 틀렸다. 베이코가 공주님을 얻게 된 것은 그의 나뭇가지가 숲을 향했기 때문이 아니다. 그것은 베이코가 너무도 우직하고 착해서 자그마한 생쥐에게조차 친절했기 때문이다.

어쨌거나, 농부의 축복을 받은 다음 두 사람은 공주의 왕국으로 함께 돌아가 결혼했다. 그리고 두 사람은 행복하게 살았다. 서로에게 착했고 서로를 진실로 대했으며 서로를 뜨겁게 사랑했기 때문에, 너무나도 당연한 일이었다.

마법사의 제자

덴마크

농부에게는 아들이 있었다. 아버지는 아들이 적당한 나이가
되자 장사 일을 배우라고 어느 가게에 보냈다. 그러나 아들
은 땀 흘려 일할 생각이 조금도 없어서 맨날 집으로 쪼르르 달려오곤
했다.

이에 아버지는 크게 상심했지만 그런 아들을 어떻게 해야 할지 알
수가 없었다. 하루는 교회에 가서 주기도문을 외운 다음, 그가 이렇게
말했다. "아들 녀석에게 어떤 장사를 가르쳐야 할까요? 일자리를 마
련해줬지만, 번번이 달아나고 만답니다."

때마침 제단 뒤에 서 있던 가게 점원이 농부의 말을 듣고는 큰 소
리로 이렇게 해결책을 제안했다. "아들한테 마법을 가르쳐주지 그래
요. 네, 마법을 가르쳐줘요!"

농부는 그 점원의 모습을 보지 못하고는 그것이 주님께서 주시는 충고의 말씀이라고 생각했다. 그래서 꼭 그 말씀을 따르겠다고 다짐했다.

다음날 농부는 아들에게 말했다. 날 따라오너라. 너한테 새로운 삶을 찾아주도록 하마. 그렇게 시골길을 한참 동안 걸어가던 두 사람은 목동을 만났다.

"안녕하세요, 어디로 가시는 길입니까?" 목동이 인사했다.

"내 아들한테 마법을 가르쳐줄 수 있는 도사를 찾아가는 중이오." 농부의 대답이었다. 그러자 목동이 말했다. "그런 사람이라면 곧 만나게 될 겁니다. 이 길로 쭉 가시면 이 나라에서 가장 위대한 마법사가 있지요." 농부는 알려주어서 고맙다고 말하고는 계속 걸어갔다.

얼마 안 있어 그는 큰 숲에 이르렀고, 그 숲속 한가운데 마법사의 집이 있었다. 문을 똑똑 두드리자 난쟁이 요정이 나오기에, 혹시 어린 소년을 제자로 받아들일 수 있냐고 물었다. "받아들일 수 있소." 난쟁이 요정이 답했다.

"하지만 적어도 사 년은 여기 맡겨두어야 해요. 그럼 우리 서로 이렇게 약속합시다. 그 사 년이 흐르고 난 다음 당신이 와서 아들을 찾을 수 있으면, 그 아이는 다시 당신의 아들로 돌아가는 겁니다. 하지만 아들을 못 찾으면 그는 우리 집에 남아 평생토록 나의 시종이 되어야 하오."

농부는 그 조건을 수락하고 혼자서 집으로 돌아왔다. 일주일 쯤 지나자 그는 아들이 집으로 돌아오리라고 기대했다. 다른 가게에서 그랬던 것처럼 이번에도 금세 마법사로부터 달아나서 올 거라 생각했던 것이다. 그러나 아들은 돌아오지 않았다. 농부의 아내는 울면서 말했다, 아이를 사악한 마법사의 손아귀에 주고 오다니 제 정신이냐고, 이젠 아들의 모습을 다신 못 보게 되지 않았느냐고.

그러구러 사 년이 흘러 농부는 마법사와의 약속대로 그의 집을 다시 찾아갔다. 그 숲에 거의 이르렀을 즈음 그는 예전의 그 목동을 만났는데, 그가 농부에게 어떻게 해야 아들을 되찾아 갈 수 있는지를 알려주었다.

"마법사의 집에 가거들랑, 밤이 되면 시선을 항상 벽난로 쪽으로 고정시키도록 하세요. 그리고 절대 잠들지 않도록 주의해야 돼요. 안 그러면 마법사가 순식간에 당신을 집으로 돌려보내놓고 나중엔 당신이 약속 시간에 오지 않았다고 말할 겁니다. 내일이면 당신은 마당에 개 세 마리가 접시에 담긴 우유죽을 먹고 있는 장면을 볼 거예요. 그 중 가운데 있는 개가 바로 당신 아들이니까, 꼭 그 개를 선택해야 됩니다."

농부는 알려주어서 고맙다고 인사하고 작별했다.

그가 마법사의 집에 들어서자 모든 것이 목동이 알려준 대로였다. 그는 마당으로 안내되었고 거기 세 마리의 개가 있었다. 그 중 둘은 잘 생긴데다 피부도 보드라웠지만, 셋째는 바싹 마르고 병색이 완연했다. 농부가 그들을 쓰다듬어주자 잘 생긴 두 녀석은 으르렁댔고, 수척한 녀석은 그들과는 달리 꼬리를 흔드는 것이 아닌가. "이제 이 세 마리의 개 중에서 어느 녀석이 당신 아들인지 알아맞힐 수 있겠소?" 난쟁이 요정이 물었다. "그럴 수 있다면 아들을 데려가도 좋고, 아니면 아들은 영원히 내 거요."

"흠, 난 나한테 가장 살갑게 구는 이 녀석을 택하겠소." 농부가 답했다. "다른 녀석들보다 생긴 건 좀 못하지만 말이요." 그러자 난쟁이 요정이 말했다. "아주 분별 있는 선택이로군. 당신에게 도움말을 준 그 친구는 뭔가를 알고 있었던 거요."

그리하여 농부는 아들을 데리고 돌아갈 수 있게 되었다. 아들의 목에 줄을 걸고는 길을 떠나면서 농부는 아들이 개로 변했다고 목놓아 울었다. 그가 숲을 빠져나올 때 목동이 나타나 이렇게 물었다. "아니, 왜 그렇게 탄식하며 울고 있습니까? 당신이 그리 불운했던 것 같지는 않은데요."

둘이 얼마간 더 걸어갔을 때, 개가 농부에게 말했다. "내가 배운 것이 나한테 조금은 쓸모가 있었다는 사실을 이제 곧 알게 될 거예요. 이제 내가 자그맣고 귀여운 강아지로 변할 테니까 아빠가 나를 길 가는 사람에게 팔아야 해요, 알았죠?" 그러더니 아들은 아주 사랑스러운 강아지로 변했다.

오래지 않아 마차 한 대가 덜컹덜컹 굴러오는데 거기 사람들이 타고 있었다. 길에서 아주 예쁜 강아지가 신나게 뛰어 노는 모습을 본 그들에게 농부가 강아지를 팔 생각이 있다고 하자, 그들은 적지 않은 돈을 주고서 강아지를 샀다.

그런데 그들이 예쁜 강아지를 받아 든 바로 그 순간, 아들은 농부를 토끼로 둔갑시켜 길 저쪽으로 달아나게 만들었다. 토끼를 본 그 사람들은 강아지를 풀어 뒤쫓게 했고, 토끼와 개는 순식간에 숲속으로 사라졌다.

이제 아들은 자신과 농부를 모두 다시 사람 모습으로 돌려놓았다. 마차에 타고 있던 사람들은 강아지가 안 보이자 마차에서 내려 강아지를 찾으러 다녔다. 농부와 아들을 본 그들은 혹시 달아난 강아지를 못 보았느냐고 물었다. 아들은 숲속 깊은 데를 가리켜준 다음, 농부와 함께 집으로 돌아왔다. 그러고는 강아지를 팔아 받은 돈으로 편히 살았다.

이윽고 그 돈이 다 떨어지자 농부와 아들은 한 번 더 모험 길을 떠나기로 했다. "이번엔 제가 곰으로 변할 거예요." 젊은 아들이 말했다. "아빠는 제 다리에 줄을 묶어 홀센 시장으로 데려가 파는 겁니다. 하지만 날 파는 순간 반드시 내 오른쪽 귀 너머로 줄을 휙 던져야 돼요, 알았어요? 잊으면 안 돼요. 그러면 나도 아빠랑 꼭 같이 다시 집으로 돌아갈테니까요."

농부는 아들이 시킨 대로 시장에 나갔다. 하지만 가격을 너무 높게 부른 탓에 아무도 사려는 사람이 없어서 한나절이 거의 지나도록 시장에 멍하니 서 있기만 했다. 마침내 어떤 노인이 와서 곰을 사려 했다. 그런데 이 노인은 다름 아닌 바로 그 마법사였다. 농부가 아들을 찾아가버린 데 화가 나서 그들이 떠나버린 후로 줄곧 둘을 찾아다녔던 그 마법사 말이다.

농부는 곰을 팔게 되자 아들이 이야기했던 것처럼 곰의 오른쪽 귀 위로 줄을 휙 던졌다. 그 순간, 곰은 연기처럼 사라져버리는 것이 아닌가. 그리고 농부가 집에 도착해서 보니 아들은 벌써 돌아와 식탁에 앉아 있었다.

이번에도 돈을 다 쓸 때까지 그들은 유쾌하고 즐겁게 살았으며, 그런 다음 둘은 또 새로운 모험에 나섰다. 이번에는 아들이 황소로 둔갑했으며, 전과 마찬가지로 자신을 파는 순간 오른쪽 귀 위로 줄을 휙 던지라고 농부에게 일러두었다.

시장에서 농부는 전번에 거래했던 그 노인을 만나 황소를 얼마에 팔지, 가격을 흥정했다. 두 사람이 주점에서 함께 술잔을 기울이는 동안 농부는 황소의 오른쪽 뿔 위로 줄을 휙 던졌다. 그렇기 때문에 마법사가 황소를 가지러 갔을 땐 이미 사라지고 없었다. 이번에도 농부는 집에 이르러 어머니와 식탁에 앉아 있는 아들을 볼 수 있었다.

세 번째는 아들이 말로 변했는데, 이때도 마법사가 시장에 나타나 그 말을 샀다. 그러고는 농부에게 말했다. "그대는 이미 두 번씩이나 날 속였다. 하지만 이번엔 그리 되지 않을 것이야." 마법사는 돈을 지불하기 전에 외양간을 하나 빌려 말을 그 안에 넣고 농부가 오른쪽 귀 너머로 고삐를 던지지 못하도록 단단히 묶어버렸다. 별다른 방도가 없자 늙은 농부는 그저 이번에도 아들이 집에 와 있기를 바라면서 귀가했다. 하지만 아들이 보이지 않아 실망할 수밖에 없었다.

그러는 동안 마법사는 말을 타고 떠나버렸다. 자신이 누구를 샀는지 잘 아는 그는 농부의 아들이 자신을 속인 대가로 평생을 바치도록 만들겠다고 벼르고 있었다.

마법사가 말을 타고 늪이며 물웅덩이를 지나 어찌나 빨리 달렸던지, 조금만 더 오래 달렸더라면 말은 아예 숨이 끊어져버렸을 지경이었다. 그러나 말은 끈덕진 속보마(빠른 걸음으로 달리는 말)였고 마법사는 노련했다. 결국, 말은 임자를 만났다는 사실을 깨닫고 어쩔 수 없이 마법사의 집으로 뚜벅뚜벅 갈 수밖에 없었다.

마법사는 집에 도착하자 말에게 마법의 재갈을 물리고 깜깜한 외양간에 가두어버리곤, 먹을 것도 마실 것도 일절 주지 않았다. 얼마간 시간이 흐른 다음 그는 하녀에게 말했다. "나가서 말이 어떤지 좀 살펴보거라." 사실 그 하녀는 농부의 아들이 마법사의 집에 있는 동안 사귀었던 애인이었다. 그녀가 외양간에 들어서자 말로 변한 소년은 처절한 신음 소리를 내면서 물을 한 양동이만 달라고 애원했다. 하녀는 그에게 물을 주었고, 주인에게 돌아가 말은 별 탈 없이 잘 있더라고 말했다.

얼마 후 마법사는 다시 하녀에게 혹시 말이 아직 안 죽고 살아 있는지 가보라고 일렀다. 하녀가 외양간에 들어서자 불쌍한 말은 고삐와 뱃대끈을 느슨하게 좀 풀어달라고 간청했다. 너무나 단단히 조여 있어서 숨이 막힐 지경이라는 것이었다. 하녀는 그의 청을 들어주었다.

하지만 그 순간 농부의 아들은 토끼로 변신해 외양간을 뛰쳐나갔다. 창가에 앉아 있던 마법사는 토끼가 폴짝 뛰어나와 마당을 가로지르는 모습을 보고 무슨 일이 벌어졌는지 금세 알아채고, 순식간에 개로 변해 토끼의 뒤를 좇았다.

그들이 옥수수 밭과 잔디 위를 한참 달리다보니, 토끼는 갈수록 힘이 빠졌고 마법사는 더 가까이 다가왔다. 그러자 토끼는 비둘기로 모습을 바꾸었고, 이에 마법사는 재빨리 매로 변신하여 다시 그를 좇아왔다.

이런 식으로 둘은 어떤 궁궐을 향해 날고 있었는데, 거기엔 웬 공주가 창가에 앉아 있었다. 매가 비둘기를 추격하는 모습을 본 공주는 창문을 열어주었다. 그러자 비둘기는 곧장 방으로 날아들었고, 이어 황금반지로 변했다.

이에 마법사는 왕자로 변하여 비둘기를 잡으러 방으로 들어왔다. 아무리 해도 비둘기를 찾지 못하자 왕자는 공주에게 황금반지를 보게 해달라고 요청했다. 공주가 반지를 보여주는데, 그 중 하나가 불 속으로 떨어져버렸다.

난쟁이 요정은 황급히 그걸 불에서 꺼냈지만, 그 바람에 손가락을 데어버렸기에 어쩔 수 없이 그 반지를 바닥에 떨어뜨렸다. 농부의 아들은 더 좋은 방도가 생각나지 않아 엉겁결에 옥수수 알로 변해버렸다.

바로 그 순간 마법사는 그 옥수수 알을 먹으려고 암탉으로 둔갑했지만, 농부의 아들은 때를 놓치지 않고 다시 매로 변신하여 마법사를 죽이고 말았다.

농부의 아들은 숲으로 돌아가 마법사의 금은보화를 전부 가져갔고, 그 날로부터 부모와 함께 풍족하고 행복한 삶을 누렸다.

요정들의 여왕,
힐두르

○

아이슬란드

산골마을에 농부가 살고 있었다. 그의 이름도, 그의 농장이 뭐라고 불렸는지도, 우리한테 전해 내려오지 않아서 말해 줄 수 없다. 그는 총각이었고 힐두르라는 이름의 가정부를 두고 있었는데, 그녀의 가족이나 내력에 대해서는 아는 바가 전혀 없었다.

힐두르는 농장 안에서 생기는 모든 일을 관장했는데, 놀라울 정도로 탁월한 관리 능력이 있었다. 게다가 그녀는 생활습관이 깔끔하고 검소했으며 말투도 친절하고 부드러웠기 때문에, 집안에서 일하는 모든 식솔은 물론 농부 자신까지도 그녀를 좋아했다.

농장은 모든 면에서 번성의 길을 가고 있었지만, 목동을 구하는 일만큼은 항상 어려웠다. 농장의 번영이 양떼를 돌보는 데에 적잖이 달려 있었으므로, 이건 대단히 중요한 문제였다.

그런데 이 어려움은 농부 자신에게 무슨 잘못이 있었기 때문도 아니요, 힐두르가 일꾼들의 안락함을 소홀히 했기 때문도 아니었다. 그보다는 들어와서 일을 시작한 목동마다 빠짐없이 일 년을 못 넘기고 성탄절 아침에 침대에 누워 죽은 채로 발견되었기 때문이다. 그러니 목동 찾는 일이 농부에겐 하늘의 별 따기였던 게 무리도 아니었다.

그 시절엔 성탄절 전야에 교회에서 밤을 새는 관습이 있었으며, 사람들은 이런 예배를 대단히 엄숙한 행사로 간주했다. 그러나 농부의 농장은 교회에서 너무 멀리 떨어져 있어서, 밤늦게야 겨우 양떼로부터 돌아오는 목동은 성탄 전야 예배에 참석할 수가 없었다.

힐두르도 마찬가지였다. 그녀는 집안을 돌보느라 늦게까지 남아 있었고, 방을 청소한다든지 일꾼들의 먹을거리를 챙긴다든지 해서 맨날 할 일이 넘쳤기 때문에, 식솔들이 교회에서 돌아와 잠자리에 들고서도 한참 뒤에야 그녀는 일을 모두 마치고 침대에 몸을 뉘일 수가 있었다.

하필이면 성탄 전야에 일하던 목동이 하나씩 죽어나간다는 소문이 멀리 퍼지면 퍼질수록, 농부에겐 목동 구하기가 점점 더 어려워졌다. 사체에 무슨 흔적이 발견된 것도 아닌데다가 딱히 의심 가는 사람도 없어서, 목동들에게 무슨 폭력이 가해졌다는 상상은 단 한 번도 할 수 없었지만 말이다.

마침내 농부는 이렇게 선언하게 되었다. "일손을 구해놓기만 하면 죽음을 당하니, 더 이상 목동을 고용하는 일은 양심이 허락하지 않는다. 그러니 이젠 우리 양떼를 운에 맡기는 수밖에 없고, 양떼 스스로 알아서 자라도록 놔두는 수밖에 없다."

그가 이렇게 결심한 지 얼마 되지 않아, 담력 있고 탄탄하게 생긴 남자가 와서는 목동으로 일하겠다고 나섰다. 농부는 이렇게 말했다.

"친구여, 당신을 고용할 만큼 그 일이 그렇게 대단히 필요하지는 않소."

그러자 남자가 묻기를, "아니, 그럼 이번 겨울에 일할 목동을 구하셨습니까?"

농부가 답했다. "아니요. 우리가 고용했던 목동들한테 어떤 끔찍한 운명이 닥쳤는지, 당신도 들어서 알 터인데……."

"그 이야기는 들었습니다." 남자가 대꾸했다. "하지만 주인님이 저를 쓰기로 마음만 먹어주신다면, 제 마음은 그런 두려움에 흔들리지 않을 것이고 이번 겨울에 주인님의 양떼를 지키는 데 조금도 문제가 없을 것입니다."

그렇지만 농부는 쉽사리 귀를 열려고 하지 않았다. "당신처럼 멋진 친구가 목숨을 잃는다는 것은 참으로 애석한 일 아니겠소. 그러니 당신이 현명하다면 그냥 가시오. 딴 데서 일자리를 찾아봐요."

그러나 남자는 거듭 자신 있게 말했다. 성탄 전야의 공포 따위, 터럭만큼도 개의치 않으니까 자신을 써달라고.

농부는 남자의 간절한 부탁에 마침내 뜻을 굽히고 그를 목동으로 받아들였다. 그리고 뜻을 모아 아주 훌륭하게 일했다. 직책이 높건 낮건 모두가 목동을 좋아했다. 그는 정직하고 열린 마음을 지녔을 뿐 아니라, 손을 대는 모든 일에 열정적이었고 필요하다면 누구든 기꺼이 살갑게 도와주었기 때문이다.

마침내 성탄 전야, 어둠이 깔리기 시작할 무렵 농부와 모든 식솔들은 (농부가 이미 연례행사로 선언했던 만큼) 교회로 가고, 아직 돌봐야 할 집안일이 남아 있던 힐두르와 때맞춰 양떼를 떠날 수 없었던 목동만 뒤에 남았다.

밤이 깊어지자 목동은 평소와 같이 집으로 돌아와 저녁식사를 마치고 잠자리에 들었다. 누워서 이불을 덮자마자 예전에 일했던 목동들에게 바로 이날 저녁 생겼다던 일이 문득 떠올랐다. 물론 두려움에 벌벌 떠는 성격은 전혀 아니었지만, 그래도 혹시 무슨 일이 벌어지든 단단히 대비하기 위해서 눈을 똑바로 뜨고 깨어 있는 편이 상책이라고 생각했다.

한밤중 그는 농부와 식솔들이 교회에서 돌아와 밤참을 들고는 각자 잠자리로 가는 소리를 다 들었다. 여전히 아무 일도 일어나지 않았다. 그런데 그가 잠시 눈을 붙이고 있을라치면 기이하고 오싹한 현기증이 온몸을 덮쳤다. 하지만 그 때문에 목동은 오히려 깨어 있으려는 의지를 더욱 다졌다.

이런 여러 가지 느낌에 사로잡혀 있을 때, 누군가가 침대 밑으로 살금살금 기어 오는 기척이 들리지 않는가! 희미한 어둠 속으로 다가오는 사람을 보면서 목동은 그것이 가정부 힐두르인 것 같다는 상상을 했다. 그래서 그는 푹 잠들어 있는 척했다.

다음 순간 그녀가 무언가를 자신의 입에 집어넣는 것을 느꼈다. 그것이 마법의 굴레임을 즉각 알아차렸지만 그는 여전히 움직이지 않고 그녀가 자신에게 굴레를 채우도록 내버려두었다. 여자는 굴레를 씌우자 그를 침대 밖으로 끌어내어 농장 밖으로 데려 나갔다. 그는 조금도 저항할 수 없었고 저항하려고 하지도 않았다.

그러더니 여자는 그의 등에 올라타서 땅에서 일어나게 했다. 그리고 마치 날개라도 단 듯이 그를 타고 허공을 가로질러 날아 거대하고도 무시무시한 절벽에 도달했다. 무슨 거대한 우물처럼 저 아래 땅을 향해 입을 쩍 벌리고 있는 절벽이었다.

커다란 돌 옆에 이르러 그의 등에서 내린 여자는 그 돌에다 고삐를 단단히 묶어놓고는 절벽 아래로 훌쩍 뛰어내렸다. 그사이 밤새도록 이 돌에 묶여 있을 수는 없다고 결심한 목동은 여자가 도대체 무엇으로 둔갑했는지 알아보는 것도 나쁘지 않겠다고 생각하면서 굴레를 쓴 채로 탈출하려고 했다. 그러나 입에 재갈이 물려 있는 한은 도저히 달아날 도리가 없음을 알아챘다.

하지만 다행스럽게도 마구 몸부림을 치자 어찌어찌 굴레를 머리에서 벗겨낼 수 있었다. 그리고 그는 힐두르가 사라졌던 절벽 아래로 뛰어들었다.

한참동안을 떨어져 내린 다음, 그는 아래에 힐두르의 모습을 발견했다. 그리고 마침내 두 사람은 어떤 아름다운 초록빛 잔디에 도달했다.

이 모든 것으로 판단컨대, 힐두르는 결코 자신이 가장해왔던 것처럼 평범한 인간이 아니로군. 목동은 그렇게 추측하면서 더럭 겁이 났다. 이 초원으로 저 여자를 마냥 따라왔다가 그녀가 몸을 돌려 내 모습을 보기라도 하면, 호기심의 대가로 어쩜 목숨을 내놓아야 하는 게 아닐까, 하는 생각이 들었다.

그래서 목동은 항상 몸에 지니고 다니던 마법의 돌을 꺼냈다. 손바닥에 쥐고 있으면 남들이 자신을 볼 수 없게 만들어주는 돌이었다. 그는 손바닥에 마법의 돌을 넣은 다음, 여자를 뒤좇아 전력질주하기 시작했다.

널따란 초원 위로 얼마를 달렸을까. 웅장한 궁궐이 눈앞에 우뚝 솟아 있었다. 힐두르는 거기로 가는 길을 익히 잘 아는 모양이었다. 그녀가 다가가자 문에서 많은 사람들이 나와 공경하고 기뻐하는 표정으로 그녀를 맞았다. 무리의 맨 앞에 임금님처럼 고귀한 모습의 남자가 걸어왔는데 인사하는 모습을 보건대 힐두르의 애인이거나 남편인 듯했다. 나머지 사람들은 마치 여왕을 맞이하듯 그녀에게 절을 했다. 왕인 듯한 남자의 곁에서 따라오던 두 명의 아이들이 힐두르에게 달려들어 껴안았다. 사람들이 여왕을 환영하는 절차가 끝나자 다들 궁으로 들어가 힐두르에게 어의御衣를 입히고 그녀의 손에 값비싼 반지며 팔찌 등을 채워주었다.

그 무리에 섞여서 따라 들어간 목동은 사람들의 시선을 끌지 않으면서 거기서 일어나는 일을 놓치지 않고 다 볼 수 있는 곳에 자리를 잡았다. 궁전에 걸려 있는 장식들이며 테이블 위의 금은 식기들이 어찌나 아름답고 휘황찬란한지, 그는 이런 모습은 생전 처음 보는구나, 하고 감탄했다. 멋들어진 접시들이며 넘쳐흐를 듯이 풍족한 술은 말할 것도 없거니와, 그 술은 쳐다보기만 해도 그의 입에 군침이 가득 돌았다. 군침 말고 다른 뭔가가 내 입을 가득 채우면 얼마나 좋을까, 그는 생각했다.

그가 잠시 기다리고 있자니 힐두르가 궁전에 모습을 드러냈다. 그녀는 모인 손님들에게 각자 자리를 잡고 앉으라고 청하고, 자신은 임금의 옆 옥좌에 앉았다. 그러자 신하들은 두 사람의 좌우에 도열하여 섰고, 마침내 잔치가 시작되었다.

잔치가 파할 즈음, 다양한 손님들은 더러는 춤으로, 더러는 노래로, 또 더러는 술과 왁자지껄함으로 흥을 내고 있었다. 하지만 왕과 왕비는 서로 이야기만 나누고 있어서 목동이 보기엔 대단히 슬픈 것 같았다.

그렇게 둘이 이야기를 주고받는데, 목동이 좀 전에 봤던 애들보다 더 어려보이는 세 명의 아이들이 뛰어오더니 엄마의 목을 잡고 착 달라붙었다. 힐두르는 어머니의 사랑으로 애들을 받아주고 특히 안절부절 못하는 막내는 바닥에 내려놓고 반지를 주어 갖고 놀게 했다.

그런데 잠시 후 막내아이가 갖고 놀던 반지를 떨어뜨렸고, 공교롭게도 반지는 목동 쪽으로 굴러왔다. 사람들의 눈에 보이지 않는 목동은 아무도 모르게 그걸 집어 들어 주머니 속에 조심스레 넣었다. 손님들이 반지를 찾느라 한바탕 소동을 벌였지만 물론 소용이 없었다.

밤이 깊어지고 힐두르가 자리를 뜰 채비를 하자, 손님들은 크게 아쉬워하면서 좀 더 오래 있어달라고 간청했다.

그사이 목동은 궁전의 한쪽 구석에 앉아 있는 어느 노파를 눈여겨보고 있던 중이었다. 그 노파는 즐거운 맘으로 여왕을 맞지도 않았고 좀 더 머물러달라고 요청하지도 않았던 것이다.

힐두르가 이제 본격적으로 떠날 준비를 하고 있으며, 자신이나 손님들이 아무리 애원을 해도 머무르지 않을 것임을 알아차린 왕은 구석에 앉은 노파에게 다가갔다.

"어머니, 이제 우리에게서 저주를 풀어주세요. 더 이상 왕비가 나에게서 멀리 떨어져 살지 않도록 해줘요. 이렇게 어쩌다 잠깐 만나는 것이야말로 나에겐 즐거움이 아니라 고통이란 말입니다."

하지만 노파는 분노에 가득한 표정으로 이렇게 답했다.

"내가 이미 말한 것에서 절대 한 발짝도 물러서지 않을 거야. 나의 약속은 조금도 효력을 잃지 않고 유지될 것이며, 어떤 상황에서도 내 저주를 풀어줄 생각은 없다고!"

이 말에 왕은 몸을 돌려 왕비에게로 걸어가 생각할 수 있는 가장 부드럽고 사랑에 넘치는 말투로 제발 떠나지 말아달라고 애원했다.

여왕은 이렇게 대답했다. "당신 어머니가 내린 지긋지긋하게도 강력한 저주 때문에 저는 떠나지 않을 수 없습니다. 그리고 어쩌면 이번이 당신을 볼 수 있는 마지막 기회일지도 몰라요. 이 끔찍한 속박 상태에서 제가 끊임없이 저질러온 살인이 얼마나 더 비밀로 묻혀 있을 수 있겠어요? 그게 밝혀지면 저는 제 의지와는 상관없이 자행했던 죄로 인해 고스란히 벌을 받아야 해요."

그녀가 이렇게 말하고 있을 즈음, 목동은 궁궐을 빠져나가 들판을 가로질러 절벽까지 내달렸다. 그러고는 마법의 돌 덕분에 내려왔을 때처럼 신속하게 절벽을 타고 올라갔다.

바위에 이르자 그는 마법의 돌을 주머니에 넣고 머리 위로 굴레를 다시 씌운 다음 요정 여왕이 오기를 기다렸다. 오래지 않아 심연을 뚫고 힐두르가 나타나더니 다시 그의 등에 올라타 농장을 향해 날아갔다.

힐두르는 농장에 도착하자 목동의 머리에서 굴레를 벗기고 그를 침대에 뉘인 다음, 자신의 방으로 돌아갔다. 이미 피곤에 지쳐 녹초가 된 목동은 이젠 잠이 들어도 안전할 거라 생각하고 눈을 감았다. 어찌나 깊이 자버렸는지 크리스마스 아침 늦게까지 눈을 뜨지 않았다.

농부는 그날 아침 일찍 일어났다. 하지만 지금까지 이미 여러 번 그러했듯이 이번에도 목동이 죽어 있을 것이고 따라서 기쁨의 성탄절이 아니라 슬픔과 애도의 성탄절을 보내게 될 거라는 불안과 공포로 몸을 떨었다. 그렇게 그는 식솔을 모두 데리고 목동의 침대 맡으로 다가갔다.

그런데 놀랍게도 목동의 얼굴을 내려다보니 숨을 쉬고 있는 게 아닌가! 농부는 큰 소리로 목동을 죽음으로부터 지켜준 하나님을 찬양했다.

오래지 않아 목동이 잠을 깨 몸을 일으켰다.

그가 희한하게도 목숨을 유지한 것에 놀라면서 농부는 목동에게 물었다. 아니, 간밤을 어떻게 지냈는가? 자네, 뭔가 이상한 걸 보거나 듣진 않았어?

목동이 답했다. "아뇨, 아무것도. 하지만 정말 흥미진진한 꿈을 꾸었어요."

"무슨 꿈이었기에?" 농부가 다그쳤다.

그러자 목동은 간밤에 일어났던 일을 낱낱이 이야기해주었다. 기억이 나는 한 어떤 상황도, 어떤 대화도 빠뜨리지 않고 곧이곧대로 말해주었다.

그의 이야기가 끝나자 사람들은 모두 경이로움에 넋을 잃고 입을 다물고 있었다. 하지만 힐두르는 목동에게 다가가 이렇게 말했다.

"여태껏 당신이 한 얘기는 모조리 새빨간 거짓말이예요. 확실한 증거를 가져와 증명할 수 있다면 또 모르지만."

그러자 목동은 조금도 주눅 들지 않고 요정의 나라 궁전에서 집어들었던 여왕의 반지를 주머니에서 꺼내, 힐두르에게 보여주면서 말했다.

"내 꿈을 굳이 증명할 필요도 없겠지만, 자, 여기 당신이 추호의 의심도 없이 확실한 증거로 간주할 물건이 있어요. 어때요, 이거 당신의 반지가 아닌가요, 힐두르 여왕님?"

힐두르가 대답했다. "그러네요, 의심의 여지없이 내 반지입니다. 운도 좋은 사람이군요. 분노에 사로잡힌 나의 시어머니가 덮어씌운 끔찍한 저주, 그리고 해마다 사람을 죽여야 하는 저주로부터 당신이 날 해방시켜주었으니, 이제부터 당신이 무슨 일을 하든 크게 성공하고 번창하기를 기도할게요."

그런 다음 힐두르는 자신의 인생 얘기를 이렇게 풀어놓았다.

"나는 요정의 세계 보잘것없는 어느 가정에서 태어났어요. 그런데 임금님과 사랑에 빠져, 시어머니가 극구 반대하심에도 불구하고 결혼까지 했답니다. 그러자 시어머니는 아들에 대한 노여움으로 이 세상 끝까지 나를 증오하겠노라고 맹세하면서 아들을 향해 이렇게 말했죠.

'이 예쁜 너의 신부와 함께할 기쁨은 덧없이 짧으리니, 너는 일 년에 단 한 번, 그것도 오로지 그녀가 저지르는 살인의 대가로만, 네 신부를 볼 수 있을지니라! 이것이 네 여자를 향한 나의 저주요, 이 저주는 한 치의 틀림도 없이 이루어지리라. 여왕이라는 저 여자는 인간세상으로 나아가 봉사할 것이며, 크리스마스 전야마다 이 마법의 굴레를 이용해서 함께 일하는 남자 일꾼 가운데 한 명을 타고 요정의 땅으로 올 거야. 여기서 너의 여자는 몇 시간 동안만 너와 시간을 보낸 뒤, 다시 일꾼을 타고 그 놈의 가슴이 터져버릴 때까지, 그 놈의 목숨이 떨어질 때까지 전력을 다해 돌아가야 하느니라.'

그리고 이 끔찍스러운 숙명은 내가 이 숱한 살인의 죄를 떠안은 채 죽음을 맞이하기 전에는 절대로 날 떠나지 않게 되어 있었어요. 아니면 이 목동처럼 용감무쌍한 남자, 나를 따라 요정의 나라로 내려갔다가 나중에 자신이 나와 함께 그 땅에 있었고 요정들의 관습도 목격했음을 증명할 수 있을 정도로 배짱과 용기를 지닌 남자를 만나기 전에는 그 운명이 끝까지 나를 괴롭혔을 겁니다. 그리고 이젠 고백해야겠군요, 예전에 여기서 일했던 목동들은 모두 나 때문에 죽었습니다. 하지만 그건 나의 의지와는 상관없이 생긴 일이므로 그 어떤 처벌도 날 건드릴 수 없어요. 그리고 이 목동은 아, 참으로 용감한 사람입니다. 인간으로서는 처음으로 담대하게 요정의 나라를 탐색했고 이 끔찍한 저주의 굴레에서 저를 구해주었죠. 당연히 당신에게 앞으로 보답할 거예요, 당장은 아니더라도 말입니다.

나의 고향과 사랑하는 이들을 향한 엄청난 그리움이 나의 등을 떼밉니다. 모두들 안녕히!"

그렇게 말하면서 힐두르는 경악으로 입을 다물지 못하고 있는 사람들의 시야에서 사라졌고, 이후 다시는 모습을 드러내지 않았다.

하지만 우리의 친구 목동은 농부를 떠나 스스로 농장을 지었고, 생업이 번성하여 나라에서 가장 중요한 인물의 대열에 올랐다. 그는 언제나 자신의 성공을 요정 여왕 힐두르의 덕분으로 돌리면서 고마워하는 마음을 잊지 않았다.

톨러의 이웃사람들

덴마크

리스가드 지방 클로드 밀 근처의 한 저택. 옛날 옛적 이 저택에서 어떤 젊은 남녀가 함께 일하고 있었다. 두 사람은 서로에게 마음이 끌리게 되었다. 주인 내외는 그 둘이 모두 정직하고 성실한 일꾼이었기에 그들을 아주 좋게 보았던 터라, 어느 날 저녁에 혼례를 올려주고 부부가 될 수 있도록 해주었다. 뿐만 아니라 주인은 조그만 밭뙈기가 딸린 아담한 오두막까지 두 사람에게 마련해서 살게 해주었다.

이 오두막은 거친 황야의 한가운데에 놓여 있었고 주변 환경도 평판이 썩 좋지 않았다. 왜냐하면 가까운 곳에 무덤을 만들어놓은 언덕이 몇 개 있고 산골사람들이 거기 산다는 얘기가 있었기 때문이다. '톨러'라고 불리는 우리의 주인공은 그런 것에 별로 신경을 쓰지 않았지만 말이다. 톨러의 생각은 이랬다. "하나님을 믿기만 하고 모든 사람들에게 옳고 정당한 일만 한다면, 아무것도 걱정할 일이 없는 거잖아?"

어쨌거나 부부는 주인이 마련해준 이 오두막으로 하잘 것 없긴 하지만 그들의 전 재산을 들여놓았다. 어느 날 저녁 늦게 두 사람이 오순도순 앉아 앞으로 어떻게 살아나갈지를 이야기하고 있는데, 누군가 문을 두드리는 소리가 들렸다. 톨러가 문을 열자 아주, 아주 자그마한 사람이 걸어 들어오더니 인사를 건넸다. "안녕하세요?" 쬐끄만 남자는 머리에 빨간 모자를 썼고 수염과 머리칼은 길었으며 등에 커다란 혹을 달고 있었다. 그리고 앞에는 가죽 에이프런을 둘렀으며, 거기 망치 하나가 꽂혀 있었다. 부부는 그가 난쟁이 요정이라는 것을 곧장 알아봤다. 그렇지만 그 요정이 어찌나 심성 좋고 친절하게 보이는지, 조금도 두렵지 않았다.

자그마한 방문객은 이렇게 말했다. "자, 들어봐요, 톨러. 내가 척 보기에도 당신들은 내가 누군지를 잘 아는 것 같군요, 그렇죠? 그러니까 지금 상황이 어떤가 하면 말이죠. 나는 가진 거라곤 없는 언덕바지 꼬마 요정인데, 사람들이 우리한테 남겨놓은 생활터전이라고는 목숨을 잃은 전사들의 무덤이나 언덕밖에 없고, 그런 데는 따스한 햇살조차 제대로 들어오지 못한답니다. 헌데 듣자하니 당신들이 이 언덕바지에서 살기로 했다더군요. 우리 임금님은 행여나 당신들이 우릴 해치거나 어쩌면 파괴할지도 몰라서 두려워하고 있습니다. 그래서 임금님이 우리가 평화롭게 살아갈 수 있도록 허락해줄 것을 가능한 한 상냥하게 부탁하라고, 이렇게 저를 당신들에게 보냈어요. 우린 절대로 당신들을 귀찮게 하지 않을 것이고, 당신들이 뭘 추구하든 방해하지 않을 것입니다."

그러자 톨러가 말했다. "마음 푹 놓으세요, 착한 양반. 나는 하나님이 만들어내신 피조물을 단 하나도 내 맘대로 해친 적이 없어요. 우리모두 살기에 세상은 얼마든지 크다고 믿거든. 그러니까 어느 한쪽이다른 한쪽을 괴롭힐 필요는 전혀 없다는 데 다들 동의할 거라고 생각해요."

"오, 하나님, 감사합니다!" 작은 요정이 안도의 한숨을 내쉬고는기뻐서 덩실덩실 춤추며 방안을 돌아다니기 시작했다. "정말 잘 되었네. 그럼 대신에 우리는 당신을 위해서 우리가 할 수 있는 모든 도움을 드릴 겁니다. 곧 알게 될 거예요. 하지만 지금은 돌아가야 할 것 같습니다."

"그러기 전에 먼저 우리랑 저녁을 좀 들지 않겠어요?" 부인이 그렇게 물으면서 창가 의자에다 죽을 한 그릇 놔주었다. 꼬마 요정은 너무작아서 머리가 식탁에도 닿지 않았기 때문이다. "아뇨, 고맙지만 괜찮습니다." 요정이 그렇게 답했다. "제가 돌아오기를 임금님이 학수고대하고 있으니, 이렇게 좋은 소식을 너무 늦게 전해드리면 안 되겠지요." 그러면서 요정은 작별을 고하고 길을 떠났다.

그때부터 톨러는 산골의 작은 요정들과 평화롭게 조화를 이루며 살았다. 낮이면 그들이 둔덕을 드나드는 모습을 볼 수 있었고, 아무도 두 사람을 성가시게 하는 법이 없었다.

그러다가 서로에게 완전히 익숙해지자, 요정들은 톨러의 집도 마치 자기 집인 양 마음대로 들락거리게 되었다. 때로는 톨러의 부엌에서 냄비나 구리주전자 같은 걸 빌려가기도 했는데, 그럴 때마다 반드시 빌린 걸 다시 갖고 와 원래 위치에다 조심스레 돌려놓았다.

반대로 요정들은 할 수 있는 만큼 두 사람을 도와주기도 했다. 봄이 오면 요정들은 밤에 둔덕에서 나와 두 사람이 경작하는 땅에 흩어져 있던 돌을 전부 모아서 밭고랑을 따라 가지런히 놓았다. 추수할 때가 되면 톨러가 어떤 것도 낭비하지 않도록 옥수수 이삭들을 모두 줍기도 했다.

이 모든 것을 지켜본 톨러는 침대에 누워서, 혹은 저녁기도를 할 때, 산골의 요정을 이웃으로 보내주신 데 대하여 전능하신 하나님에게 감사했다. 부활절이나 성령강림절 혹은 성탄절이 오면 그는 어김없이 온갖 정성을 다해 우유를 넣은 죽을 만들어, 언덕으로 가져다주었다.

한번은 이런 일이 있었다. 톨러의 아내가 딸을 낳은 후에 너무 몸이 약해져서 이러다 영영 목숨을 잃는 게 아닌가, 하는 생각이 들 정도였다.

그는 동네의 똑똑한 사람들은 모두 찾아다니며 물어봤지만, 아무도 아내를 회복시켜줄 처방을 주지 못했다. 그는 밤마다 잠 못 이루고 아내가 행여 원하는 게 있을 때 즉시 해주기 위해 끙끙 앓고 있는 그녀의 곁을 지켰다.

그런데 한번은 그가 깜빡 잠이 들었다 아침녘에 다시 눈을 떴는데, 방에 산골 요정들이 가득 차있는 게 아닌가! 한 요정은 앉아서 갓난아기를 얼러주고 있었고, 다른 요정은 방을 청소하느라 정신이 없었으며, 또 다른 요정은 환자의 베개 맡에 서서 무슨 약초로 만든 마실 것을 주고 있었다. 톨러가 눈을 뜨자, 이를 본 요정들은 모두 밖으로 나갔다.

그런데 그 때부터 가련한 톨러의 아내는 병세가 나아지기 시작했고, 보름도 채 안 되어 침대에서 일어나 돌아다니며 전과 다름없이 건강하고 유쾌한 모습으로 집안일을 볼 수 있었다.

또 이런 일도 있었다. 톨러는 읍내로 들어가기 위해서 말에 편자를 박아줘야 했는데 그럴 돈이 없어서 난감했다. 아내와도 그 문제를 얘기해봤지만, 어떻게 해야 할지 알 수가 없었다. 그런데 밤에 함께 누워 있다가 아내가 물었다.

"톨러, 벌써 잠들었어요?"

"아니, 무슨 일이야?" 아내가 말했다.

"외양간의 말들이 좀 이상한 것 같아요. 왜 저렇게 소란을 피우고 있을까?" 톨러는 자리에서 일어나 초롱에 불을 붙이고 외양간으로 나갔다. 문을 열자 산골의 작은 요정들이 부산하게 움직이고 있는 게 아닌가! 워낙 키가 작은 그들은 벌써 말을 옆으로 눕혀놓은 상태였다. 더러는 낡아빠진 편자를 떼어내느라 정신이 없었고, 더러는 못대가리를 줄로 다듬고 있는가 하면, 다른 요정들은 새 편자를 고정시키고 있었다. 다음날 아침 톨러가 말들을 물가로 데려가면서 봤더니, 편자를 모두 너무도 멋지게 갈아 신겨놓았다. 아무리 솜씨 좋은 대장장이라도 이보다 편자를 더 잘 갈 수는 없을 거야!

이렇듯 산골 꼬마 요정들과 톨러가 성심성의껏 서로를 돌봐주는 가운데, 여러 해가 쾌적하게 흘러갔다. 이제 톨러는 노년에 접어들었고, 그의 딸도 장성했으며, 살림살이도 해가 거듭될수록 나아졌다. 이제 그는 신혼살림을 시작했던 조그만 오두막이 아니라 크고 멋들어진 저택을 갖고 있었으며, 헐벗고 황량했던 땅도 비옥한 경작지로 변했다.

하루는 막 잠자리에 들려는 참인데, 누군가가 문을 두드리는 소리가 나더니 꼬마 요정이 들어왔다. 요정의 모습을 본 톨러와 그의 아내는 깜짝 놀랐다. 그가 입고 있는 의복이 통상의 것이 아니기 때문이었다. 그는 부스스한 털모자를 쓰고 면으로 된 손수건을 목에 둘렀으며, 큼지막한 양피 외투를 몸에 걸치고 있었던 것이다. 손에 지팡이를 든 그의 표정은 자못 슬프게 보였다.

톨러에게 왕의 인사를 전한 다음, 요정은 그가 온 까닭을 설명했다. 그들의 임금이 무언가 중요한 사안을 톨러와 상의하고 싶어서 그러니, 즉시 톨러 내외와 딸 잉거까지 모두 산속을 방문해주면 좋겠다는 내용이었다. 그러면서 꼬마 요정의 두 뺨에는 눈물이 줄줄 흘러내렸다. 톨러가 그를 위로해주려고 도대체 무슨 일이기에 그러느냐고 물었지만, 요정은 한층 더 울기만 할 뿐, 슬픔의 이유는 밝히지 않았다.

톨러와 아내, 그리고 딸은 산속으로 들어갔다. 요정의 동굴을 내려가다 보니, 황야에서 볼 수 있는 버들잎이며 미나리아재비며 다른 야생화들로 장식되어 있었다. 동굴 속 널찍한 공터에는 한쪽 끝에서 다른 쪽 끝까지 꽉 차게 커다란 테이블이 놓여 있었다.

요정들은 톨러 가족을 테이블의 상석, 임금님 바로 옆자리로 안내했다. 꼬마 요정들도 모두 자리를 잡은 다음 식사가 시작되었지만, 그들은 전혀 여느 때처럼 명랑하지 않았다. 그들은 앉아서 한숨을 내쉬고 머리를 푹 숙였다. 굳이 묻지 않아도 무슨 일이 생겼다는 것을 금세 알 수 있었다.

식사가 끝나자 임금이 톨러에게 말했다. "여러분을 여기로 초대한 것은, 당신들이 지금까지 우리들을 너무도 친절하고 살갑게 잘 대해주어서 고마움을 표시하고 싶었기 때문이요. 오랜 시간이 흐르는 동안 우린 좋은 이웃이었습니다. 하지만 이제 이 땅에는 너무나도 많은 교회들이 지어졌고 또 교회마다 커다란 종이 매달려 있어 아침저녁으로 어찌나 크게 울리는지, 우리는 그 소릴 더는 견딜 수 없습니다. 그래서 우리는 이제 유틀란드를 떠나 노르웨이로 건너가려고 합니다. 오래 전 훨씬 더 많은 수의 우리 요정들이 그랬던 것처럼 말이죠. 이젠 우리가 헤어져야 하므로, 톨러, 당신에게 작별을 고하고 싶습니다."

임금이 말을 마치자, 꼬마 요정들이 하나씩 다가와 톨러의 손을 잡고 작별인사를 건넸다. 톨러의 아내에게도 마찬가지였다. 그리고 딸 잉거한테는 이렇게 말했다. "사랑스러운 잉거, 우리 꼬마 요정들이 멀리 떨어져 있더라도 우릴 생각할 수 있도록 너에게 추억을 선사하고 싶어." 그렇게 말하면서 요정들은 바닥에 있던 돌을 하나씩 집어 들어 잉거의 앞치마 안에 넣어주었다. 이윽고 임금이 앞장선 가운데 요정들은 산속의 보금자리를 떠났다.

그런 그들의 모습이 보이지 않게 될 때까지 톨러 식구들은 언덕 위에 서 있었다. 각자 등에는 보따리를 지고 손에 지팡이를 든 꼬마 요정들이 황야를 가로질러 느릿느릿 나아가는 모습을 지켜봤다. 그렇게 한참을 걸어가던 그들은 바다로 나아가는 길에 이르자 다시 한 번 모두 돌아서더니 작별의 뜻으로 손을 흔들어주었다. 그러고는 사라졌다. 다시는 그들의 모습이 보이지 않았다. 톨러는 슬픔에 잠겨 집으로 돌아갔다.

다음날 아침 잉거는 꼬마 요정들이 자신의 앞치마에 넣어주었던 돌들을 보고 깜짝 놀랐다. 반짝반짝 아름답게 빛나는 진짜 귀금속으로 변해 있었기 때문이다. 파란 보석, 갈색 보석, 희거나 까만 보석! 꼬마 요정들이 떠난 후에도 잉거가 그들을 기억할 수 있도록, 각자의 눈동자 색깔을 그 돌에다 넣어주었던 것이다.

지금 우리 인간들이 보게 되는 모든 보석들이 그토록 아름답게 빛을 뽐내는 것도, 오로지 저 산속의 꼬마 요정들이 자기 눈의 색깔들을 선사했기 때문이다. 그리고 물론 그 옛날 요정들이 잉거에게 주었던 것도 바로 이 아름다운 보석들이었다.

햇님의 동쪽,
달님의 서쪽

노르웨이

옛날 옛적 어느 집에 세 들어 사는 가난뱅이가 있었다. 가난
한 데다 애들까지 줄줄이 낳았지만, 그 아이들에게 먹일 음
식도 입힐 옷도 거의 없었다. 그래도 다들 예쁜 아이들이었는데, 그
가운데 특히 막내딸은 얼마나 아름다웠던지, 거의 바라보기가 안타까
울 정도로 사랑스러웠다.

가을이 무르익은 어느 목요일 저녁이었다. 날씨는 끔찍이도 나빴
고 밖은 무시무시하게 캄캄하다 싶더니 비까지 쏟아지고 벽이 우지끈
거릴 정도로 바람도 세게 불어재꼈다. 가난뱅이 식구는 모두 불가에
둘러앉아 이런저런 일을 하고 있었다. 그런데 갑자기 누군가가 창문
을 세 번 두드리는 것이었다. 마음씨 착한 아버지가 무슨 일인가 싶어
나가 봤더니, 커다란 흰곰 한 마리가 서 있지 않겠는가?

"안녕하세요!" 흰곰이 인사했다. "어…… 안녕……하세요!" 아버지가 답했다. "아저씨 막내딸을 저한테 주실래요? 그러면 제가 아저씨를 부자로 만들어드릴게요." 흰곰이 제안했다. 옳거니. 아버지는 정말로 부자가 되면 얼마나 좋을까 잠시 생각했지만, 그래도 우선 딸이랑 얘기를 나눠봐야 했다.

그래서 그는 집안으로 돌아가 딸에게 말했다. 밖에 몸집 큰 흰곰 한 마리가 와 있는데, 우리 막내를 데려갈 수만 있다면 우리를 부자로 만들어주겠다는구나. 그러자 딸이 답했다. "안돼요! 그런 거래에는 동의할 수 없어요."

아버지는 할 수 없이 밖으로 나가 흰곰에게 다음 주 목요일 저녁에 돌아오면 그때 답을 주겠다고 타일러 보냈다. 그런 다음 식구들은 막내를 설득했다. 온 가족이 별의별 물건들을 다 가질 수 있을 거라든지, 막내 자신도 새 집에 가서 얼마나 멋지게 살 것인지, 등등을 이야기하면서 말이다.

마침내 막내딸이 식구들의 간청을 받아들이기로 하고, 얼마 되지도 않는 누더기를 씻어서 챙긴 다음 최선을 다해서 치장하여 길 떠날 채비를 마쳤다. 물론 변변한 보따리조차 없었지만.

다음 주 목요일 저녁 흰곰이 막내를 데리러 왔다. 그녀는 보따리를 들고 흰곰의 등에 올라타고는 둘이 함께 길을 떠났다. 얼마나 갔을까, 흰곰이 말했다. "당신, 무서워?" 아뇨, 난 무섭지 않아요. "그래, 내

털을 꼬옥 잡고 있기만 하면 위험할 게 없어." 흰곰이 다독였다.

그렇게 막내딸은 멀리멀리 떠나서 마침내 커다란 산에 도착했다. 흰곰이 어떤 문을 두드리자 문이 스르르 열렸고, 두 사람은 어느 성으로 들어갔다. 성안의 수많은 방에는 불이 환하게 켜져 있고 금은보화로 번쩍거렸으며, 그 가운데 자리 잡은 큼직한 홀에는 이미 잘 차려진 식탁이 있었다. 정말이지, 모든 게 어찌나 웅장하고 화려한지, 직접 눈으로 보기 전엔 믿기가 어려울 정도였다. 흰곰이 그녀에게 은방울을 하나 주면서 뭐든지 원하는 게 있을 때 방울을 흔들면 즉시 소원대로 해줄 거라고 알려주었다.

이윽고 막내딸이 식사를 마쳤을 땐 이미 시간도 늦었고 종일 여행을 했던 터라 빨리 자러 가고 싶다는 생각뿐이었다. 은방울을 흔들자, 아니, 방울에서 손을 떼기도 전에, 이미 그녀는 사람들이 꿈꿀 수 있는 가장 아름다운 침대, 실크 베개와 커튼과 금술 장식이 달린 침대가 놓인 방에 와 있었다. 그 방의 모든 물건들이 금과 은으로 된 것이었다.

그런데 그녀가 침대로 올라가 불을 끄자, 누군가가 방으로 들어와 침대 곁의 안락의자에 앉는 소리가 들렸다. 바로 흰곰이었다. 그는 밤이 되면 곰의 형상을 벗어던질 수 있었고, 막내딸은 이제 사람 모습으로 의자에 앉아 있는 그가 코 고는 소리를 들을 수 있었다. 그렇지만 한 번도 그를 볼 수는 없었다. 남자는 항상 그녀가 불을 끈 다음에야 들어와서 아침이면 날이 밝기 전에 떠나버렸으니까.

어쨌거나 한동안은 모든 게 만족스럽게 지나갔는데, 언제부터인가 막내딸은 말수도 적어지고 슬퍼 보였다. 종일 혼자 지내야 했기 때문이다. 고향 집으로 돌아가 다시 엄마 아빠랑 언니와 오빠들이랑 지내기를 간절히 원한 것도 무리가 아닐 터. 흰곰이 뭣 때문에 그처럼 시름에 젖어 있느냐고 묻자, 그녀는 너무 외롭다고, 아무도 없이 혼자 걸어야 한다고 말했다. 그래서 너무너무 집에 돌아가고 싶다고, 그래서 너무 슬프다고.

"당신이 원한다면 가족들한테 한번 다녀오면 되잖아." 흰곰이 그렇게 말했다. "다만 나한테 딱 한 가지만 약속해주면 돼. 당신 어머니랑 단둘에서는 절대 대화를 하면 안 돼. 다른 식구들이 함께 있을 땐 괜찮지만. 당신 어머니는 당신 손을 잡고 방으로 들어가 단둘이서만 얘기하려고 할 거야. 하지만 절대로 그렇게 해선 안 돼. 만약 그랬다가는 우리 둘 모두가 불행해지고 우리한테 재앙이 닥칠 거야."

그러던 어느 일요일, 흰곰이 그녀에게 이제 함께 부모님을 뵈러 가자고 말했다. 막내딸이 흰곰의 등에 탄 채로 둘은 길을 떠났고 오랫동안 먼 거리를 여행한 끝에 마침내 아주 커다란 농장에 이르렀다. 거기, 오빠들과 언니들이 뛰어놀고 있었다. 모든 게 너무나 예뻐서 바라보는 것만으로도 기분이 좋았다.

"당신 부모는 저기 사셔." 흰곰이 알려주었다. "하지만 내가 했던 말을 잊으면 안 돼. 그걸 잊으면 우리 둘이 모두 불행해지거든." 아뇨, 난 안 잊을 거예요. 그들이 농장에 도착하자 흰곰은 몸을 돌려 가버렸다.

엄마 아빠가 있는 곳으로 들어갔을 때 막내가 느낀 기쁨은 이루 말할 수가 없었다. 그들은 막내가 그들을 위해서 희생해준 데 대한 고마움을 도무지 말로 표할 수조차 없다고 털어놓았다. 그들은 무엇이든 원하는 것은 다 가질 수 있었기 때문에, 이제 모두 막내의 안부를 걱정했고, 어떻게 지내고 있는지, 어디서 살고 있는지 등을 궁금해 했다.

막내는 자신이 편안하게 잘살고 있으며 바라는 것은 모두 누리고 있다고 말해주었다. 그런 것들 외에는 막내가 무슨 얘기를 어떻게 해주었는지 알 수가 없지만, 어쨌거나 가족이 막내로부터 그리 많은 것을 알아내진 못했던 것 같다.

그런데 어느 날, 저녁 식사를 마친 다음에 흰곰이 말했던 바로 그 일이 벌어졌다. 어머니가 막내딸과 자기 방으로 가서 단둘이만 이야기를 나누고 싶어 한 것이다. 흰곰이 했던 말을 기억하고 있던 막내는 엄마의 말을 듣지 않으려고 했다. "엄마랑 꼭 해야 할 얘기가 있다면, 언제든 나중에 할 수 있을 거예요." 막내는 그렇게 얼버무렸다. 하지만 어머니는 어찌어찌 기어코 막내딸을 구슬렸고 끝내는 모든 것을 털어놓도록 만들어버렸다. 밤마다 자려고 불을 끄고 나면 어떤 남자가 방으로 들어온다는 것, 그런데도 그 남자가 날이 밝기 전에 가버리기 때문에 한 번도 얼굴을 못 봤다는 것, 그를 꼭 한번 만나고 싶은데 그러질 못해서 너무 슬프다는 것, 그리고 낮에는 혼자서 이리저리 걸어 다닐 뿐 너무 외롭고 서글프다는 것, 등등을 털어놓았다.

"아이고, 불쌍한 내 새끼." 어머니가 말했다. "모르긴 하지만 괴물일 수도 있잖아. 하지만, 애야, 그 사람 얼굴을 볼 수 있는 방법을 알려주마. 여기, 양초를 하나 줄 테니 가져가라. 가슴속에 잘 품고 가야 돼. 그리고 그이가 잠들어 있을 때, 초에 불을 붙이는 거야. 대신 얼굴에 기름을 떨어뜨리지 않도록 조심하고." 그렇다, 막내는 가슴에 양초를 꼭 품었고, 저녁에 흰곰이 그녀를 데리러 왔다.

떠난 지 얼마 후에 흰곰이 물었다. 모든 일이 자기가 말했던 대로 일어나지 않더냐고. 맞아요, 그녀는 아니라고 말할 수가 없었다. 그러자 흰곰이 대답했다. "아, 당신이 어머니 말을 듣는다면 우린 둘 다 불행해질 거야. 우리 사이는 끝장이 날 거라고." 아뇨, 그렇게까지는 안 했어요!

이윽고 둘은 집으로 돌아왔는데, 잠자리에 들자 예전과 똑같은 일이 반복되었다. 누군가가 침실로 들어와서 그녀의 침대 맡 안락의자에 앉았다.

한밤중 남자가 곤히 잠든 것을 확인한 막내딸은 이번에는 일어나서 촛불을 켜고는 그의 얼굴에 불빛을 갖다 댔다. 그러자 세상 사람들이 다 보고 싶어 할 정도로 사랑스러운 왕자의 얼굴이 나타났고, 그녀는 순식간에 왕자와 사랑에 빠져버렸다.

그 자리에서 왕자에게 입 맞추지 않고서는 더는 숨조차 쉴 수 없을 것만 같았다. 그래서 그에게 키스하다가 그만 그의 얼굴에 양초 기름을 세 방울 떨어뜨렸다. 아, 그렇게 왕자가 깨어나고 말았다.

"당신, 무슨 짓을 한 거야?" 그가 물었다. "이제 당신 때문에 우린 모두 영원히 불행해졌어. 일 년만 참아주었더라면 난 구원을 받을 수 있었을 텐데! 사실은 나의 계모가 나한테 주문을 걸어서 낮에는 흰곰, 밤에는 사람으로 지내고 있었어. 그러나 이젠 모든 게 끝났어! 난 당신을 떠나서 계모한테 돌아가야 해. 계모는 햇님의 동쪽, 달님의 서쪽에 있는 성에서 살고 있는데, 그 성에는 코가 거의 2미터나 되는 공주가 있지. 이제 나는 그 공주와 결혼해야 돼."

막내딸은 엉엉 울며 소리쳤지만, 아무런 소용이 없었다. 왕자는 그녀를 버리고 떠나야 했다. 그녀는 자기도 따라갈 수 없겠느냐고 물었다. 아니, 그건 절대 안 돼! "하지만 가는 길을 말해줄 수는 있겠죠? 제가 가서 당신을 찾도록 할게요." 그녀가 애원했다. "적어도 그렇게 하도록 허락해줄 수는 있겠죠?" 그러자 왕자가 답했다. "그래, 원한다면 그렇게 해도 좋아. 하지만 그 성으로 가는 길은 없어. 햇님의 동쪽, 달님의 서쪽에 있는 곳이라 당신은 절대로 길을 찾을 수 없을 거야."

다음 날 아침 눈을 떠보니 왕자도 성도 다 사라지고 없었다. 그녀는 저 멀리 어둡고 울창한 숲속 한가운데 자그마한 녹색 밭에 누워 있었고, 곁에는 집을 떠날 때 가져왔던 보따리 안에 그녀의 넝마 같은 옷가지가 들어 있었다. 눈을 비비고 잠에서 깨어난 그녀는 슬피 울다가 지쳐버렸지만, 마침내 길을 떠나야 했다. 여러 날을 걷고 걸은 다음에야 아주 커다란 산기슭에 도착했다.

그런데 거기 어떤 노파가 앉아서 황금사과를 만지고 있는 게 아닌가. 막내딸은 혹시 햇님의 동쪽, 달님의 서쪽에 있는 성에서 계모와 살고 있는 왕자, 코가 2미터나 되는 공주랑 결혼하게 될 왕자를 아느냐고 물었다. "네가 그 왕자를 어떻게 알지?" 노파가 물었다. "혹시 원래는 네가 그 왕자를 차지하게 되어 있었던 게냐?" 맞아요, 그게 바로 저예요. "아하, 그렇군. 그게 너였어?" 노파가 말을 이었다. "흠, 나도 왕자가 햇님의 동쪽, 달님의 서쪽에 있는 성에서 산다는 것, 그리고 네가 거기에 늦게 도착하든지 아니면 절대 도착하지 못하든지 둘 중 하나라는 것만 알고 있을 뿐이야. 하지만 너에게 내 말을 빌려주마. 그 말을 타고 내 이웃집에 사는 나의 오랜 친구를 찾아가렴. 어쩌면 그 사람이 길을 알려줄 수도 있어. 거기 도착하거든 말 왼쪽 귀 밑을 채찍으로 한 번 때려주고 다시 집으로 돌아가라고 말해줘. 아, 그리고 이 황금사과도 네가 갖고 가는 게 좋겠구나."

막내딸은 일어나 말을 타고 오래, 오래 달렸다. 이윽고 어느 산 밑에 이르렀는데 웬 늙은 여자가 금으로 만든 빗을 들고 앉아 있었다. 그래서 혹시 햇님의 동쪽 달님의 서쪽에 있는 성으로 가는 길을 아느냐고 물었다. 그러자 여자는 앞서 만난 노파와 똑같은 말을 해주는 게 아닌가? 그 성에 관해서 아는 건 하나도 없지만 햇님의 동쪽 달님의 서쪽에 있다는 것은 확실하다면서 이렇게 말하는 것이었다.

"그리고 네가 거기에 일찍 도착할지 아니면 늦게 도착할지 모르겠지만 아무튼 네가 나의 이웃 친구를 만날 수 있도록 내 말을 줄게. 내 친구가 그 성의 위치를 알려줄 수 있을지도 몰라. 그 친구에게 도착하거들랑, 그냥 내 말의 왼쪽 귀밑을 채찍으로 한 번 때려주고 집으로 돌아가라고 말해주면 돼." 그리곤 늙은 여자는 나중에 쓸모가 있을지 모른다면서 금으로 만든 빗을 막내에게 주었다.

막내는 다시 한번 오래오래 말을 달려 피곤한 몸으로 어떤 커다란 산에 도착했다. 거기엔 또 어떤 노파가 앉아서 황금 물레를 돌리고 있었다. 막내는 다시 물었다, 왕자님한테 가는 길을 아느냐고, 햇님의 동쪽 달님의 서쪽에 있다는 성이 어디쯤이냐고. 그랬더니 똑같은 질문이 되돌아왔다. "혹시 원래 그 왕자를 차지하게 되어 있었던 게 너냐?" 네, 맞아요, 저예요! 하지만 이 노파도 길을 모르기는 앞서 두 여자와 마찬가지였다. 햇님의 동쪽 달님의 서쪽에 있다는 것은, 맞아, 나도 잘 알지. "그리고 넌 일찌감치든 늦게든 거기 도착할 테지만, 하여간 내 말을 너에게 빌려주마. 그리고 동쪽바람한테 가서 물어보는 게 좋을 것 같구나. 어쩜 그 지역을 잘 알아서 널 바람에 실어 데려다줄지도 모르겠어. 넌 거기 도착하면 내 말의 귀밑을 건드려주렴. 그럼 녀석은 나한테 돌아올 거야." 그러면서 이 노파는 황금 물레도 막내에게 주었다. "아마 너한테 쓸모가 있을 거다." 그렇게 말하면서 말이다.

막내는 지친 몸을 이끌고 여러 날 동안 오래 말을 타고 간 끝에 마침내 동쪽바람을 만날 수 있었다. 그러고는 햇님의 동쪽 달님의 서쪽에 사는 왕자한테 갈 수 있는 길을 가리켜달라고 부탁했다. 아, 그래, 그 왕자랑 그 성 이야기를 듣긴 들었지, 동쪽바람이 그렇게 말했다. 하지만 난 그렇게 멀리까지 가본 적은 없어서 잘 모르겠구나. "그렇지만 네가 원한다면 너랑 함께 우리 형인 서쪽바람한테 가보자구나. 형은 훨씬 힘이 세니까 어쩜 알지도 모르겠다. 자, 그냥 내 등에 올라타. 내가 데려줄 테니까."

그렇다, 동쪽바람의 말대로 둘은 재빨리 움직였다. 서쪽바람한테 이르러 동쪽바람은 막내딸이 원래 햇님의 동쪽 달님의 서쪽 성에 사는 왕자를 차지하기로 되어 있었다고 말했다. "이 처녀가 왕자를 다시 찾으려고 길을 떠났는데, 혹시 형이 그 성 있는 곳을 아는지 물어보려고 함께 왔지." 그러자 서쪽바람이 대답했다. "아니, 나도 거기까진 가본 적이 없는걸. 하지만 원한다면 너희들이랑 남쪽바람한테 가서 알아볼까. 남쪽바람은 우리보다 훨씬 힘도 세고 여기저기 멀리 다녔거든. 너희들한테 알려줄지도 몰라. 내 등에 올라타는 게 어때, 내가 데려다줄 테니까."

그래서 막내는 다시 바람을 타고 남쪽바람을 만나러 출발했다. 그리 오래 걸리진 않았을 거야, 틀림없이. 이윽고 목적지에 다다르자 서쪽바람은 형인 남쪽바람한테 햇님의 동쪽 달님의 서쪽에 위치한 성으로 가는 길을 알려달라고 했다. 여기 이 아가씨가 거기 사는 왕자와 함께 살기로 되어 있었다고 하면서. "아, 그렇구나!" 남쪽바람이 답했다. "그게 이 아가씨로군? 근데 말이야, 나도 한창땐 구석구석 꽤나 돌아다녔지만, 그 성까지 가본 적은 한 번도 없구나. 그렇지만 원한다면 북쪽바람 형에게 함께 가자. 우리 가운데 가장 나이도 많고 힘도 센 형이니까, 만약 그 형마저 그 성을 모른다면 다른 누구도 절대 거기를 알 수 없을 거야. 자, 내 등에 올라타, 내가 큰 형에게 데려다줄게."

막내는 다시 바람의 등을 탔다. 어찌나 빨리 내달렸던지, 별로 멀게 느껴지지도 않았다.

북쪽바람이 사는 곳에 이르렀는데, 그는 너무도 거칠고 제멋대로 굴었다. 얼음장처럼 차고 거센 바람도 그보다는 나을 정도였다. "원하는 게 뭐냐?" 북쪽바람이 저 멀리서 소리를 질렀는데도 이미 손님들은 온몸을 사시나무처럼 떨 수밖에 없었다. 남쪽바람이 말을 받았다.

"아, 그렇게 냉랭할 건 없잖아. 나야 나, 형의 동생. 그리고 햇님의 동쪽 달님의 서쪽에 있는 성에 사는 왕자와 함께 살기로 되어 있었다는 이 처녀를 데리고 왔는데, 혹시 그 성으로 가는 길을 가르쳐줄 수 있냐고 형한테 묻고 싶은가봐. 왕자를 다시 찾고 싶어서 병이 난 것 같애."

"흠, 그래, 그 성이 어디 있는지 내가 알고 있지. 한 번은 버드나무 잎을 불어서 거기까지 보내주었는데, 그 뒤로 며칠 동안 얼마나 피곤한지 숨도 못 쉬겠더라고. 하지만 네가 정말 거기까지 가고 싶고 나랑 함께 가는 게 두렵지 않다면, 내 등에 올라타. 그 성까지 널 데려다주도록 해볼게." 네, 네, 꼭 가고 싶어요. 어떻게든 갈 수만 있다면 반드시 거기 가야 해요. 조금도 안 무서워요. 어떤 식으로든 가요, 네?

"좋아, 알았다." 북쪽바람이 말했다. "그럼 오늘 밤은 여기서 묵도록 해. 거기까지 가려면 하루 내내, 아니, 어쩌면 그 이상이 걸릴지도 모르니까."

다음 날 아침 일찍 북쪽바람이 그녀를 깨웠다. 그러고는 숨을 한껏 내뱉어 크고 힘센 바람으로 변했다. 어찌나 큰지 쳐다보기만 해도 무시무시했다.

길을 떠난 둘은 하늘 높이 올라가 공기를 뚫고 마치 세계의 끝까지라도 갈 듯이 공포의 속도로 날아갔다. 그러자 땅에는 엄청난 태풍이 몰아쳐 나무며 집들이며 바람에 무너졌고, 그들이 거대한 바다로 나오자 수백 척의 배들이 엉켜 부서졌다.

그러고도 둘은 더 멀리, 멀리, 아무도 믿지 않을 정도로 바다 넘어 멀리 나아갔다. 마침내 북쪽바람도 점점 지쳐갔고 완전히 녹초가 되어 더 이상은 숨을 내뱉을 수가 없게 되었다. 그들은 점점 낮게 내려와 이윽고 파도 머리가 발뒤꿈치에 닿을 정도로 낮게 내려왔다.

"무서운가?" 북쪽바람이 물었다. "아뇨."라고 답한 막내는 정말이지 조금도 두렵지 않았다. 둘은 이제 뭍에서도 그리 멀지 않았지만, 북쪽바람은 간신히 해안에 도착해서 햇님의 동쪽 달님의 서쪽에 있는 성의 입구에다 막내를 내려줄 수 있을 정도의 힘만 남아 있었다. 그러나 그 후엔 너무 녹초가 되어버려 며칠을 푹 쉬고 나서야 비로소 돌아가는 여정을 시작할 수 있었다.

이튿날 아침 막내는 성의 창문 아래 앉아서 황금사과를 갖고 놀기 시작했다. 그런 그녀에게 처음으로 말을 걸어온 사람은 바로 코가 기다란 그 공주, 왕자가 결혼해야 한다던 바로 그 공주였다.

"무엇을 대가로 주면 그 황금사과를 팔겠니?" 공주가 여닫이 창문을 열고 그녀에게 물었다. "이건 파는 물건이 아니랍니다. 금이나 돈을 줘도 살 수 없죠." 막내가 그렇게 대답하자 공주가 다시 말했다.

"금도 돈도 소용없다면 대체 뭘 원하니? 네가 원하는 것을 줄게."

"음, 제가 오늘 밤 여기 사는 왕자의 침대 곁 안락의자에 앉을 수 있도록 해주시면 이 사과를 드릴게요."

북쪽바람과 함께 온 아가씨가 말했다. 그래, 좋아, 그 정도라면 어렵지 않아.

그리하여 공주는 황금사과를 손에 넣었다. 그런데 그날 밤 막내가 왕자의 침실로 올라가 보니, 왕자는 이미 곤히 잠들어 있었다. 그녀는 왕자를 부르고 흔들어 깨우면서 간간이 소리 높여 울거나 훌쩍였다. 하지만 소용없었다. 왕자를 깨워서 말을 해볼 도리가 없었으니 말이다. 이튿날 아침 동녘이 밝아오자 코가 기다란 공주가 와서 그녀를 방에서 쫓아내고 말았다.

얼마 후에 막내는 성의 창문 아래 앉아서 황금 빗으로 실을 빗기 시작했다. 그러자 똑같은 일이 다시 일어났다. 공주가 나타나 무엇을 주면 그 빗을 팔겠느냐고 물었고, 막내는 같은 대답을 되풀이했다. 그 빗은 파는 물건이 아니지만, 밤에 왕자의 침대 곁 안락의자에 앉게 해준다면 주겠다고 말이다. 하지만 그가 왕자의 침실에 이르러 봤더니, 다시 한번 왕자는 깊은 잠에 빠져 있었고 아무리 울고 흐느끼며 흔들어 깨워도 죽은 듯이 자기만 할 뿐 깨울 방법이 없었다. 날이 밝자 코가 기다란 공주가 들어와서 다시 그녀를 방에서 몰아내고 말았다.

시간이 흐르고 이번에는 막내가 창문 아래 앉아서 황금 물레를 돌리기 시작했다. 그러자 긴 코의 공주가 그 물레도 갖고 싶다고 했다. 공주는 여닫이 창문을 열고 그에게 뭘 주면 황금 물레를 내놓겠느냐고 물었다. 막내는 이미 두 번씩이나 그랬던 것과 꼭 같이 대답했다. 물레는 파는 것이 아니지만 밤에 왕자님의 침대 곁 안락의자에 앉을 수만 있다면 물레는 공주의 것이라고. 그래, 좋아, 그렇게 해주마.

그런데 사실 왕자의 방 옆에는 다른 나라에서 잡아와 가두어놓은 몇몇 기독교도들이 있었다. 그들은 웬 여자가 이틀씩이나 계속해서 왕자의 방에 들어와 울고 흐느끼며 왕자의 이름을 부르는 것을 다 들었다. 그러고는 왕자에게 그런 사정을 모두 전해주었다.

그날 저녁 공주가 마실 것을 들고 왕자에게 왔을 때, 왕자는 그걸 마시는 척하면서 어깨너머로 쏟아 버렸다. 공주가 마실 것에다 수면제를 탄 게 틀림없다고 느꼈기 때문이다.

그날 밤 막내가 그의 방으로 들어가 보니 왕자는 초롱초롱 깨어 있는 게 아닌가? 그녀는 자기가 거기까지 찾아온 전후 사정을 털어놓았다. 왕자가 말했다. "내일이면 난 그 공주와 혼인을 맺게 되어 있는데, 참으로 기막히게 때를 맞추어 왔구려. 하지만 난 그 코쟁이가 싫어. 당신이 날 구할 수 있는 유일한 사람이오. 자, 내가 신부될 사람이 무얼 할 줄 아는지 보고 싶다고 말할 거요. 그러고는 내 신부로 적합한 사람이라면 내 옷에 묻은 기름 자국 세 개를 깨끗이 씻어달라고 부탁하겠소. 공주는 그 기름을 떨어뜨린 게 당신인 줄을 모르고 지우려고 애를 써보겠지만, 그런 일은 이 성의 괴물들에겐 어림없고 오직 기독교도들만이 할 수 있거든. 그러니 내가 말하겠소, 난 내 옷을 깨끗이 씻을 수 있는 여자가 아니면 절대 신부로 맞아들이지 않겠다고. 난 알지, 당신은 할 수 있다는 걸." 이제 두 사람은 기쁨에 겨워 행복했고 앞으로 다가올 즐거운 시절에 관한 이야기를 밤새도록 주고받았다.

다음날 혼례가 거행되기 직전, 왕자는 이렇게 말했다. "먼저 나의 신부가 무엇을 할 줄 아는지 봐야겠소!" 그러자 계모가 '그거 좋은 생각이군,' 하면서 응했다. 왕자가 말했다. "여기 아주 질이 좋은 셔츠가 있소. 난 이걸 결혼식 때 입을 생각이요. 하지만 셔츠에 세 개의 기름 자국이 있어 이걸 깨끗이 빨게 하고 싶소. 옷을 깨끗이 씻을 수 있는 여자가 아니면 난 절대 신부로 맞아들이지 않기로 맹세했소. 그런 일도 못한다면 나의 신부가 될 가치가 없으니까." 계모도 왕자가 제안한 이 시험에 동의했다. "그거야 아주 쉬운 일일 테지."

이리하여 코가 기다란 공주는 최선을 다해 빨래를 시작했지만, 씻으면 씻을수록 기름 자국은 자꾸 커져만 갔다. "저런, 저런, 넌 빨래도 못하는구나." 늙은 마녀인 계모가 끼어들었다. "어디 내가 한번 해보자!" 그러나 그녀가 셔츠를 건드리자마자 상태는 더 나빠졌고, 그녀가 빨고 문지르고 애를 쓰면 쓸수록 자국은 점점 더 커지고 더 시커멓게 변했다.

다른 괴물들까지 손을 대봤지만 그럴수록 셔츠는 한층 더 더러워지더니 결국 굴뚝에 들어갔다가 나온 꼴이 되고 말았다. "아이구, 너희들은 모두 아무짝에도 쓸모가 없구나!" 왕자가 말했다. "바로 저 창문 밖에 가난한 처녀가 있는데, 그 아가씨라면 너희들보다 훨씬 빨래를 잘 할 거다." 그러고는 창밖으로 소리를 질렀다. "아가씨, 이리로 들어오시오!" 막내는 곧 성으로 들어왔다. "아가씨는 이 셔츠를 깨끗이 빨 수 있겠소?" 왕자가 물었다. "글쎄요, 잘 모르겠지만 한번 해보겠습니다."

막내가 셔츠를 들고 물에 담그자마자 셔츠는 흩날리는 눈처럼 하얗게 변했다.

"맞아, 아가씨야말로 내 신부가 되어야겠소." 왕자는 그렇게 말했다. 그러자 늙은 마녀는 어찌나 심하게 분노를 터뜨렸던지 펑, 하고 터져버리고 말았다. 그리고 코가 기다란 공주와 다른 괴물들도 똑같이 펑, 터져버린 게 틀림없다. 왜냐하면, 그 후로는 그들의 소식을 아무도 듣지 못했으니까.

왕자와 신부는 이 성에 끌려와 감금되어 있던 사람들을 모두 풀어주었다. 그리고 그들이 원하는 만큼의 금과 은을 가져가게 해서 햇님의 동쪽 달님의 서쪽에 있는 그 성으로부터 멀리, 멀리 떠나도록 해주었다.

재치

천하장사 미코:
가난한 나무꾼과 여우의 보은

핀란드

나이 많은 나무꾼이 있었다. 아내와 미코라는 이름을 가진 외아들이 그와 함께 살았다. 그의 아내가 누워서 죽음을 기다리고 있을 때, 젊은 아들은 비통한 맘으로 눈물을 쏟았다.

"어머니, 사랑하는 어머니가 돌아가시면, 아무도 날 생각해주는 사람이 없을 거예요."

가련한 어머니는 힘이 닿는 대로 아들을 위로하고자 이렇게 말했다.

"아니다, 너에겐 아버지가 계시지 않니?"

아내가 그렇게 떠나고 얼마 지나지 않아서, 이번엔 나무꾼이 몸져누웠다.

"오, 이제 나는 정말로 혼자 남아 적막하겠구나." 아버지가 침대에 누워 하루가 다르게 허약해지는 모습을 보면서 미코는 그렇게 생각했다.

그런 아버지가 세상을 떠나기 직전에 이렇게 말했다. "아들아, 내가 너한테 물려줄 수 있는 거라곤, 요 몇 년 동안 들짐승을 잡는 데 써왔던 숲속의 올가미 세 개뿐이로구나. 그래, 이제 이 올가미는 네 거다. 내가 죽고 나면 숲으로 들어가서 봐라. 그리고 올가미에 걸려서 꼼짝 못하는 들짐승이 있거들랑, 살살 풀어서 산 채로 집까지 데려와야 해."

아버지가 돌아가신 다음, 미코는 올가미 이야기가 생각났다. 대체 무슨 올가미일까, 궁금해 하며 숲으로 들어갔다. 첫 번째와 두 번째 올가미에는 아무 것도 잡힌 짐승이 없었다. 그러나 셋째 올가미에는 자그마한 빨간 여우가 잡혀 있었다. 미코는 여우의 다리 하나를 꽉 물고 있는 스프링을 조심조심 들어 올려 여우를 풀어주고는 팔에 안고서 집으로 돌아왔다. 그는 저녁도 여우와 함께 먹었고, 잠자리에 들때면 여우가 몸을 말고 그의 발 옆에 웅크렸다. 한동안을 같이 살다보니 둘은 아주 가까운 친구가 되어 있었다.

하루는 여우가 말했다. "미코, 왜 그렇게 슬픈 표정이지요?"

"너무 외로워서 그래."

"치, 젊디 젊은 청년이 그런 식으로 말하면 안 되죠. 결혼을 해야 돼요. 그러면 외롭다는 생각이 안 들 거야!"

"결혼이라고?" 미코가 말을 받았다. "내가 무슨 수로 결혼을 해? 내 자신이 너무 가난하니까 가난한 여자랑 결혼할 수는 없고, 그렇다고 부잣집 딸이라면 나랑 결혼할 이유가 없잖아?"

"얼토당토않아요!" 여우가 말을 잘랐다. "미코는 아주 착실한 젊은이인 데다 친절하고 부드럽기까지 해요, 공주님인들 그보다 더 뭘 바라겠어요?"

날 남편으로 맞이해줄 공주님이라고? 미코는 그런 생각에 웃음을 터뜨렸다.

"나, 그 말 농담 아니라고요!" 여우는 지지 않고 주장했다. "우리 왕국의 지금 공주님을 예로 들어봅시다. 그녀와 결혼하는 것, 어때요?"

미코는 한층 더 요란하게 껄껄 웃어재꼈다. 그러고는 이렇게 말했다.

"내가 듣기로는 우리 공주님이 세상에서 가장 아름답다고 하더군. 그녀의 남편이 된다면야, 어떤 남자가 행복하지 않겠어?"

"그럼 좋아요." 여우가 맞받았다. "공주님에 대해 그렇게 느낀다면, 내가 혼사를 주선해볼게요."

그 말과 함께 여우는 정말로 왕궁을 향해 뛰어가서는 임금님을 알현謁見하게 됐다.

여우가 왕에게 말했다. "제 주인님의 인사를 받아주십시오, 임금

천하장사 미코

101

님. 그런데 주인님은 임금님으로부터 무게 측정 바구니를 잠시 빌리기를 간청하고 있습니다."

"나의 무게 측정 바구니라고?" 왕은 놀란 목소리로 여우의 말을 되풀이했다. "아니, 너의 주인이 도대체 누구이며, 무엇 때문에 내 무게 측정 바구니를 원한단 말이냐?"

"쉿!" 여우는 마치 신하들이 자신의 말을 들으면 안 되기라도 하듯 나지막이 속삭였다. 그러고는 재빨리 왕에게 아주 가까이 다가가서는 귓속말로 이렇게 물었다.

"임금님께선 물론 미코라는 이름을 들으셨을 것입니다. 사람들이 천하장사 미코라고 부르지요."

천하장사 미코? 왕은 미코라는 이름을 들어본 적도 없었지만, 자신이 꼭 들었어야 할 이름을 놓친 건가, 생각하면서 머리를 흔들며 중얼거렸다.

"흠, 미코, 그래 천하장사 미코! 아, 그럼, 물론이지. 들어본 적이 있다마다!"

"제 주인님이 곧 먼 길을 떠나시게 되는데, 한 가지 아주 특별한 이유로 임금님의 무게 측정 바구니가 필요하답니다."

"응, 그래, 알았다. 잘 알았어." 왕은 아무것도 이해하지 못했지만 그렇게 끄덕인 다음, 왕궁의 창고에서 사용하는 무게 측정 바구니를 가져와서 여우에게 주라고 명령했다.

여우는 무게 측정 바구니를 들고 궁을 빠져나와 숲속에다 그걸 숨겨놓았다. 그런 다음 여우는 사람들이 소중한 것을 몰래몰래 숨겨서 모아두는, 눈에도 안 띄는 구석구석을 요리조리 찾아다녔다. 그는 여기저기서 자그마한 금은 조각들을 긁어모아 한 옴큼을 만들었다. 그러고는 숲속으로 되돌아가 무게 측정 바구니의 틈새에다 그런 금은 조각을 끼워놓았다. 다음날 그는 다시 왕궁을 찾아 왕에게 이렇게 말했다.

"오, 임금님 저의 주인이신 천하장사 미코가 무게 측정 바구니를 사용할 수 있게 해주셔서 대단히 고맙다는 인사의 말씀을 전합니다."

여우가 돌려주는 무게 측정 바구니를 받으려고 왕은 손을 내밀었다. 그때 왕은 대체 미코가 무슨 물건을 쟀는지, 혹시 무슨 흔적이라도 있을까 싶어서 안을 슬쩍 들여다보았다. 말할 것도 없이 틈새에 끼어 번쩍이는 금은 조각들이 그의 눈에 들어왔다.

"아하!" 자기 재산을 이토록 대수롭잖게 다루다니, 미코라는 이 친구는 틀림없이 엄청난 군주일 거라 생각하면서 왕은 이렇게 말했다. "너의 주인을 꼭 한번 만나보고 싶구나. 언제 너의 주인을 모시고 나를 방문하지 않겠느냐?"

이거야말로 여우가 왕으로부터 듣고자 했던 바이지만, 그는 망설이는 척했다.

"전하의 친절하신 초대에 감사를 드립니다. 하지만 지금 당장은 저의 주인님이 초대를 받아들일 수 없지 않을까, 걱정됩니다. 사실 그분은 머지않아 결혼하기를 원하고 계십니다. 해서 몇몇 외국의 공주님들을 만나보기 위해 장기간 여행을 떠날 계획이거든요."

여우의 이 말에 왕은 당장 미코를 오도록 해야겠다는 욕심이 한층 더 간절해졌다. 미코가 외국의 공주들을 만나기 전에 자신의 딸을 보기만 하면, 금세 반해서 결혼할 거라고 생각했기 때문이다. 그래서 왕은 여우에게 물었다.

"들어보게, 이 친구야. 주인님의 마음을 잘 움직여서 여행을 떠나기 전에 나를 한번 찾아와야겠어. 자네, 그렇게 해줄 거지, 그렇지?"

그러자 여우는 마치 난처해서 입을 뗄 수 없다는 듯, 시선을 이리저리 돌렸다. 그러더니 마침내 이렇게 답했다.

"존경하는 임금님, 제가 솔직하게 말씀드려도 양해해주시기를 간청합니다. 사실 임금님께서는 저의 주인님을 환대하실 만큼 충분히 부유하시지 않습니다. 그리고 임금님의 이 성도 주인님을 항상 따라다니는 어마어마한 규모의 수행단을 받아들이기에 충분히 크지 않습니다."

이쯤 되자 미코를 만나보고 싶어 몸이 달아오를 대로 달아오른 왕은 완전히 정신줄을 놓아버렸다.

"오, 친애하는 여우, 자네가 주인의 마음을 잘 움직여서 곧장 날 찾아오도록 만들어준다면, 뭐든 자네가 원하는 걸 다 주겠네. 이번에는 시종들을 조금만 데리고 오라고 자네가 넌지시 제안해줄 수 있을까?"

하지만 여우는 고개를 절레절레 흔들었다.

"아닙니다, 임금님. 호화찬란한 수행단을 이끌고 여행하거나, 아니면 아예 가난한 나무꾼으로 변장하고 저만 데리고 걸어서 움직이거나, 그 둘 중의 하나를 택하는 것이 주인님의 원칙이거든요."

"그럼, 가난한 나무꾼으로 변장해서 우리 왕궁을 방문하라고 힘을 좀 써보게나." 왕이 아주 손을 비벼가며 부탁했다. "일단 여기 도착하면 그 사람이 마음대로 입을 수 있도록 아주 멋진 옷을 준비해놓을 테니까."

그런데도 여우는 여전히 고개를 살랑살랑 흔들었다.

"임금님의 옷장에 우리 주인님이 항상 즐겨 입으시는 그런 옷들이 있을는지, 글쎄, 걱정됩니다."

"암, 있다마다. 아주 기가 막힌 옷이 몇 벌 있으니 안심하게." 왕은 그렇게 말하며 재촉했다. "지금 당장 날 따라오게, 함께 살펴보자고. 틀림없이 자네 주인이 입을 만한 것들을 찾을 거야."

그래서 두 사람은 거대한 옷장과도 같은 방으로 건너갔다. 헤아릴 수도 없이 많은 고리가 벽에 붙어 있고, 거기엔 수백 벌의 외투며 반바지며 아름답게 수를 놓은 셔츠 등이 걸려 있었다. 왕은 그 옷가지를 하나씩 내려서 여우 앞에 갖다 놓으라고 시종에게 명령했다.

다소 평범한 옷부터 보기 시작했다.

"보통 사람들에겐 훌륭하지만," 여우가 입을 뗐다. "우리 주인님에 겐 안 되겠고……."

그러자 시종은 좀 더 품질 높은 옷을 가져왔다.

"이렇게 수고하시는데, 아무래도 소용이 없을 것 같습니다." 여우가 약을 올렸다. "솔직하게 말씀드리는 건데요, 이거, 우리 주인님이 이런 옷을 입을 수는 없다는 사실을 여러분은 아직 모르시는 것 같습니다."

가장 훌륭한 의복은 나중에 자신이 입으려고 모셔두려고 했던 왕은 이제 할 수 없이 최고급 옷을 보여주라고 명했다.

여우는 그 옷을 삐딱하게 쳐다보는가 싶더니 수상한 점이라도 찾 듯이 킁킁 냄새까지 맡았다. 그리고 마침내 이렇게 말했다.

"흠, 이런 옷이라면, 네, 우리 주인님이 며칠 동안은 기꺼이 입으실 겁니다. 물론 주인님에게 익숙한 옷은 아니지만, 제가 주인님을 대신 해서 말씀드리거니와 그분은 거만하진 않거든요."

그 말에 왕은 크게 기뻐했다.

"좋았어! 내 친애하는 여우, 자네 주인의 방문에 대비해서 귀빈실 을 말끔히 치워놓겠네. 그리고 그를 위해서 최고급인 나의 옷들을 모 두 내어놓을 거야. 그러니 자넨 날 실망시키면 안 되네, 알겠지?"

"최선을 다하겠습니다, 임금님." 여우가 약속했다.

여우는 왕에게 작별의 인사를 건네고 한걸음에 내달아 미코가 기다리는 집으로 돌아갔다.

다음날 공주가 왕궁의 높은 창문을 통해 밖을 내다보고 있는데, 여우 한 마리를 데리고 다가오는 젊은 나무꾼의 모습이 보였다. 딱 벌어진 건장한 체격의 젊은이였다. 여우가 옆에 있는 걸로 봐서 그가 틀림없이 미코라는 사실을 알고 있는 공주는 땅이 꺼지라고 한숨을 내쉬더니 시녀에게 이렇게 털어놓았다.

"설사 정말로 한낱 나무꾼이라 하더라도 저 사람이라면 난 사랑에 푹 빠질 것 같아."

나중에 그가 임금님의 가장 훌륭한 옷으로 차려입고 나오자 (미코한테 어찌나 잘 어울리는지, 그게 원래 왕의 옷이라는 것을 아무도 알아보지 못했다) 공주는 완전히 그에게 마음을 뺏기고 말았다. 그와 정식으로 인사를 나누게 되자, 공주는 얼굴을 붉히며 여느 아가씨들이 잘생긴 남자를 만날 때처럼 몸을 바르르 떨기까지 했다.

공주 못지않게 왕궁 전체가 미코 때문에 온통 들떠 있었다. 그의 겸손한 태도와 멋진 체구와 찬란한 의복에 여자들은 무아경에 빠졌고, 회색 수염의 연로한 신하들도 같은 생각이라는 듯 고개를 끄덕이며 서로 이야기를 나누었다.

"이 젊은이한테는 겉멋이나 부리는 따위의 기색이 전혀 없구려. 재산이 엄청 많은데도, 보세요, 우리 이야기에 얼마나 공손하게 귀를 기울이는지 말입니다."

다음날 여우는 아무도 몰래 왕을 찾아가서 말했다.

"우리 주인님은 입이 묵직하면서 판단은 재빨리 하시는 분이신데, 임금님의 따님이신 공주가 대단히 마음에 든다고 하는군요. 임금님께서 허락하신다면 주인님은 즉시 공주에게 청혼하시겠다고 합니다."

왕은 몹시 흥분해서 입을 열었다.

"오, 친애하는 여우……."

그러나 여우가 왕의 말을 가로막고 나섰다.

"임금님, 이 일을 신중하게 생각하신 다음, 결정하신 내용을 내일 말씀해주시지요."

그래서 왕은 공주와 대신들을 불러 협의했고, 오래지 않아 결혼이 결정되었으며, 실제로 예식까지 성대히 치러졌다.

"제가 뭐라고 그랬어요?" 혼례가 끝나고 미코와 단둘이 있게 되자 여우는 말했다.

미코도 고개를 끄덕였다. "맞아, 자네가 날 공주와 결혼하도록 만들겠다고 약속했지. 하지만 말해보게, 이제 이렇게 결혼까지 했으니 앞으로 난 어떻게 해야 하지? 여기서 언제까지나 아내와 살 수는 없잖아."

"걱정일랑 붙들어 매세요." 여우가 대꾸했다. "내가 전부 머리를 굴려놓았으니까. 내가 말하는 대로만 하면 후회할 일이라고는 하나도 없다고요. 자, 오늘 밤 임금님한테 말하세요. 이제 임금님께서 저의 성을 찾아오셔서 따님께서 이제부터 어떤 왕궁의 여주인이 될 것인지를 직접 보셔야 할 때입니다, 라고 말입니다."

미코가 여우의 충고대로 왕을 초대하자, 왕은 기뻐서 펄쩍 뛰었다. 막상 혼인을 시켜놓고 보니 혹시 자신이 좀 성급했던 건 아닐까, 고개를 갸우뚱하고 있던 참이었으니까. 미코의 말에 마음이 푹 놓인 왕은 그의 초대를 쌍수로 환영했다.

이튿날 여우가 미코에게 말했다.

"저, 그럼 내가 먼저 가서 준비를 좀 해둬야겠군요."

"아니, 어딜 가려고?" 이 앙증맞은 친구가 자신을 버리면 어떡하나, 하는 생각에 미코는 더럭 겁이 났다.

여우는 그런 미코를 한쪽으로 데리고 가서 조용히 속삭였다.

"여기서 며칠 행진하면 닿을 거리에 아주 화려한 궁전이 있는데, '버러지'라는 이름의 아주 사악하고 늙어빠진 용의 궁전입니다. 내 생각엔 이 '버러지'의 궁전이 미코에겐 안성맞춤일 것 같은데."

"그야 물론 안성맞춤이겠지." 미코가 끄덕였다. "하지만 도대체 무슨 수로 그 성을 버러지에게서 뺏는담?"

그러자 여우가 답했다. "나만 믿어요. 자, 딴 건 필요 없고 이렇게만 하는 겁니다. 우선 저 큰길로 임금과 신하들을 데리고 나와요. 내일 정오쯤이면 네거리를 만날 텐데, 거기서 왼쪽으로 틀어서 죽 나아가다 보면 버러지의 왕궁이 나올 거예요. 도중에 혹시 목동이라든지 뭐 그런 사람들을 보게 되면, 누구를 위해서 일하는 사람들이냐고 물어보되, 그들이 뭐라고 답하든지 절대 놀라는 모습을 보이면 안 됩니다, 알았죠? 자, 그럼, 주인님, 그 아름다운 성에서 다시 만날 때까지, 안녕!"

앙증맞은 여우는 재치 있는 걸음으로 자리를 떴다. 이윽고 미코와 공주와 왕은 궁정의 신하들을 모두 대동하고 훨씬 더 여유 있게 뒤를 따랐다.

네거리에서 큰길을 벗어난 여우는 잠시 후 어깨에 도끼를 걸머진 나무꾼 열 명을 만났다. 모두 똑같은 모양의 푸른색 작업복을 걸치고 있었다.

"안녕하시오?" 여우가 공손하게 말을 걸었다. "어디서 일하는 분들인가요?"

"우리 주인은 버러지라는 이름으로 알려져 있지." 나무꾼들이 답했다.

"아이고, 가련한, 정말 가련한 사람들이로군!" 여우가 슬픈 표정을 띠고 머리를 절레절레 흔들면서 그렇게 말했다.

"아니, 왜 그래? 무슨 일이기에?" 나무꾼들의 눈이 휘둥그레졌다.

여우는 한동안 슬픔에 북받쳐 말을 잇지 못하는 체하다가 간신히 대답했다.

"불쌍한 양반들, 이웃 나라 왕이 대군을 이끌고 버러지와 그의 신하들을 치러 온다는 얘기도 못 들었어요?"

단순하고 우직한 나무꾼들은 그 말에 혼비백산 까무러칠 지경이었다.

"우리가 달아날 방법은 없겠나?" 그들이 물었다.

여우는 앞발을 머리에 갖다 대고는 생각에 잠기더니 이윽고 말했다.

"흠, 여러분이 피할 방도가 하나 있긴 하죠. 뭐냐 하면, 여러분들에게 혹시 누가 물으면 '우리는 천하장사 미코의 신하들이요'라고 대답하는 겁니다. 그러니까 목숨이 아깝다면 절대로 당신네 주인이 버려지라고 말하지 말라는 거죠."

그러자 나무꾼들은 곧장 연습이라도 하듯 이렇게 되풀이했다. "우리는 천하장사 미코의 신하들입니다. 우린 천하장사 미코의 시종들이요."

좀 더 길을 가다가 여우는 스무 명의 마부를 만났다. 모두 똑같은 푸른 색 작업복 차림의 그들은 백 마리 정도의 훌륭한 말들을 손질하고 있었다. 여우는 나무꾼들에게 해주었던 것과 같은 이야기를 들려주었다. 이윽고 여우가 그들과 작별할 즈음엔 마부들도 이렇게 외치고 있었다.

"우리는 천하장사 미코의 신하들입지요!"

그 다음 여우는 수천 마리가 될 듯한 양떼와 버러지 왕궁의 푸른 작업복을 입고 그 양들을 돌봐주고 있는 목동 서른 명을 만나게 되었다. 여우는 그들을 멈춰 세우고 같은 식으로 그들을 설득해 역시 우렁차게 소리 지르도록 만들었다.

"우리는 천하장사 미코의 신하들이랍니다!"

그런 다음 여우는 계속 달려서 마침내 버러지의 왕궁에 이르렀다. 성 안을 들여다봤더니 버러지라고 부르는 그 용이 축 늘어져서 하는 일도 없이 빈둥거리고 있었다.

한창 때에는 이 용도 어마어마한 덩치의 위대한 전사였다. 말이야 바른 말이지, 지금 그가 소유한 성이며, 땅이며, 시종들이며, 온갖 재산들은 모두 전쟁에서 노획한 것들이었다.

그러나 이젠 여러 해 동안 그와 대적하겠다는 이들도 없었기 때문에 용은 뒤룩뒤룩 살만 찌고 게을러졌다.

여우가 말을 걸었다. "안녕하십니까? 당신이 버러지라는 이름의 용이지요, 그렇죠?"

용이 거드름을 피며 답했다. "그래, 내가 그 위대한 버러지다!"

여우는 자꾸 짜증이 나는 척했다.

"아이고, 가련한 양반! 안 됐네요. 하기야 어느 누구든 영원히 살 수는 없는 노릇이지만. 자, 그럼, 나는 가볼래요. 그냥 지나는 길에 잠시 들러 인사나 할 생각이었어요."

여우의 말에 괜히 맘이 불편해진 버러지는 버럭 소리를 질렀다.

"거기 가만 있어봐! 도대체 무슨 일이야?"

여우는 이미 출구에 가까이 가 있었지만, 버러지의 부탁에 걸음을 멈추고는 어깨 너머로 답했다.

"그게…… 아, 답답한 양반, 물론 알고 있겠지요, 안 그래요? 엄청난 힘을 지닌 어떤 왕이 당신과 당신의 모든 신하들을 없애버리려고 오는 중이라는 거?"

"뭐라고?" 숨이 턱 막혀버린 버러지는 두려움으로 얼굴이 병자처럼 새파랗게 질렸다. 자기는 이미 뚱뚱하고 속수무책이라 과거의 전성기처럼 싸울 수 없다는 걸 잘 알기 때문이었다.

"가만, 가만, 그냥 가버리면 어떡해." 용은 여우에게 애걸복걸했다. "그 왕이 언제 온다는 거야?"

"지금 큰길로 오고 있는 중이라고요. 그래서 난 당장 떠나야 한다는 것이고. 안녕!"

"아, 이거 봐, 여우, 잠깐만 여기 있어줘. 그럼 내가 풍성하게 보답할 테니까. 그 왕이 날 찾지 못하도록 날 좀 숨겨줄 수 없을까? 저기, 침구들을 보관해두는 저 곳간은 어떨까? 내가 이불이며 베개 밑으로 기어 들어가 숨고 자네가 밖에서 문을 잠가버리면 그 왕이 절대로 날 찾지 못할 거야, 안 그래?"

"흠, 그거 아주 좋은 생각이군요." 여우가 맞장구쳤다. "하지만 서둘러야 해요."

그래서 둘은 침구들을 쌓아두는 곳간을 향해 뛰쳐나갔고, 버러지라고 부르는 용은 침구 사이에 몸을 숨겼다. 여우는 재빨리 문을 잠가버렸고, 이어 곳간을 몽땅 불태워버렸다. 그리하여 버러지라는 이름의 늙고 사악한 용은 한 줌의 재로 변해 아무것도 남지 않았다.

이제 여우는 용의 왕궁에서 일하던 식솔들을 모두 한자리에 불러모아놓고, 나무꾼이며 마부며 목동들에게 했던 것과 똑같은 이야기로 그들을 미코의 사람으로 만들어버렸다.

그러는 동안 왕과 왕을 따르는 무리는 여우가 재빨리 훑고 지나갔던 길을 느릿느릿하게 짚으며 오고 있는 중이었다. 그들이 푸른 작업복을 입은 열 명의 나무꾼을 만나자, 왕이 이렇게 말했다.

"흠, 누구를 위해 일하는 나무꾼들인지 궁금하구먼!"

그러자 그의 시종 한 명이 나무꾼들에게 물었고, 그들은 목청을 한껏 높여 소리쳤다.

"저희들은 천하장사 미코의 신하들입니다!"

그 말에 미코는 잠자코 있었으며, 왕과 조정의 신하들은 이러한 그의 겸손함에 다시금 감명을 받았다.

길을 좀 더 따라가던 그들은 스무 명의 마부와 당당하게 걷는 말들을 만나게 되었다. 마부에게 같은 질문을 던졌더니, 그들도 큰 목소리로 답했다.

"저희들은 천하장사 미코의 일꾼들입니다!"

왕은 속으로 이렇게 생각했다. "허허, 미코의 재력에 관해서 여우가 나한테 했던 말은 어김없이 다 진실이로구나."

잠시 후 목동 서른 명을 만나 똑같이 물어봤더니 한 목소리로 귀가 먹먹하도록 소릴 지르는 것이었다.

"저희들의 주인은 천하장사 미코입니다!"

사위의 소유라고 하는 저 수천 마리 양떼를 보니 왕은 그에 비해 자신이 초라하고 가난하다는 느낌이 들지 않을 수 없었다. 그를 따르던 신하들이 왕에게 속삭였다.

"태도는 극히 단순하고 겸허하지만, 천하장사 미코라는 저 분은 전하보다도 더 부유하고 더 막강한 군주임에 틀림없습니다. 사실 저토록 꾸밈없고 담백할 수 있는 사람은 대단히 위대한 군주밖에 없지 않겠습니까."

마침내 일행은 왕궁에 도착했다. 성문을 지키고 있는 푸른 의복의 병사들은 미코의 부하들임을 그들은 이미 알고 있었다. 여우가 궁 밖으로 나와 왕의 일행을 환영했고, 그의 뒤에는 궁에서 일하는 시종들이 두 줄로 나열해 있었다. 여우가 손짓을 하자 그들은 일제히 소리쳤다.

"천하장사 미코 주인님의 왕궁에 오신 걸 환영합니다!"

그러자 미코는 저 숲속 아버지의 누추한 오두막에서나 사용했을 법한 바로 그 담백한 태도로 왕과 그의 신하들에게 환영의 뜻을 전했다. 일행이 모두 성 안으로 들어갔더니 벌써 떡 벌어지게 화려한 잔칫

상이 준비되어 그들을 기다리고 있었다.

왕은 이후 며칠 동안 성에서 묵었고, 미코를 보면 볼수록 그가 자신의 사위라는 사실이 믿기지 않으리만치 뿌듯하고 기뻤다.

마침내 왕이 떠나는 날, 그는 미코에게 말했다.

"자네의 성이 나의 왕궁보다 어찌나 더 화려하고 좋은지, 자네한테 다시 우리 궁을 찾아달라는 말이 쉽게 나오지 않는구먼."

그러나 미코는 진지한 어조로 왕에게 말해주었다.

"존경하는 장인어른, 제가 처음으로 어르신의 성에 발을 들였을 때, 저는 그게 세상에서 가장 아름다운 성이라고 생각했답니다."

왕은 은근히 기분이 좋아졌고 신하들은 서로서로 귀엣말을 주고받았다.

"자신의 성이 얼마나 더 훌륭한지 너무나 잘 알면서도 저렇게 말하다니, 참으로 상냥하고 서글서글한 분이로군요!"

왕과 그의 신하들이 안전하게 길을 떠난 다음, 자그마한 빨간 여우가 미코에게 다가와 말했다.

"자, 나의 주인님, 이젠 슬프고 외롭게 느낄 이유가 하나도 없습니다. 당신은 세상에서 가장 예쁜 성의 주인이 되었고, 다정하고 사랑스러운 공주님을 아내로 맞으셨잖아요. 이젠 더 이상 저를 옆에 둘 필요가 없어졌으니, 작별을 고할게요."

미코는 귀여운 여우가 해주었던 모든 일에 대해 고마움을 전했고,

여우는 숲을 향해 가벼운 발걸음으로 떠났다.

　자, 이제 여러분도 아시겠는가? 미코의 궁핍한 아버지는 비록 아들에게 남겨줄 재산 하나 없었지만, 바로 그 아버지야말로 미코의 온갖 행운을 불러온 장본인이었다는 사실을? 왜냐고? 애당초 올가미에 잡혀 있는 짐승을 산채로 집에 데려오라고 말해준 것이 다름 아닌 아버지였으니까!

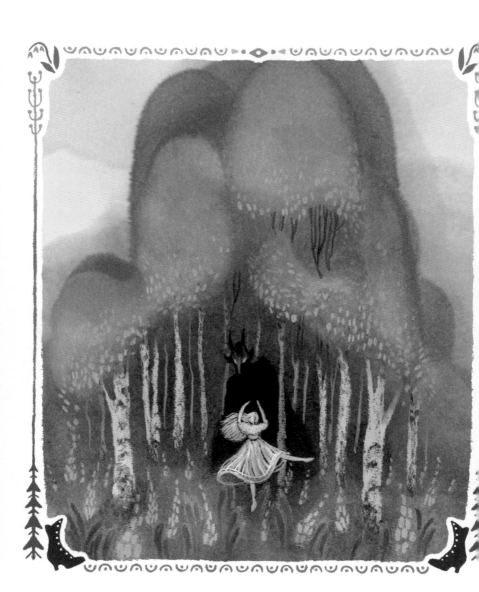

닉 영감과 소녀

스웨덴

춤 추는 것을 어찌나 좋아하는지 깽깽이 바이올린 소리만 들려오면 거의 정신을 못 차리는 어린 여자아이가 있었다.

이 소녀는 너무너무 영리한 춤꾼이었고, 이 소녀보다 더 날렵하게 빙글빙글 돌며 춤추거나 발꿈치를 들어 올릴 수 있는 아이는 쉽게 찾아볼 수 없었다. 비록 소녀의 신발은 자작나무 껍질로 만들었고 발에는 겨우 뜨개질해 만든 레깅스를 신었을 뿐이지만 말이다. 어찌나 빠른 속도로 휩쓸고 스쳐 지나가는지 주변의 공기가 윙윙 소리를 내는 팽이처럼 휘감길 지경이었다. 물론 제대로 가죽 신발을 신었더라면 훨씬 더 빠르게 돌며 춤추었을 것이다. 그런데 돈이 없으니 대체 어떻게 가죽 신발을 구한담? 소녀는 교회당의 생쥐보다 더 가난해서 가죽 신발은 꿈도 꿀 수 없었으니!

그러던 어느 날 암베리 들판에서 시골장이 열렸을 때, 소녀는 다름 아닌 닉 영감[1]을 만나게 되었다. 여러분들도 추측하시겠지만, 시골 장 터란 게 온갖 종류의 뜨내기며 방랑자며 손목시계 장수며 부랑배들이 다 모이는 곳인지라, 닉 영감은 바로 그런 장터가 주는 재미를 느끼려 고 온 것이었다. 그리고 그런 신사 양반들이 찾는 곳이라면, 말할 필 요도 없이 같은 부류의 다른 사람들도 모여들기 마련이다.

"무슨 생각을 하고 있니?" 무슨 일인지 이미 잘 알고 있는 닉 영감 은 짐짓 모른 척하며 소녀에게 물었다.

"춤출 때 신을 가죽 신발 한 벌을 어떻게 해야 구할 수 있을까, 궁리 하는 중이에요." 소녀가 답했다. "그런 걸 살 수 있는 돈이 없거든요."

"그게 전부야? 그 정도 문제라면 머지않아 해결할 수 있을 거다." 그렇게 말하면서 닉 영감은 가죽 신발 한 벌을 턱 내놓았다. "어때, 맘에 들어?" 그가 물었다.

소녀는 가만히 서서 신발을 빤히 내려다보았다. 믿을 수가 없었다. 저렇게 섬세하고 화려한 신발이 있을 수 있다니! 저건 어설픈 실로 꿰 맨 평범한 신발이 아니라, 구두창을 맞대어 붙인 진짜배기 독일제 구 두잖아! 저보다 더 훌륭한 신발은 바랄 수도 없겠어!

"안에 스프링도 있나요?" 소녀가 물었다.

"그래, 있다마다. 믿어도 좋아." 닉 영감이 말했다. "어때, 갖고 싶니?"

---

1. 여기서 Old Nick은 악마를 가리키는 이름이다.

그럼요, 물론 갖고 싶죠. 물을 필요조차 없었다. 그리하여 두 사람은 흥정을 시작했으며 신발값을 놓고 한참 실랑이를 벌였다. 그리고 마침내 합의에 이르렀다. 닉 영감의 이익을 위해서 춤을 추기만 한다면 소녀는 한 푼도 내지 않고서 일 년 동안 신발을 가질 수 있으며, 그 후에는 닉 영감이 소녀를 소유하게 된다는 조건이었다.

소녀가 딱히 괜찮은 거래를 한 것은 아니지만, 닉 영감은 쉽사리 흥정할 수 있는 상대가 아니잖은가. 어쨌거나 그 신에는 멋들어진 스프링이 들어 있었기 때문에, 소녀보다도 춤추면서 더 빨리 회전하거나 더 높이 발을 들어 올릴 수 있는 사람은 아무도 없을 터였다. 게다가 만약 신발이 그녀의 맘에 흡족하지 않으면, 닉 영감은 아무 조건 없이 돌려받고 소녀는 자유가 된다는 조건도 붙어 있었다.

그렇게 약조를 하고 둘은 헤어졌다.

이제 소녀는 완벽하게 잠에서 깨어난 듯했다. 그녀는 춤추러 가는 것 외에는 아무것도 생각하지 않았다. 그게 어디든 상관없이 매일 밤 춤추러 갔다. 그래, 소녀는 끊임없이 춤을 추고 또 추었으며, 어느덧 한 해의 마지막이 다가왔다. 이윽고 닉 영감이 대가를 받으러 왔다.

하지만 소녀는 이렇게 쏴붙였다. "당신이 준 그 신발은 쓰레기처럼 형편없었어요. 안에는 스프링도 전혀 없던걸요."

"신발에 스프링이 없었다고? 그거 정말 이상하군." 닉 영감이 중얼거렸다.

소녀가 계속 말했다. "네, 없었다니까요. 아니, 나무껍질로 만든 내 신발이 훨씬 더 낫더라고요. 이 형편없는 신발보다 내 걸 신으면 훨씬 빨리 움직일 수 있거든요."

닉 영감이 대꾸했다. "너, 춤추는 것처럼 몸을 꼬고 있구나. 하지만 넌 어쨌거나 춤추면서 나와 함께 떠나야 해."

소녀가 말했다. "당신이 내 말을 못 믿는 것 같은데, 직접 눈으로 보면 믿겠죠, 아마. 당신이 이 대단한 신발을 신고 직접 한번 해보세요. 나는 이 나무껍질 신발을 신을 테니, 그런 다음 우리 둘이서 시합을 하는 거예요. 그러면 그 신발이 어떤지 직접 볼 수 있잖아요."

닉 영감은 혼자 생각했다. 흠, 그래? 그거 나쁘지 않은 생각이구먼. 그런 거야 한번 시도해봐도 위험할 일이 거의 없을 것처럼 느껴지는데. 그렇게 두 사람은 경주를 해보자고 합의했다. 각자가 프리켄 호수의 양쪽에 자리를 잡고 호수의 끝까지 갔다가 돌아오기였다. 여러분도 아시다시피 이 호수는 대단히 길다. 만약 소녀가 먼저 돌아오면 자유의 몸이 되는 거고, 그 반대의 경우엔 닉 영감의 소유가 되기로 했다.

그런데 경주를 하기 전에 소녀는 먼저 집으로 돌아가야 했다. 교구 목사님에게 드릴 두루마리 천이 있는데 닉 영감과 속도를 겨루기 전에 반드시 전달해야 했기 때문이다. 그래, 좋아, 갔다 오려무나. 교구 목사가 괜히 두려워진 닉 영감은 그렇게 말했다. 하지만 우리 경주는 지금부터 사흘째 되는 날 꼭 해야 해, 알았지?

자, 그나저나, 닉 영감에게 운이 나쁜 노릇이었지만, 소녀에겐 여동생이 있었는데, 그 동생이 소녀와 어찌나 쏙 빼닮았는지 도통 둘을 구분할 수가 없었다. 두 소녀는 그런 쌍둥이였으니 말이다.

그런데 소녀의 동생은 춤에 푹 빠진 아이가 아니었기 때문에, 닉 영감은 전혀 눈치를 채지 못했다. 이제 소녀는 동생한테 부탁했다. 넌 프리켄 호수로 가서 남쪽 끝에 가만히 서 있어야 해. 그럼 나는 호수 북쪽 끝에 가 있을 테니까, 알았지?

소녀는 나무껍질로 만든 신발을 신고, 닉 영감은 가죽 신발을 신었다. 그리고 두 사람은 각각 호수 반대편에서 출발했다. 소녀는 그다지 멀리 달리지 않았다. 별로 달릴 필요가 없다는 사실을 너무나 잘 알고 있었기 때문이다. 하지만 닉 영감은 기차를 타고 달리는 것보다도 훨씬 더 빨리, 젖먹던 힘까지 다 내서 달렸다.

그런데, 이게 웬일일까, 그가 호수 남쪽 끝에 도착해보니, 소녀는 이미 거기 와 있는 게 아닌가? 그리고 북쪽 끝으로 달려가 봤더니, 또 소녀가 벌써 와 있는 것이었다!

"흠, 이제 알겠어요?" 소녀가 말했다.

"그래, 물론 알지." 닉 영감도 끄덕였다. 하지만 그는 절대로 단번에 승복할 타입이 아니었다. "딱 한 번 해서는 판단할 수가 없지, 너도 그건 알지?"

"좋아요, 그럼 한 번 더 경주해봐요." 소녀도 수긍했다.

그럼, 한 번 더 하고말고. 나의 이 훌륭한 신발의 바닥이 거의 다 닳아버렸을 정도인데, 네 신발은 어떤 상황이겠니? 응, 한번 해보자고.

그래서 둘은 다시 겨루기 위해 출발했다. 닉 영감은 이번에도 잔네와 엠터빅 마을의 집들이 온통 바람에 휙휙 소리를 낼 정도로 숨넘어가게 빨리 달렸다. 그러나, 이게 어찌 된 일이람, 호수 남쪽 끝에 도착해보니 이번에도 소녀가 이미 와 있는 게 아닌가! 이어서 북쪽 끝으로 가봤지만 역시 소녀는 먼저 와 있었다.

"이제 아시겠어요, 누가 먼저 도착했는지?" 소녀가 물었다.

"그래, 그래, 알다마다." 그렇게 대꾸하면서 닉 영감은 얼굴에 맺힌 땀을 닦기 시작했다. 그러면서 이 계집아이의 달리기 실력은 진짜 놀라운데, 하면서 감탄했다. "하지만, 얘야, 두 번 가지고는 절반도 알기 힘들어, 안 그러냐? 정말 중요한 것은 세 번째가 아닐까?"

"그렇다면 한 번 더 붙어보죠, 뭐." 소녀는 시원히 답했다.

그래, 한 번 붙어보자꾸나. 이 닉 영감은 상당히 교활하단 말씀이야. 있잖아, 내 가죽 신발의 바닥이 이토록 갈기갈기 찢어져서 내 발에 피가 날 정도니까, 너의 신발은 도대체 얼마나 엉망진창일지 나는 잘 알 수 있거들랑.

그리하여 두 사람은 다시 출발했다. 닉 영감은 끔찍한 속도로 내달렸다. 이번엔 대단히 화가 났던 탓에 진짜 북서풍이나 다름없는 속도였다. 그가 질풍노도처럼 달리자 잔네와 엠터빅 마을의 지붕들은 온통 바람에 뜯겨 나가고 담장들은 삐거덕거리며 신음했다. 그렇지만 닉 영감이 호수 남쪽 끝에 도달해보니 또 이미 소녀가 와 있었다! 미칠 노릇이었다. 쏜살같이 북쪽 끝으로 달려 가봤더니 역시 소녀는 벌써 거기 도착해 있었다.

이제 그의 두 발은 살갗이 뚝뚝 떨어져나와 있을 지경이었고, 숨이 턱에 콱콱 차올라 어찌나 처절하게 끙끙 신음했던지 그 소리가 산에 메아리칠 정도였다. 그 몰골이 참으로 징그러웠지만, 소녀는 영감이 조금 불쌍하다는 생각이 들었다. 소녀는 이렇게 물었다.

"이제 아시겠어요? 할아버지의 그 가죽 신발보다 나무껍질로 만든 내 신발에 훨씬 더 좋은 스프링이 들어 있다구요. 이제 영감님 신발은 형체도 찾기 어렵지만, 제 신발 보세요, 원하신다면 아직도 한 번 더 경주할 수 있을 정도로 멀쩡하잖아요?"

아니, 아니, 그만 됐다. 이제 닉 영감은 패배를 인정할 수밖에 없었고, 소녀는 자유의 몸이 되었다. 닉 영감은 소녀에게 이렇게 말했다.

"아이고, 살다 살다 너 같은 계집아이는 처음 보는구나! 하지만 네가 날이면 날마다 그런 식으로 어디서나 춤추고 깡충깡충 뛰어다니면, 언젠가는 우리 틀림없이 다시 만나게 될 거야."

"오, 천만에요, 그럴 일은 없을걸요!" 소녀가 대꾸했다. 그날 이후로 소녀는 단 한 번도 춤을 추지 않았다. 왜냐고? 닉 영감을 골려먹고는 매번 탈 없이 달아날 수는 없는 노릇이니까!

세상만사 그런 거지, 뭐

노르웨이

옛날 옛날 한 옛날에 어떤 남자가 덩굴 받침대로 쓸 나무를 구하러 숲으로 들어갔다. 하지만 원했던 것처럼 길고 곧고 가느다란 나무를 찾지 못해 헤매다가 엄청나게 커다란 돌무더기 아래까지 오게 되었다.

그런데 거기서 신음하는 듯 꿍꿍대는 소리가 들리는 게 아닌가. 마치 누군가가 죽음의 문턱에서 신음하는 것 같았다. 도대체 누가 곤경에 빠져 있는가 싶어서 남자가 다가갔더니, 그 신음은 돌무더기 맨 위에 놓인 크고 평평한 돌판 아래에서 흘러나오고 있었다.

그 석판은 너무나 무거워서 장정들이 여러 명 달라붙어야 들어 올릴 수 있을 것 같았다. 그러나 남자는 다시 숲속으로 들어가 나뭇가지를 하나 잘라내고, 그걸로 지렛대를 만들었다. 남자가 지렛대로 돌판을 비스듬히 밀어 올렸더니, 놀랍게도 용 한 마리가 그 아래에서 기어 나오는 게 아닌가! 그런데 돌판 밑에서 빠져나온 용은 남자를 집어삼 키려고 덤벼들었다. 하지만 남자는 목청을 높여 이렇게 말했다. "이거 봐, 내가 너의 목숨을 구해주었잖아. 근데 도리어 날 잡아먹겠다니, 배은망덕도 유분수지, 부끄러운 줄 알아!"

그러자 용은 이렇게 대꾸했다. "날 구해준 건 맞을지도 몰라. 하지 만 내가 여기 이 돌판 밑에서 고기 맛이라고는 한 번도 못 본 채 몇 백 년을 견뎠으니 얼마나 배가 고파 죽을 지경인지, 너도 잘 알 것 아닌 가? 게다가 세상만사 다 그런 거지, 뭐, 안 그래? 빚진 게 있으면 그 렇게 갚는 거잖아."

하지만 남자도 고집스럽게 자기 나름의 이유를 대면서 목숨을 앗 아가지 말라고 또렷이 부탁했다. 둘은 마침내 합의를 봤다. 맨 처음 자신들을 향해 다가오는 생물을 중재인으로 삼아서, 만약 그 중재인 의 판정이 용의 생각과 다르면 남자는 무사히 돌아가고, 반대로 중재 인의 의견이 용의 생각과 같다면 용은 남자를 삼켜도 좋다고 말이다.

맨 처음으로 그들에게 다가온 것은 늙은 사냥개였다. 그는 길을 따 라 산허리 아래쪽으로 달려가고 있었다. 용과 남자는 사냥개에게 말 을 걸어 제발 둘 사이의 언쟁을 판정해달라고 간청했다.

사냥개가 이렇게 말했다. "내가 쬐끄만 강아지였을 때부터 우리 주 인님을 얼마나 성심성의껏 모셨는지, 아마도 하나님만 아실 거야. 헤아릴 수도 없이 수많은 밤, 주인이 따뜻한 방에 누워 잠들어 있는 동안 나는 눈을 부릅뜨고 성실하게 집을 지켰지. 화재나 도둑들로부터 우리 집을 구해낸 적도 한두 번이 아니야. 그런데 이제 내가 늙어서 제대로 듣지도 보지도 못하게 되니까, 주인은 날 총으로 쏴 죽이려고 한단 말이야. 그래서 난 이렇게 달아날 수밖에 없게 되었어. 이 집 저 집 기웃거리며 목숨을 구걸해야 한다고. 그러다 끝내 굶어서 죽을 테지. 그래! 세상만사 다 그런 거야." 사냥개가 목청을 높였다. "빚진 것을 요렇게 갚는 거라니까."

그러자 용은 "거 봐, 이젠 널 잡아먹을 테다." 하면서 다시 남자를 집어삼키려고 덤볐다. 그러자 남자는 살려달라고 손이야, 발이야, 싹싹 빌어서 결국은 다음에 나타나는 다른 동물에게 한 번 더 판정을 받아보자는 합의를 얻어냈다. 그때도 용이나 사냥개의 생각과 같은 판정이 내려지면 용은 남자를 먹어도 좋다는, 그러니까 인간을 잡아먹어도 된다는 것이었다. 하지만 그 반대의 판정이 나오면 남자는 목숨을 부지할 수 있도록 보내주기로 했다.

얼마 후 무척 늙은 말 한 마리가 절뚝절뚝 다리를 절며 내리막길을 걸어 내려왔다. 용과 남자는 그 말을 불러 세우고는 이 분쟁을 해결해 달라고 했다. 그렇게 하지, 늙은 말은 기꺼이 조정을 맡겠다고 나섰다. 그러고는 입을 열었다.

"자, 들어봐, 나는 뭔가를 끌거나 걸머지고 갈 힘이 있는 한은, 아낌없이 우리 주인을 섬겨왔어. 내 몸의 털 하나하나에서 땀이 흘러내릴 때까지 주인을 위해 노예처럼 애를 썼고, 발을 절뚝거릴 때까지 죽어라 일하다가 고된 노동과 나이로 기진맥진 멈추게 된 거야. 난 이제 몸이 다 상해서 아무것도 할 수 없지. 그런데 주인은 뭐라고 하는지 알아? 이렇게 음식만 축내고 있으니 총으로 쏴서 죽일 수밖에 없대! 말이 돼? 그래, 그래. 세상만사가 이런 식이야. 빚진 걸 그렇게 갚으려 하더라고."

그러자 용이 말했다. "거봐라, 넌 이제 내 먹잇감이야." 그러고는 입을 쩍 벌리고 남자를 잡아먹으려고 다가왔다. 하지만 남자는 목숨을 건지려고 다시금 애걸복걸했다.

이번엔 용도 반드시 사람 고기를 한입 먹어야겠다며 덤벼들었다. 어찌나 배가 고픈지 더 이상은 참을 수가 없다는 것이었다.

남자는 그때 여우 레이나드가 힐끔거리며 돌무더기 사이로 다가오는 모습을 보고는 이렇게 말했다. "가만, 가만, 이보게, 저기 마침 우리 둘 사이의 중재를 해주라고 누가 보내기라도 한 것 같은 친구가 오고 있네."

"뭐든 좋은 것은 삼세판이라 하지 않던가?" 남자는 숨 가쁘게 말을 이었다. "저 친구한테도 물어보자고, 응? 만약 저 친구도 똑같은 판정을 내린다면 그땐 지체 없이 날 잡아먹어도 좋네!"

"좋아, 그렇게 하지." 용이 말을 받았다. 그 역시 뭐든지 삼세판 확인해야 좋다는 말은 들었던 터라, 그 정도는 아무 것도 아니라고 생각했다. 그래서 남자는 사냥개와 늙은 말에게 했던 말을 고스란히 여우에게도 했다.

"알았어, 알았다고." 여우 레이나르가 말했다. "당신네들 사정은 잘 이해했소." 그렇게 말하면서 여우는 남자를 잠시 한쪽으로 데려갔다.

"내가 당신을 용으로부터 구해주면 나한테 뭘 주겠소?" 여우가 남자에게 속삭였다.

"그렇게만 해준다면 자네는 우리 집을 마음대로 들락거리면서 목요일 밤마다 우리 집 닭이며 거위 같은 것을 맘대로 처분할 수 있도록 해주겠네!" 남자가 약속했다.

그러자 여우가 용을 향해서 이렇게 말했다. "자, 이것 보시오, 친애하는 내 친구. 이거 참 판단하기가 몹시 까다롭구려. 당신은 이토록 덩치도 엄청 크고 힘도 센 짐승인데 도대체 어떻게 저 돌판 아래 깔려 있을 공간이 있다는 거요? 내 머리로는 거, 참, 도저히 이해가 안 되네."

"이해를 못하겠다고?" 용이 눈을 부릅떴다. "그거야, 그러니까, 내가 산허리에 이렇게 누워서 햇볕을 쬐고 있었는데 말이야, 갑자기 토사가 무너져 내리더니 아, 저놈의 돌이 내 위를 덮쳤지 뭔가."

"그래요, 맞아, 정말 그럴 수 있겠네." 여우가 대꾸했다. "하지만 난 여전히 이해가 안 되오. 있잖아요, 만약 그런 모습을 내가 직접 보기 전에는 믿기가 어렵겠수."

이렇게 되자 남자는 그걸 정말로 증명해 보이는 게 좋겠다고 맞장구쳤고, 결국 용은 다시 자신이 깔려 있던 구멍 속으로 들어갔다. 바로 그때 눈 깜짝할 사이에 여우와 남자는 지렛대를 잡아 빼버렸고, 돌판은 다시금 용의 몸 위로 쿵, 떨어져내렸다.

"넌 세상이 끝나는 날까지 거기 꼼짝 말고 누워 있거라." 여우 레이나드가 말했다. "너의 목숨을 구해준 남자를 도리어 날름 잡아먹으려고 했겠다?"

용은 끙끙 신음소리를 내며 제발 좀 꺼내달라고 싹싹 빌었다. 하지만 남자와 여우는 그를 놔두고 떠나버렸다.

바로 그 다음 목요일 저녁, 여우 레이나드는 암탉이며 수탉을 마음껏 먹어볼 요량으로 남자의 집으로 와서는 바로 가까이에 있는 높다란 나뭇단 뒤에 몸을 숨겼다. 잠시 후 하녀가 닭 모이를 주기 위해 헛간으로 들어갈 때 여우도 슬그머니 숨어들었다. 하녀는 여우가 따라온 것을 꿈에도 몰랐다. 그녀가 모이를 주고 몸을 돌려 나가기가 무섭게 여우는 닭에게 덤벼들어 한 주일 치의 피를 실컷 빨아먹었다. 어찌나 욕심을 부렸는지 배가 불러 몸을 꼼짝도 할 수 없었다.

아침에 하녀가 헛간으로 돌아와 보니 여우가 아침 햇살을 받으며 늘어지게 누워서 코를 골고 있는 게 아닌가! 사지를 온통 쭉 뻗고 말이다. 게다가 여우는 마치 독일 소시지마냥 번지르르하고 통실통실했다.

깜짝 놀란 하녀는 아줌마를 부르며 뛰쳐나갔다가, 곧 모든 하녀들과 함께 막대기며 빗자루 따위를 들고는 여우를 혼내주기 위해 달려왔다. 그렇다, 말이야 바른 말이지, 하녀들은 여우 레이나드가 그야말로 곤죽이 되도록 흠씬 두들겨 패주었다. 아이고, 세상이 끝나는구나, 아이고, 죽을 때가 멀지 않았구나, 하는 생각이 머리를 스치는 순간 여우는 마룻바닥에 나 있는 구멍을 발견하고는 그리로 냅다 뛰어 들었다. 그러고는 엉금엉금 도망쳐서는 쩔뚝거리며 숲을 향해 비틀비틀 줄행랑을 놓았다.

그러면서 여우 레이나드는 중얼댔다. "아이구, 아이구, 그 말이 딱 맞구먼! 세상만사가 이런 거란 말이여. 그리고 빚진 게 있으면 요렇게 갚는 것이구!"

죽음과 의사

노르웨이

북쪽 왕국에 사는 어떤 남자를 위해 오랫동안 하인으로 봉사해온 젊은이가 있었다. 그의 주인은 맥주 만들기라면 타의 추종을 불허하는 높은 경지의 장인이었다. 그가 빚은 맥주는 어찌나 환상적인 맛이었던지, 그런 맥주는 찾아볼 수도 없었다.

이윽고 젊은이가 그 남자를 떠나야 할 때가 되어서 남자가 그에게 보수를 지급하려 했는데, 젊은이가 다른 것은 한사코 필요 없다면서 굳이 성탄맥주 한 통만 달라고 하는 것이 아닌가. 그래서 남자는 젊은이에게 성탄맥주를 한 통 주었고, 젊은이는 그걸 걸머지고서는 머나먼 길을 떠났다.

그런데 그가 통을 지고 오래오래 걸으면 걸을수록 맥주 통이 자꾸 더 무거워지는 것이었다. 그래서 젊은이는 누구든 함께 길을 가는 사람이 있으면 둘이서 맥주를 마실 수 있을 텐데, 하며 주위를 둘러보기 시작했다. 술을 마시면 통이 가벼워질 테니까 말이다. 그렇게 한참을 걸어 가다가 마침내 턱수염을 풍성하게 기른 어떤 늙은이를 만났다.

"안녕하시오!" 늙은이가 말을 붙였다.

"할아버지도 안녕하십니까?" 젊은이도 인사를 했다.

"어디로 가시는 길인고?" 늙은이가 물었다.

"아, 저는 사실 함께 술을 마실 친구를 찾고 있습니다. 이 통이 좀 가벼워질 수 있게 말이지요." 젊은이가 답해주었다.

"다른 친구들처럼 나하고도 술을 마실 수 있겠는가?" 노인이 물었다. "나는 이 세상 방방곡곡을 다녔다네. 그래서 몸도 피곤하고 목도 아주 마르거든."

"아, 그러세요? 물론이지요!" 젊은이가 응수했다. "그런데 할아버지, 말씀해주세요, 어디서 오셨으며 어떤 분인지 말입니다."

"난 '우리 주님'이라고 한다네. 천국으로부터 왔지." 늙은이의 대답이었다.

그러자 젊은이는 이렇게 대답했다. "아, 그렇다면 저는 할아버지와는 맥주를 마실 수 없습니다. 왜냐하면 할아버지는 이 세상 사람들을 모두 서로 다르게 만드시고, 권리도 어찌나 불공평하게 나누시는지, 어떤 이는 엄청난 부자고 어떤 이는 찢어지게 가난하잖아요. 안 돼요. 할아버지와는 절대 함께 술을 마시지 않을 거예요." 그렇게 말하면서 젊은이는 맥주 통을 다시 걸머지고는 총총걸음으로 떠나버렸다.

　좀 더 걸어가자 맥주 통이 너무 무거워졌다. 누군가가 나타나서 함께 맥주를 마셔야만 맥주 통이 가벼워지지, 그렇지 않고서야 더는 지고 갈 수도 없겠다고 생각했다. 그러다가, 옳거니, 젊은이는 흉측하게 생기고 비쩍 마른 한 남자를 만나게 되었다. 그는 맹렬한 기세로 걸어오고 있었다.

　"안녕하시오?" 그 남자가 인사했다.

　"아저씨도 안녕하세요?" 젊은이가 화답했다.

　"어딜 이렇게 가시는가?" 남자가 물었다.

　"아, 함께 이 맥주를 마실 사람을 찾고 있는 중이랍니다. 제가 지고 있는 이 통이 좀 가벼워질 테니 말이지요." 젊은이가 설명했다.

　"오, 그럼 나랑 같이 마실 수는 없을까?" 그 남자가 말했다. "난 사방팔방 다니지 않은 데가 없을 정도로 쏘다녔거든, 피곤하고 목도 마르고 그래요."

　"뭐, 그럼 함께 마시지요." 젊은이가 답했다. "그나저나 아저씨는 누구세요? 어디서 오시는 길이죠?"

　"내가 누구냐고? 난 지옥에서 온 악마라우. 응, 지옥에서 왔지." 남자가 대꾸했다.

　"어휴, 그럼 안 돼요!" 젊은이가 물러섰다. "아저씬 불쌍한 사람들을 시들게 하고 괴롭히는 게 고작이잖아요? 뭐든 불행한 일이 생기면 다들 아저씨 탓이라고 하던데요, 뭘. 그러니까 아저씨랑은 마실 수가 없어요."

젊은이는 다시금 맥주 통을 걸머지고는 더 멀리 걸어갔고, 마침내 통이 어찌나 무거워졌는지 이젠 정말 더는 걸음을 뗄 수 없을 지경에 이르렀다. 그는 또 한 번 함께 술을 마실 사람이 오지 않을까, 생각하며 주위를 두리번거렸다. 한참이 지난 후에 또 다른 남자가 다가오는데, 그는 어찌나 바싹 마르고 호리호리한지 몸속의 뼈가 어떻게 붙어 있을까, 조마조마할 정도였다.

"좋은 날입니다!" 그 남자가 인사했다.

"그러네요. 안녕하세요?" 젊은이도 인사했다.

"어디로 가시는 길인가?" 남자가 물었다.

"아, 저, 그게, 누구든 함께 맥주를 마실 사람이 없을까, 찾고 있던 중입니다. 그러면 이 술통이 좀 가벼워질까 하고요. 이게 너무 무거워 들기도 버겁거든요."

"호오, 그러면 나랑 함께 마시면 안 될까?" 남자가 물었다.

"물론이지요, 괜찮아요." 젊은이가 대답했다. "그런데 아저씬 누구인지 좀 말씀해주시겠어요?"

"사람들이 날 죽음이라고 부르더구먼." 남자가 그렇게 답했다.

"아하, 아저씨야말로 아주 안성맞춤입니다." 젊은이가 쾌재를 불렀다. "아저씨랑은 아주 기쁜 마음으로 함께 마실 수 있지요." 그렇게 말하면서 젊은이는 맥주 통을 내려놓고 사발에다 술을 따르기 시작했다. "아저씨는 정직하고 믿음직한 사람이에요. 왜냐하면, 아저씬 부자든 가난뱅이든 모두 똑같이 대우하니까."

그렇게 젊은이와 죽음은 서로 건배하고 맥주를 들이켰고, 죽음은 한 번도 이런 술맛을 본 적이 없다고 말했다. 젊은이는 그가 마음에 들어서 한 잔, 한 잔, 자꾸 마셨고 맥주가 자꾸 줄어들면서 통도 한결 가벼워졌다.

마침내 죽음이 이렇게 말했다. "자네가 나한테 준 이 맥주보다 더 맛이 좋거나 이만큼 내 기분을 좋게 해준 술은 여태껏 없었다네. 그 대가로 자네한테 뭘 주어야 할지, 도무지 알 수가 없군." 그렇게 잠시 생각에 잠겨 있던 그는 다시 입을 열었다. "아무리 술을 실컷 마시더라도 이 술통이 텅텅 비는 일이 있어선 안 되겠어. 그리고 이 통 속의 맥주를 만병통치약으로 둔갑시켜야 하고 말이야. 그러면 자넨 그걸로 그 어떤 의사보다도 더 훌륭하게 병든 사람들을 회복시킬 수 있겠지. 응, 이렇게 하자고. 자네가 환자의 방에 들어갈 때마다 죽음인 나도 반드시 거기 있을 것이고 자네가 나를 볼 수 있도록 하겠어. 그리고 만약 내가 침대 발치에 앉아 있다면, 그건 이 술통의 맥주로 환자를 말끔히 치료할 수 있다는 표시야. 하지만 만약 내가 환자의 베개 옆에 앉아 있다면, 그 환자는 내 차지니까 자네가 절대로 그 사람을 고쳐줄 수 없다는 표시라네. 알겠나?"

죽음과 의사

☙ 139 ❧

자, 그렇게 하여 젊은이는 빠른 속도로 명성을 얻게 되었고, 원근 각지에서 도움을 청해오게 되자 치료를 포기했던 많은 사람까지 건강을 되찾도록 도와주었다. 그가 환자의 방에 들어와 죽음이 어디에 앉아 있는지를 보고서 그 환자가 회복할 수 있는지 없는지를 예측해주면, 그의 말은 틀리는 법이 없었다.

그렇듯 엄청난 부와 권력을 모두 거머쥔 젊은이는 마침내 멀리, 멀리 떨어져 있는 왕국의 공주님을 봐달라는 요청을 받게까지 되었다. 이 공주의 병세가 얼마나 위급했던지 조금이나마 손을 쓸 수 있다고 나서는 의사는 단 한 명도 없었다. 그래서 왕은 만약 젊은이가 공주의 목숨을 구해주기만 한다면 그가 원하는 것이 무엇이든 모두 들어주겠노라고 약속했다.

그래서 젊은이가 공주의 방에 들어서 보니, 죽음이 그녀의 베개 옆에 앉아 있질 않은가? 하지만 그렇게 앉은 채로 꼬박꼬박 졸기도 하고 고개를 끄덕이기도 했는데, 그럴 때마다 공주는 살짝 기분이 좋아지는 것 같았다.

젊은이가 말했다. "자, 봅시다, 목숨이 경각에 달려 있는데, 제가 보기엔 희망을 품기가 어렵지 않을까, 싶습니다."

그러나 주변에서 다들 읍소했다. 왕국의 땅을 다 바치는 한이 있어도 공주님의 목숨을 반드시 구해야 한다고. 그래서 젊은이는 죽음을 다시 바라보았다. 그는 거기 앉아서 다시금 꾸벅꾸벅 졸고 있었다. 젊은이는 시종들에게 눈짓 손짓으로 재빨리 침대를 반대로 돌려놓으라고 지시했다. 그랬더니 죽음이 침대 발치에 앉아 있는 형국이 돼버렸다. 그 순간을 놓치지 않고 젊은이는 공주에게 맥주를 마시게 함으로써 그녀의 목숨을 간신히 구해냈다.

"흥, 자네가 날 속여 넘겼으니," 죽음이 투덜댔다. "우린 이제 장군멍군이야."

"나로서도 어쩔 수 없었어요." 젊은이가 답했다. "왕국의 그 너른 땅을 포기할 순 없는 노릇이잖아요?"

그러자 죽음이 말했다. "그런다고 자네한테 득이 될 건 없어. 자네의 시간은 끝났다고. 이제 자넨 날 따라와야 하니까."

"아, 그래요," 젊은이가 대꾸했다. "뭐, 피할 수 없는 운명이라면 순종할 수밖에요. 하지만 먼저 주기도문을 읽을 시간 정도는 허락할 수 있겠죠?"

좋아, 주기도문 읽을 시간 정도는 주지. 그러나 젊은이는 막상 주기도문만큼은 절대 읽지 않게끔 잔뜩 신경을 곤두세웠다. 다른 것은 모두 읽었지만, 주기도문만은 입에 담지 않았다.

그렇게 그는 마침내 죽음을 영영 속여 넘겼다고 생각했다. 그렇지만 젊은이를 기다려줄 만큼 최대한으로 기다려주었다고 생각한 죽음은 어느 날 밤 젊은이의 집으로 가서 주기도문이 적혀 있는 커다란 명판을 그의 침대 머리에다 걸어놓았다.

이윽고 아침이 되어 잠에서 깨어난 젊은이는 멋모르고 명판에 적힌 글을 읽기 시작했다. 마지막 '아멘'이 나올 때까지 자신이 뭘 읽고 있는지조차 미처 깨닫지 못했다. 하지만, 아뿔싸, 그땐 이미 모든 게 늦어버렸다. 죽음이 그를 차지해버린 것이다.

내 재산 몽땅, 내 재산 몽땅!

스웨덴

세상 보기 드문 구두쇠 농부가 살고 있었다. 돈 한 푼 쓰는 데도 어찌나 발발 떠는지 뭘 먹는 것조차 아까워했다. 그러니 누구한테 무언가를 나눠준다는 것은 상상조차 못 할 노릇이었다. 그뿐인가, 그는 마누라까지도 먹지 않고 사는 데 익숙해지기를 원했다. 그렇지만 그의 마누라에게 그런 희망은 한마디로 '쇠 귀에 경 읽기'였을 뿐, 그녀는 너무 많이 먹어 재낀 탓에 결국 죽고 말았다. 그리하여 농부는 그녀를 대신해줄 새 아내를 물색해야 했다.

농부가 자신의 그런 본색을 바꿀 수는 없었음에도, 그에게 잘 보여서 죽은 아내의 자리를 꿰차고 싶어 하는 처녀들은 아주 많았다. 왜냐고? 못생긴 사내였음에도 불구하고 그는 부자였거든, 그걸 알아야지. 그러니까 약간의 고통을 감내하는 대가는 치러야 하겠지만, 그래도 여자들은 그의 돈을 따라다니더라는 얘기다.

그렇지만 농부는 그 어떤 여자도 성에 차지 않았다. 당장은 먹는 게 많지 않다고 해도, 틀림없이 뭔가 먹을 것을 원할 테니까 말이다. 튼실하고 예쁘장한 여자들은 유지하는 비용이 너무 비쌀 것이고, 가녀린 혹은 호리호리한 여자들은 식탐이 굉장할 터였다. 그런 식으로 농부는 마음에 드는 여자를 찾아 교구를 샅샅이 뒤져봤지만 한 명도 찾을 수가 없었다.

그러던 중 농장에서 일하는 젊은 친구가 도움을 주게 되었다. 이웃 마을에 사는 어떤 아가씨 이야기를 들었는데, 한 끼니로 한 알의 콩조차 제대로 다 먹지 못할 뿐 아니라 그 정도면 두 끼니로 삼을 정도라는 소문이었다.

농부는 그 이야기를 듣고 무릎을 탁, 쳤다. 옳거니, 바로 내가 원하는 아가씨로군. 살짝 귀가 먹어 사람들이 하는 말을 절반밖에 듣지 못한다고는 했지만, 농부는 때를 놓치지 않고 그녀에게 청혼했다. 여자의 부모는 농부가 대단히 부자라는 사실을 알고 있었던지라 즉석에서 허락했고, 당사자를 설득하는 데도 그리 오랜 시간이 걸리지 않았다. 여자로서도 언젠가는 남편을 맞아들여야 하는 형편이었기에 그들은 서둘러 결말을 지었고, 농부는 두 번째로 장가를 가게 되었다.

그런데 시간이 좀 흐르고 나서 농부는 고개를 갸우뚱하기 시작했다. 마누라가 거의 음식을 먹지 않을 뿐 아니라 물 한 방울도 제대로 안 마시는 것 같은데, 아니, 도대체 어떻게 목숨을 부지하는 거지? 이거야 정말이지, 좀 지나치다는 생각이 드는데? 하지만 그런데도 아내는 얼굴이 화사했을 뿐 아니라, 조금씩 튼튼해진다는 느낌마저 들었다.

그래서 농부는 생각했다. "혹시 날 속이고 있는 거 아냐?"

그러던 어느 날 밭에서 일을 마치고 돌아오던 농부는 마침 우유 통을 들고 외양간에서 나오는 아내와 마주쳤다.

"흠, 우유를 짜면서 한두 모금씩 마시는 게 아닐까, 혹시?" 그런 생각이 들자 농부는 일꾼의 도움을 얻어 외양간 지붕 위로 올라갔다. 통풍 조절판을 옆으로 밀쳐놓고 굴뚝 안을 내려다보면 아내가 무엇을 하는지 직접 확인하고 싶었던 것이다. 그렇게 하여 그는 지붕 위로 기어 올라가 굴뚝 안으로 머리를 쑥 집어넣고는 실컷 둘러보았다.

그런데 그를 도왔던 일꾼이 주인마님을 찾아갔다. 그러고는 이렇게 말했다.

"요즘 주인님이 굴뚝 안을 들여다보고 계세요."

"굴뚝 안을 들여다봐?" 농부의 아내가 놀라서 물었다. "흠, 그러면 화덕에다 장작을 넣고 불을 지피지 그래?"

"제가 어떻게 감히 그럴 수 있겠어요?" 일꾼이 답했다.

"자네가 감히 그러지 못한다면, 내가 해야겠네." 그렇게 말한 주인마님은 불을 피우고서는 굴뚝 안으로 불어 넣었다.

그러자 농부가 냅다 소리를 지르기 시작했다. 연기에 숨이 막힐 지

내 재산 몽땅, 내 재산 몽땅!

경이었다.

"어머나, 맙소사, 이런, 당신이 거기 있었나요?" 짐짓 아내가 말했다.

"아이구, 마누라, 당신이 너무 보고 싶어서 내가 좀 무리를 했네." 농부는 그렇게 둘러대고는 화덕 위로 뚝 떨어져 여기저기에 화상을 입고 말았다.

그로부터 며칠이 지났다. 농부의 아내는 여전히 먹지도 마시지도 않았다. 더 튼튼해진 것은 아닐지 모르지만, 여하튼 살이 더 빠지지는 않았다.

"흠, 창고를 들락거리면서 베이컨을 집어 먹는 건 아니겠지, 설마?" 그런 생각이 든 농부는 몰래 창고 안으로 들어가, 거기 있던 커다란 새털 이불의 한쪽 끝을 찢어서 그 속으로 기어 들어갔다. 그러고는 일꾼에게 찢은 무명 베를 다시 기워놓으라고 일러두었다.

주인이 시킨 대로 한 일꾼은 다시 주인마님한테 달려갔다.

"주인님이 지금 창고 안에 있는 새털 이불 안에 숨어 계십니다." 그렇게 일러바쳤다.

주인마님은 놀라서 대꾸했다. "창고 안의 새털 이불 안에? 아, 그럼 당장 가서 먼지나 옷좀나방이 들어가지 않게 이불을 두들겨 패주어야겠네." 그러고는 단단한 회초리를 몇 개 끄집어내서 일꾼에게 주었다.

"제가 어떻게 감히," 일꾼이 손사래를 쳤다.

"자네가 못한다면 내가 해야겠군." 그렇게 말한 농부의 아내는 창고로 가서 새털 이불을 있는 힘껏 두드려 패기 시작했다. 깃털이 이리저리 날리고 얼굴을 정통으로 얻어맞은 농부는 아파서 소리를 지르기 시작했다.

"오, 하나님, 당신이 거기 있었어요?" 그녀가 놀란 척하며 물었다.

"난…… 지푸라기보다 뭐 좀 푹신한 데 한번 누워보고 싶었다고……." 남편이 둘러댔다. 새털 이불을 주욱 찢어 열어젖히자 농부가 기어 나왔는데 얼굴엔 여전히 피가 흘러내리고 있었다.

그런 다음 또 며칠이 지나갔다. 농부의 아내는 여전히 먹지도 마시지도 않았지만, 남편이 보기엔 마누라가 훨씬 더 튼튼해지고 예전보다 더 쾌활한 것 같았다.

"이게 도무지 어떻게 된 노릇인지, 오직 도깨비만 알 거야." 그는 생각에 잠겼다. "혹시 지하실에 갈 때마다 맥주를 홀짝거리는 것은 아닐까?"

생각이 거기에 미치자 농부는 지하실로 내려가, 비어 있는 커다란 맥주 통의 뚜껑을 뜯어낸 다음 그 안으로 몸을 숨겼다. 그리고 일꾼에게 다시 뚜껑을 덮으라고 지시했다. 농부의 말대로 해준 일꾼은 곧장 그의 아내에게 달려갔다.

"이번엔 주인님이 지하실에 있는 맥주 통에 들어가 계세요." 일꾼이 알려주었다.

"지하실의 맥주 통이라고?" 주인마님이 물었다. "그럼 그 안에다 펄펄 끓는 노간주나무 잿물을 가득 채워야겠군. 맥주가 시큼털털해지고 있으니 말일세."

"에이, 제가 그럴 수야 없지요." 일꾼이 대꾸했다.

"음, 자네가 못한다면 내가 해야지 어쩌겠나." 주인마님은 노간주나무 잿물을 끓이기 시작했다. 그런 다음 펄펄 끓는 잿물을 통 속으로 쏟아부었다. 농부가 앗, 뜨거, 소릴 질렀지만, 그녀는 한 주전자 가득한 뜨거운 잿물을 몽땅 붓고는 또 한 주전자를 더 부었다.

농부는 고래고래 소리를 질러댔다.

"어머, 어머, 세상에나, 당신이에요?" 아내가 말했다.

"그래, 물론 나지, 누구겠어!" 농부가 소릴 빽 질렀다.

"아니, 뭣 때문에 그 안에 들어가 있었대요?" 아내가 모른 척 물었다.

농부는 꿀 먹은 벙어리가 될 수밖에 없었다. 어찌나 끔찍하게 살을 데었는지, 그는 끙끙 애처롭게 신음할 뿐이었고. 사람들이 그를 통 속에서 꺼냈을 땐 반쯤은 숨이 꼴깍 넘어간 상태였다. 사람들이 그를 집 안으로 데려가 침대에 뉘었다.

농부는 교구 목사님을 보고 싶어 했다. 일꾼을 보내 목사님을 부른 사이, 농부의 아내는 맛있는 요리를 준비하기 시작했다. 목사님을 위해서 치즈케이크며 다른 여러 가지 음식도 만들었다. 여기까지 오시는 목사님이 쫄쫄 굶고 돌아가실 수야 없잖은가.

하지만 마누라가 얼마나 아낌없이 헤프기 짝이 없게 온갖 음식을 만들어 재끼는지를 목격한 농부는 펄펄 끓는 잿물 세례를 받을 때보다도 훨씬 더 큰 목소리로 아우성을 쳤다.

"내 재산 몽땅, 내 재산 몽땅!" 자신이 갖고 있는 것을 저 인간들이 모조리 먹어치울 거라고 믿어 의심치 않은 그는 계속해서 소릴 질렀다. 목사님도 교회 서기도 허리띠를 풀어놓고 테이블에 놓여 있는 걸 깡그리 해치울 인간들이라는 건 누구나 잘 알잖아.

교구 목사가 도착했을 때도 농부는 여전히 고함을 지르고 있었다.

"내 재산 몽땅, 내 재산 몽땅!"

"아니, 남편분이 뭐라고 외치고 있는 겁니까?" 목사가 물었다.

"아, 제 남편이 말입니다, 너무 심성이 착하고 친절해서요," 아내는 그렇게 입을 뗐다. "저 양반, 자기 재산을 모두 저한테 주겠다는 뜻이랍니다."

그러자 목사가 엄숙히 말했다. "그럼, 남편분의 말을 성실히 고려해서 그의 유언을 발표하는 것으로 간주해야 하겠군요."

"맞아요, 바로 그렇습니다." 농부의 아내가 답했다.

"내 재산 몽땅, 내 재산 몽땅!" 농부는 그렇게 외치더니 죽고 말았다.

그 후 그의 아내는 그를 땅에 묻은 다음, 남편의 일과 재산을 관장하는 관청을 찾아갔다. 농부가 아내에게 모든 재산을 물려준다는 것을 교구 목사와 교회 서기가 모두 농부의 유언이라고 증언했기 때문에, 그녀는 재산을 몽땅 물려받았다. 일 년 후 그녀는 농장의 일꾼과 결혼했다. 그 후로도 그녀는 여전히 귀가 약간 먹었을까? 그것에 관해선 한 번도 들은 적이 없다.

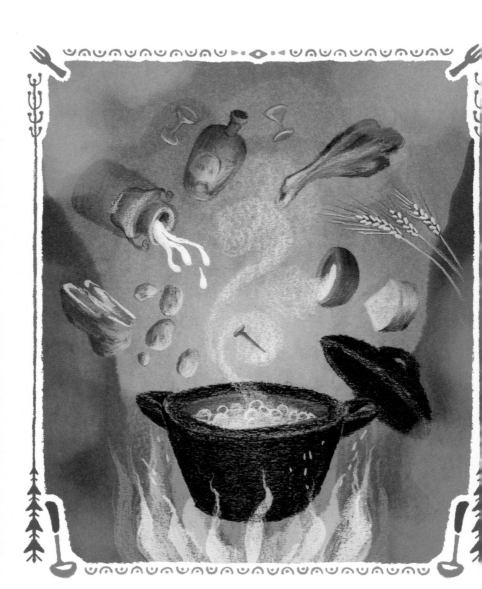

노파와 떠돌이

스웨덴

어떤 떠돌이가 숲속을 터벅터벅 걸어가고 있었다. 마지막으로 본 집과 다음에 나타날 집 사이의 거리가 어찌나 멀었던지, 밤이 되기 전에 지친 몸을 누일 수 있는 데를 찾기는 거의 글러 보였다.

그러던 중 느닷없이 나무들 사이로 불빛이 보이는 것이었다. 잠시 후 그의 눈앞에 작은 오두막집 하나가 나타났다. 화덕에는 불이 타오르고 있었다. 떠돌이는 생각했다. 저 불길 앞에서 몸을 녹일 수 있다면, 그리고 뭐든 좀 요기를 할 수 있다면 얼마나 좋을까. 그래서 그는 지친 몸을 이끌고 그 오두막집을 향했다.

바로 그때 어떤 노파가 그를 향해 걸어왔다.

"안녕하세요. 만나서 반갑습니다." 떠돌이가 그렇게 말을 붙였다.

"안녕하쇼." 노파도 인사했다. "어디서 오는 길이유?"

"햇님의 남쪽, 달님의 동쪽에서 왔지요." 떠돌이가 답했다. "지금은 집으로 돌아가는 길이랍니다. 이 동네만 빼놓으면 온 세상을 다 돌아다녔거든요."

"아하, 그러면 당신은 틀림없이 대단한 여행가로구먼." 노파가 말을 이었다. "그래, 여긴 무슨 볼일이 있는 거유?"

"아, 전 그냥 하룻밤 쉬어 갈 데를 찾고 있습니다." 떠돌이의 대답이었다.

"내가 생각했던 대로군." 노파가 타일렀다. "하지만 당신은 여기서 당장 떠나는 게 좋을 거유. 우리 바깥양반은 지금 집에 없고, 또 우리 집은 여인숙이 아니거든."

"아, 친절하신 할머니," 떠돌이가 사정했다. "너무 언짢게 생각하시거나 냉랭하게 그러시지 마세요. 우리 모두 인간이잖아요. 서로 돕고 살아야지요, 성서에도 나와 있는 것처럼요."

"서로 돕는다고?" 노인이 물었다. "돕긴 뭘 도와? 그런 얘기 듣는 게 처음이네. 누가 나를 도와줄 것 같소? 우리 집에는 빵 한 조각조차 없는데. 안 돼, 당신 묵을 곳이 필요하면 다른 데로 가봐야 할 거야."

그러나 이 떠돌이는 다른 떠돌이들과 마찬가지여서, 처음 한 번 퇴짜 맞았다고 해서 그대로 물러날 생각은 아예 하지도 않았다. 비록 노파가 있는 대로 툴툴대고 불평을 터뜨렸지만, 떠돌이 역시 평소와 다

재치

름없이 끈질기게 달라붙어 마치 굶주린 개처럼 계속해서 빌고 애원했다. 마침내 노파는 항복할 수밖에 없었고, 떠돌이는 바닥에 누워서 하룻밤을 지내고 가도 좋다는 허락을 얻어냈다.

떠돌이는 혼잣말을 했다. 아주 마음씨가 곱군, 고마운 일이지 뭐야.

"저 깊은 숲속에서 꽁꽁 얼어 죽느니, 잠을 못 자더라도 바닥에 누울 수 있다면 훨씬 더 낫지요." 성격이 명랑한 데다 언제든 각운까지 제법 맞출 줄 아는 이 떠돌이는 그렇게 말했다.

그가 방으로 들어가 보니, 노인네가 징징 울던 것과는 달리 별로 가난에 찌든 모습이 아니었다. 노파는 세상 보기 드물게 욕심 많고 인색해서 항상 투덜대고 불만만 터뜨리는 여자일 뿐이었다.

이제 떠돌이는 아주 사근사근한 태도를 띠고는 가능한 한 은근히 변죽만 울리는 어조로 뭔가 요기할 음식이 없는지 슬쩍 물었다.

그러자 노파가 쏘아붙였다. "내가 그딴 걸 어디서 얻는단 말이야? 하루 종일 나도 빵 한 조각 얻어걸리지 못했구만!"

하지만 떠돌이는 눈치 빠르고 교활한 친구였다. 그래서 이렇게 둘러댔다.

"아이고, 불쌍한 우리 할머니, 그럼 정말로 시장하시겠군요. 자, 자, 그러면 할머니도 저랑 함께 뭘 좀 드셔야 할 것 아닙니까?"

그러자 노파가 대꾸했다. "당신이랑 함께 먹는다고? 누구한테 뭘 같이 먹자고 나설 형편이 아닌 것 같은데? 그래, 뭘 내놓을 작정이기에 같이 먹자는 건데? 궁금하군."

떠돌이는 태연히 이렇게 말했다. "이 세상 방방곡곡을 떠돌았던 자는 고향에선 몰랐던 여러 가지를 경험하는 법! 온갖 일들을 경험한 자는 재치도 넘치고 감각도 날카로운 법! 정신없이 허둥대기보단 차라리 죽는 게 낫죠. 할머니, 냄비 좀 주세요."

이쯤 되자, 여러분도 상상할 수 있듯이, 노파는 부쩍 궁금증이 일어서 떠돌이에게 냄비를 건네주었다.

떠돌이는 냄비에 물을 가득 붓고는 불 위에 올려놓았다. 그리고 젖먹던 힘까지 내서 입김을 불어 냄비 주위로 불길이 활활 타오르게 만들었다. 이어 그는 호주머니에서 손가락 한 뼘 길이의 못을 꺼내 손 안에서 세 번 돌린 다음 냄비 안에 집어넣는 게 아닌가.

노파는 넋을 놓고 그 모습을 쳐다보았다.

"그거, 뭐가 되는 거유?" 노파가 물었다.

"못 수프요." 떠돌이는 능청스레 답하고는 주걱으로 물을 휘휘 젓기 시작했다.

"엥? 못 수프라고?" 노파가 눈을 휘둥그레 떴다.

"그럼요, 못 수프!" 떠돌이는 무표정하게 답했다.

노파는 생각했다. 살아오면서 듣고 본 것이 적진 않았지만, 세상에, 못으로 수프를 만든다니! 살다 살다 별 이야기 다 듣는군!

"흠, 가난한 사람들은 꼭 알아두어야 할 음식이네. 그거, 어떻게 만드는지 알려주시오." 노파가 말했다.

"가질 만한 가치가 없는 거라도 언제나 애걸해야 얻는 법." 떠돌이
가 중얼댔다.

이거 만드는 법을 알고 싶으면 날 지켜보기만 하면 돼요, 라고 말
하면서 떠돌이는 계속해서 물을 휘저었다.

노파는 땅에 쪼그리고 앉아서 두 손으로 무릎을 꼭 그러안은 채 국
물을 휘젓고 있는 그의 손을 뚫어지게 바라보았다. 떠돌이가 다시 입
을 열었다.

"대개는 이렇게 하면 훌륭한 수프가 되는데, 일주일 내내 같은 못
으로 국을 만들다보니 이번에는 좀 묽게 될 것 같아요. 체로 친 귀리
가 딱 한 옴큼만 있으면 멋진 수프가 될 텐데!" 한숨을 내쉰 그는 이렇
게 덧붙였다. "하지만 없는 걸 자꾸 생각한들 무슨 소용이랍디까?" 그
러고는 다시 국물을 휘휘 저었다.

"가만, 여기 어딘가 밀가루가 한 줌 있는 것 같은데." 노파가 그렇
게 말하더니 밖으로 나가 아주 훌륭한 밀가루를 약간 들고 왔다.

떠돌이는 약간의 밀가루를 수프에 집어넣고 계속 저었다. 노파는
가만히 앉아서 그의 모습과 수프가 끓고 있는 냄비를 번갈아 쳐다봤
다. 어찌나 열심히 쳐다보는지 눈알이 빠져나올 것만 같았다.

"이 수프는 함께 즐기기 좋을 겁니다." 떠돌이는 밀가루를 한 줌씩
넣으면서 말했다. "근데 여기다 소금 친 소고기 약간 하고 감자 몇 조

각만 넣어주면, 워따, 아무리 까다로운 양반들한테도 딱 어울릴 텐데 말입니다. 하지만 있지도 않은 걸 자꾸 생각한들 무슨 소용이랍디까, 안 그래요?"

노파가 가만히 생각해보니, 감자라면 약간 있을 것 같았다. 어쩌면 소고기도 좀 있을지 몰라. 결국 노파는 감자와 소고기도 떠돌이에게 내주었고, 떠돌이는 노파가 뚫어지게 쳐다보는 가운데 계속해서 국물을 휘휘 저었다.

"호오, 이 정도면 이 나라에서 가장 훌륭한 수프가 되겠는걸!" 떠돌이가 말했다.

"와, 이거 놀랍군." 노파가 감탄했다. "상상을 좀 해봐, 못으로 이런 수프를 만들다니!"

이 떠돌이, 정말 굉장한 친구야! 홀짝 홀짝 마시면서 큰 잔 하나 비우는 것쯤은 일도 아니네, 정말 대단해.

"야, 여기다 보리 쬐끔 넣고 우유 한 방울만 딱 떨어뜨려주면, 임금님을 모셔 와도 부끄럽지 않겠네유." 떠돌이가 능쳤다. "저녁마다 임금님은 이런 수프를 마시거든요. 내가 궁정 요리사 밑에서 일해본 적이 있어서 잘 안답니다."

"호호, 맙소사. 임금님한테 드린다고! 이거, 놀랍군." 노파는 무릎을 탁 치면서 소릴 질렀다. 이제 그녀는 떠돌이와 그가 자랑하는 엄청난 연줄에 경외감을 느낄 정도였다.

"하지만 없어서 못 쓰는 걸 자꾸 생각한들 무슨 소용이겠시유?" 떠돌이가 말했다.

노파는 집에 보리가 약간 남아 있다는 사실에 생각이 미쳤다. 그리고 우유는, 글쎄, 우유는 완전히 똑 떨어진 것은 아니지. 우리 집에서 가장 튼실한 암소가 막 새끼를 낳았으니까. 노파는 나가서 보리와 우유도 가져왔다.

떠돌이는 계속 국물을 저었고, 노파는 쪼그리고 앉아 그의 모습과 냄비를 번갈아 쳐다보았다.

다음 순간 떠돌이는 갑자기 냄비에서 못을 끄집어냈다.

"자, 국이 다 되었어요. 이제 멋들어진 잔치를 해야죠." 떠돌이가 말했다. "그런데 말이죠, 할머니, 임금님과 왕비님은 이런 수프를 한두 모금 마시면 반드시 샌드위치를 적어도 하나쯤은 먹는답니다. 그리고 식사를 할 때면 언제나 식탁 위에 천도 올려놓거든요. 그러나 뭐, 갖고 있지 않은 걸 자꾸 생각해봐야 소용없겠죠."

그러나 이젠 노파 자신이 의심할 여지도 없이 구름 위에 둥둥 떠 있는 기분이었다. 임금님의 식사처럼 만드는 데 필요한 게 겨우 그 정도라면, 이번 한 번쯤은 똑같이 해서 이 떠돌이와 임금님 왕비님 행세를 해보는 것도 괜찮을 거야, 노파는 그렇게 생각했다. 그녀는 바로 찬장으로 가 브랜디 병, 작은 술잔, 버터, 치즈, 훈제한 소고기, 송아지 고기 등을 꺼내 왔다. 마침내 식탁은 손님들을 초대라도 한 것처럼 아주 번듯하게 차려졌다.

노파는 평생토록 이렇게 성대한 만찬을 누려본 적이 없었다. 이렇게 맛있는 수프를 먹어본 적도 없었다. 게다가 생각해봐, 못 하나로 이 모든 걸 만들었다니!

그토록 경제적인 수프 만들기를 배워서 어찌나 기분 좋고 유쾌했던지, 노파는 자신에게 그런 유용한 것을 알려준 떠돌이에게 어떻게 보답해야 좋을지 알 수 없었다.

두 사람은 완전히 지치고 졸음이 몰려올 때까지 마시고 먹고, 먹고 마셨다.

이제 떠돌이는 바닥에 몸을 누이려고 했다. 하지만 노파는 생각했다. 아니, 그럴 순 없지. 암, 그렇게 해서는 안 되지. 노파는 중얼거렸다. "이렇게 대단한 사람을 바닥에 눕게 하면 쓰나. 침대에서 자도록 해야지."

두 번 권할 필요도 없이 떠돌이는 수락했다. 그리고 이렇게 말했다. "달콤한 크리스마스 때랑 똑같은 기분이에요. 할머니보다 더 친절한 여자는 만나본 적이 없고요. 아, 그래요, 그렇게 착한 사람들과 만나는 이들은 정말 행복하죠." 떠돌이는 침대 위에 누워서 달콤한 꿈나라로 떠났다.

다음날 아침, 그가 눈을 떠보니 따뜻한 커피와 술 한 잔이 놓여 있었다.

마침내 그가 다시 길을 떠나려 하자, 노파는 반짝반짝 빛나는 금화 한 닢을 쥐어주었다.

"고맙네, 젊은이, 고마워, 나한테 그런 걸 가르쳐주어서." 그녀가 말했다. "이젠 못 하나로 수프를 끓이는 방법을 배웠으니, 난 앞으로 편안하게 살 수 있을 거야."

"아, 거기다 무언가 맛있는 재료를 더해주기만 한다면 뭐, 그리 어려운 일도 아니죠." 떠돌이가 오두막을 나서며 그렇게 말했다.

노파는 문 앞에 서서 그의 뒷모습을 죽 지켜보았다.

"저런 사람들을 만나는 게 뭐 그리 자주 생기는 일은 아니지." 그녀가 중얼거렸다.

여정

정직한 한 푼

노르웨이

저 멀리 외딴 숲 속, 금방이라도 허물어질 것만 같은 오두막집에 아주 가난한 여인이 살고 있었다. 입에 풀칠할 것도 별로 없고 땔감으로 쓸 것도 없어서 어린 아들을 숲속으로 보내 땔나무라도 모아 오라고 했다.

싸늘하고도 음침한 가을날이었기 때문에 꼬마는 추위를 느끼지 않기 위해서 쪼르르 달리고 폴짝폴짝 뛰기를 반복했다. 그러다가 장작으로 쓸 만한 나뭇가지나 뿌리가 눈에 뜨일 때마다 두 팔로 가슴께를 쳐야 했다. 너무나 추워서 주먹이 길에 깔린 크랜베리만큼이나 빨개졌기 때문이다.

아무튼 땔나무를 대충 구해서 집으로 돌아가는 길에 산허리에 그루터기만 남은 공터로 나오게 되었는데, 거기서 못생긴 하얀 돌을 보았다.

"오, 이 가여운 돌을 좀 봐!" 소년이 말했다. "얼마나 하얗고 얼마나 가냘픈지! 넌 꽁꽁 얼어 죽을 거야, 내가 보증할 수 있어." 그렇게 말하면서 소년은 외투를 벗어 그 돌을 덮어주었다. 그리하여 소년이 땔나무를 안고서 집으로 돌아오자 어머니는 이 살벌한 겨울 날씨에 얇아빠진 셔츠 하나 걸치고 돌아다니다니 무슨 일이냐고 다그쳤다. 그래서 소년은 서리를 맞아 하얗고 가냘프게 된 그 못생긴 돌을 어떻게 보게 되었으며, 자신의 외투를 그 돌에게 어떻게 벗어주었는지, 엄마한테 얘기해주었다.

"아이구, 이 바보 같은 녀석!" 어머니는 탄식했다. "돌도 얼어 죽을 거라고 생각하니? 그래, 설사 돌이 꽁꽁 얼어붙다가 다시 흔들린다 하더라도, 이건 알아두어라. 누구나 나한테 가장 가까운 것은 바로 나 자신이라는 사실. 네가 나가서 옷으로 공터의 돌을 덮어주는 짓을 안 해도, 네 등짝 덮을 옷가지 구하는 것은 꽤나 돈이 드는 일이란 말이야." 그렇게 말하면서 어머니는 가서 외투를 찾아오라고 소년을 쫓아 보냈다.

소년이 돌을 봤던 곳으로 돌아오자, 이게 웬일, 돌이 그새 몸을 일으키듯 땅에서 벌떡 일어나 있는 게 아닌가! "아, 그래, 맞다, 맞아, 가여운 것, 외투를 얻어 입더니 이렇게 되었구나." 소년이 말했다.

하지만 좀 더 가까이 다가가 돌을 보니, 그 아래에 반짝반짝 빛나는 은화가 가득 들어 있는 상자가 눈에 띄었다. 소년은 혼자 생각에 잠겼다.

"이거, 틀림없이 누가 훔친 돈일 거야. 정직하게 번 돈이라면 누가 이렇게 외딴 숲속에 있는 돌 밑에다 가져다 놓을 리가 없지."

그래서 소년은 그 돈 상자를 가까이에 있는 작은 호수로 가져가 물속에다 통째로 던져 넣어버렸다. 그런데 유난히 은화 한 닢이 물 위에 둥둥 뜨는 게 아닌가.

"아하, 저건 정직한 돈이야." 소년이 감탄했다. "정직한 돈은 절대 가라앉지 않거든."

그래서 소년은 되찾은 외투랑 함께 그 은화 한 닢을 들고서 집으로 돌아갔다. 그는 숲에서 일어났던 모든 일을 어머니에게 이야기해주었다. 그 돌이 어떻게 벌떡 일어서 있었는지, 은화가 가득 담긴 통을 어떻게 발견하게 되었는지, 누군가에게 훔친 돈일 거라는 생각에 어떻게 그 돈을 모두 호수에다 쏟아 버렸는지, 그리고 어떻게 은화 한 닢만이 물 위에 둥둥 떴는지, 모두 이야기했다. 그리곤 이렇게 말했다.

"그 은화 한 닢은 정직한 돈이기 때문에 제가 가져왔어요."

"에휴, 넌 정말이지 타고난 멍청이로구나." 화가 치밀어 오른 어머니는 그렇게 꾸짖었다. "물 위에 뜬 것 외엔 정직한 게 아무 것도 없다면, 이 세상에 정직한 게 어디 있겠니? 설사 그 돈이 열 번씩이나 도둑맞은 거라고 해도, 어쨌든 네가 찾아낸 거잖아? 이 놈아, 이미 너한테 했던 얘기를 다시 해줘야겠구나. 어느 누구든 가장 가까운 것은 바로 자기 자신이야. 네가 그 돈을 전부 가져오기만 했더라면, 너랑 나랑은 편안하고 행복하게 살 수 있을 것 아니냐? 하지만, 어쩌겠니, 네 녀석이 아무짝에도 쓸모없는 인간으로 태어났으니 그 이상 뭘 바라겠어? 이젠 나도 널 위해 더는 뼈 빠지게 일하지 말아야겠다. 넌 빨리 세상으로 나가서 네 스스로 밥벌이나 해라."

그리하여 소년은 저 넓은 세상으로 나아가야 했고, 머물 곳을 찾아 먼 길을 오래도록 걸었다. 그러나 그가 어딜 가든, 사람들은 그가 너무나 작고 약해빠져서 아무짝에도 쓸모가 없다고 말했다. 그러다가 마침내 소년은 어느 상인을 만났고, 그의 주방에서 지내며 주방장을 위해 나무와 물을 길어오는 일을 하게 되었다.

그러구러 소년이 거기서 상당한 세월을 보낸 다음, 상인이 외국으로 여행을 떠나게 되었다. 상인은 귀국할 때 선물로 무엇을 사다주면 좋겠느냐고 하인들에게 일일이 물었다. 하인들이 갖고 싶은 걸 다 말한 다음, 주방장을 위해 나무와 물을 길어온 심부름꾼에게도 차례가 돌아왔다. 그때 소년은 그의 정직한 은화 한 닢을 상인에게 내밀었다.

"그래, 이걸로 내가 뭘 사다주랴?" 상인이 물었다. "이 한 닢으로는 흥정하느라 시간 보낼 일이 별로 없겠구나."

"그걸로 얻을 수 있는 것을 사주십시오. 그건 정직한 돈입니다, 제가 잘 알아요." 소년이 그렇게 대꾸했다.

상인은 그렇게 해주겠노라고 약속한 다음, 여정에 올랐다.

이윽고 상인은 외국에 나아가 자신의 배에서 짐을 부린 다음 다시 새로운 화물을 배에 가득 실었고, 하인들에게 사주겠다고 약속한 물건들까지도 모두 챙겨서 배로 돌아왔다. 그러고는 이제 부두에서 배를 밀어내 귀국길에 오를 참이었는데, 문득 주방의 심부름꾼이 은화 한 닢을 주면서 그걸로 뭔가를 사달라고 부탁했다는 사실이 떠올랐다.

"흠, 이걸 어쩐담, 은화 한 닢 때문에 시내로 다시 돌아가야 하나? 그런 가난뱅이를 집안에 들인 대가라고 해야 하나?" 상인은 잠시 혼자 생각에 잠겼다.

바로 그 때 어떤 나이든 여인네가 보따리를 등에 지고서 지나가고 있었다.

"그 보따리 안에 뭐가 들어 있수, 아줌마?" 상인이 말을 걸었다.

"아, 이거? 별것 없고 고양이 한 마리뿐이에요. 더 이상 먹여 살릴 여유도 없고 해서 이 녀석을 그냥 바다에 던져버릴까, 생각하는 중이라오." 여인이 대답했다.

그러자 상인은 혼자 궁리를 했다. "가만 있거라, 그 녀석이 이 은화 한 닢으로 얻을 수 있는 것을 사달라고 했겠다?" 그래서 그는 여인에게 이거 한 닢 받고 고양이를 줄 수 있느냐고 물었다. 아, 물론입죠! "자, 여기 있수." 아줌마는 재빨리 말했고, 흥정은 금세 이루어졌다.

상인의 배가 어느 정도 항해를 했을 즈음, 기상이 무시무시하게 변했다. 폭풍우가 어찌나 거세게 몰아치는지 그냥 앞으로 계속해서 나아가는 것 외에는 다른 방도가 없었고, 끝내 도대체 어디를 향해 나아가고 있는지조차 알 수 없는 지경이 돼버렸다. 마침내 배는 상인이 한 번도 가본 적이 없는 땅에 도착했고, 그는 뭍에 내려 마을로 들어갔다.

상인은 어떤 주막집으로 들어갔는데, 희한하게도 식탁에는 손님 한 사람마다 회초리가 한 개씩 놓여 있었다. 이것 참 이상한 노릇이네, 상인은 고개를 갸우뚱했다. 저 회초리들은 어디다 쓰는 물건일꼬? 하여튼 그는 자리를 잡고 다른 손님들이 어떻게 하는지를 유심히 본 다음 그들과 같이 행동하면 되리라고 마음먹었다.

이윽고 고기 요리가 나와서 식탁 위에 놓이자, 아하, 그렇군, 상인은 왜 식탁에 회초리를 놔두었는지 금세 깨달았다. 음식이 나오자마자 헤아릴 수도 없이 많은 생쥐들이 우르르 몰려나왔고, 손님들은 회초리를 집어 들고는 생쥐를 물리치려고 주변을 여기저기 두들기기 시작하는 것이었다! 회초리 두들기기가 계속되면서 점점 더 커지는 소란 외에는 아무것도 들리지 않았고, 더러는 다른 손님의 얼굴을 냅다 후려치는 이들도 있었다. 그때마다 "아이쿠, 미안해요!"라고 황급히 말하고는 다시 생쥐를 쫓아내느라 정신이 없었다.

상인은 "이 땅에서는 밥 한번 먹기도 힘들구나!" 하며 탄식했다. "여기 사람들은 고양이도 안 키워요?"

그러자 손님들이 일제히 소리쳤다. "고양이라고요?" 그들은 고양이가 뭔지 전혀 모르는 모양이었다.

상인은 급히 사람을 보내 주방 심부름꾼을 위해 사두었던 고양이를 가져오게 했다. 식탁 위에다 그 고양이를 놓자마자 그 많던 생쥐들은 걸음아 나 살려라, 모두 쥐구멍으로 달아났다. 그리고 손님들은 생전 처음으로 편안하고 조용하게 고기를 먹어볼 수 있었다.

사람들은 상인에게 그 고양이를 팔라고 애걸복걸하며 빌었다. 상인은 아주 한참 동안 뜸을 들인 다음에야 마침내 고양이를 주마고 약속했다. 하지만 그 대가로 백 달러는 받아야겠다고 선언했다. 사람들은 백 달러에다 감사의 뜻까지 얹어서 그에게 갚았다.

그런 다음 상인은 다시 항해를 계속했다. 그러다 이제 다시 여유를 되찾았나, 싶었는데 그때 큰 돛대 꼭대기에 그 고양이가 턱 하니 앉아 있는 모습이 보였다. 그 순간 갑자기 날씨가 고약해지며 요동치더니 전번보다도 훨씬 더 심한 폭풍우가 몰아쳐, 다시금 한 번도 가본 적 없는 나라에 이를 때까지 정신없이 배를 몰아야 했다. 간신히 뭍에 오른 상인은 어떤 주막집을 찾았다. 그리고 여기서도 식탁 위에 회초리가 놓여 있는 모습을 보았다. 하지만 이곳의 회초리들은 지난번보다 훨씬 더 크고 길었다. 알고 보니 그럴 수밖에 없었던 것이, 이 마을의 생쥐들은 그때보다 많기도 했거니와 두 배나 더 컸기 때문이었다.

이번에도 상인은 고양이를 팔았고, 전번보다도 많은 이백 달러를 얻을 수 있었다. 그것도 값을 깎자는 흥정 한번 없이!

그 나라를 떠나 상인은 다시 바다로 나아갔다. 다시 한번 고양이 그리말킨은 돛대 위에 앉아 있었고, 또 한 번 고약한 날씨가 시작되었으며, 악전고투 끝에 상인은 다시금 전에 발을 디뎌본 적이 없는 낯선 땅에 도달했다.

뭍으로 올라간 상인은 항구의 중심가를 찾았고 어느 주막집으로 들어갔다. 여기서도 마찬가지로 식탁에 회초리가 놓여 있었는데, 그 길이가 한 척하고도 반은 됨직했으며 작은 빗자루만큼이나 두꺼웠다. 그리고 손님들은 흉측하고도 커다란 생쥐들이 수천 마리나 된다느니, 그들을 떼어놓는 것도 엄청난 일이라 죽도록 고생해야만 고기 한 점 겨우 맛본다느니, 식탁에 고기 요리 놓고 앉아 있는 게 가장 힘든 고역이라느니, 탄식을 쏟아내고 있었다.

상인은 다시 한번 배에 사람을 보내 고양이를 데려왔고, 그제서야 사람들은 평화롭게 음식을 먹을 수 있었다. 사람들이 모두 나서 상인에게 싹싹 빌었다. 제발 덕분에 그 고양이를 우리한테 파시오. 상인은 한참 동안 고개를 절레절레 흔들었지만, 결국 선심 쓰듯 고양이를 팔겠다고 하면서 삼백 달러를 요구했다. 마을 사람들은 지체없이 돈을 내놓았고, 그 위에 감사의 말과 축복의 말까지 얹어 주었다.

이제 다시 바다로 나온 상인은 생각에 잠겼다. 내가 떠나올 때 그 심부름꾼이 준 한 닢이 대체 얼마로 불어난 거지?

"그래, 그래, 이 돈의 일부는 내가 챙길 거야." 상인은 혼자 중얼거렸다. "다는 아니고, 일부만. 내가 이 고양이를 샀으니 그 친구가 감사해야 할 사람은 바로 나거든. 게다가 누구든 나한테 가장 가까운 이는 바로 나 자신이란 말이지!"

그러나 상인이 그런 생각을 품자마자 어마어마한 폭우가 몰아치고 무서운 광풍이 일어서, 모두 배가 뒤집혀버릴 거라고 두려워했다. 어디에도 도움의 손길이 안 보이자, 상인은 자신이 받은 마지막 한 푼까지 전부 그 심부름꾼에게 주겠노라고 맹세할 수밖에 없었다. 상인이 그렇게 맹세하는 순간, 날씨는 금세 가라앉았고 집으로 돌아올 때까지 봄날처럼 살랑대는 미풍이 그의 배를 인도했다.

마침내 고향에 돌아온 상인은 주방의 심부름꾼 소년에게 육백 달러를 고스란히 주었고, 게다가 자기 딸까지도 그에게 선사했다. 이제 그 심부름꾼이 자기 주인인 상인보다도 더 부자가 되었기 때문이다. 그리고 그 후로 한층 더 부유해진 소년은 하루하루를 즐거움과 행복 안에서 살았을 뿐 아니라, 사람을 보내 어머니도 모셔왔다. 그는 자기 자신을 대하는 것과 꼭 마찬가지로, 아니, 그보다 훨씬 더 호사롭게, 어머니를 대해드렸다. 그는 이렇게 말했다. "왜냐구요? 누구든 나랑 가장 가까운 것은 나 자신이 아니라고 생각하거든요!"

난 두려움이 뭔지 몰라!

아이슬란드

옛날에 어떤 사내아이가 살고 있었다. 어찌나 용감하고 활기가 넘치는지, 친척들은 모두 어떻게 해야 이 녀석을 겁먹게 해서 자신들의 뜻에 고분고분 따르도록 만들 수 있을지, 절망할 지경이었다. 그래서 그를 잘 좀 가르쳐달라는 의미에서 교구 목사한테 데려갔다. 하지만 소년이 고집을 부리거나 화를 낸 것도 아니었건만, 목사님은 소년을 전혀 통제할 수가 없었다.

한번은 이런 일이 있었다. 어떤 겨울날 죽은 사람 세 명의 시신이 운구되어 도착했는데, 마침 늦은 오후라 교회에 보관했다가 이튿날 목사의 참석 하에 매장할 참이었다. 그 시절엔 시신을 관에 넣지 않고 그냥 수의로 감싸서 땅에 묻는 것이 관습이었다. 목사는 예배당 한가운데 약간의 간격을 두고 시신들을 내려놓으라고 지시했다.

어둠이 깔리자 목사는 소년에게 이렇게 말했다. "지금 예배당으로 달려가서 내가 설교단 위에 놓아둔 책을 갖고 오너라."

늘 그렇듯이 소년은 기꺼운 마음으로 달려가 깜깜한 예배당 안으로 들어갔다. 설교단을 향해 반나마 달려갔을까, 그는 바닥에 놓여 있는 무언가에 걸려서 앞으로 엎어졌다. 조금도 놀란 기색이라곤 없는 소년은 벌떡 일어나 주위를 이리저리 더듬어보고는 자기가 어떤 시신 위로 넘겨졌다는 사실을 깨달았다. 하지만 그는 그 시신을 팔에 안고는 방해가 되지 않도록 가장자리에 있던 벤치 위에다 엎어놓았다. 이어서 다른 두 개의 시신에도 걸려 비척거렸지만, 역시 같은 식으로 시신을 옆으로 밀쳐놓았다. 그러고는 설교단에 있던 책을 들고 예배당에서 나와 아무 일도 없었다는 듯 문을 닫았다. 그에게서 책을 받아든 목사는 소년에게 물었다. 예배당 안에서 뭔가 예사롭지 않은 걸 보진 않았니, 애야?

"아뇨, 딱히 기억나는 게 없는데요." 소년이 담담하게 말했다.

목사가 다시 물었다. "혹시 지나가는 통로에 시체가 셋 있는 걸 못 봤어?"

"아, 네, 봤어요." 소년이 대답했다. "근데, 그게 왜요?"

"네가 가는 길을 시신이 막고 있었잖아?"

"맞아요. 그렇지만 방해가 되진 않았는데."

목사가 다시 물었다. "너, 설교단까진 어떻게 갔니?"

소년이 답했다. "시신들을 가장자리 벤치에다 놔두었더니 아주 가만히 있어서, 저한테는 방해가 안 되더라고요."

목사는 고개를 절레절레 흔들면서 그날 밤엔 더 이상 아무 말도 하지 않았다.

다음 날 아침, 그는 소년에게 이렇게 통보했다. "이제 넌 여길 떠나야겠다. 죽은 자들의 휴식을 방해할 정도로 뻔뻔스러운 사람을 더는 내 곁에 가까이 둘 수 없거든."

소년은 조금도 싫어하는 기색 없이 목사와 그의 가족에게 작별을 고했다. 집도 없이 이리저리 떠돌면서 약간의 세월이 흘렀다.

그러던 중 어느 오두막집에 도달한 그는 거기서 밤을 보냈는데, 주인네 식구들이 스칼홀트의 주교께서 막 별세하셨다는 소식을 전해주었다. 그래서 소년은 이튿날 바로 스칼홀트를 향해 출발했고 저녁에 거기 당도하여 하룻밤 묵고 갈 수 있게 해달라고 구걸했다.

마을 사람들이 그랬다. "자네가 하루 묵고 가는 건 괜찮아. 하지만 조심해야 할 걸세."

"왜 그렇게 조심해야 하는 거죠? 무슨 일인데요?" 소년이 물었다.

사람들 얘기로는 주교가 세상을 뜬 후로부터 무슨 귀신인지 도깨비인지가 집안을 돌아다니는 바람에 어둠이 내린 다음에는 아무도 그 집에 머물 수가 없다는 것이었다.

그러자 소년이 말했다. "좋아요, 잘 되었네요. 저한테는 딱 안성맞춤입니다."

날이 어두워지자 과연 사람들은 소년에게 인사를 하고는 하나둘씩 떠났다. 저 아이가 살아있는 모습을 다시 볼 수 있으리라고 기대하는 사람은 아무도 없었다.

사람들이 다 가버리자 소년은 양초에 불을 붙이고 방을 하나씩 돌아보았다. 부엌이 보이기에 들어가 보니 훈제된 양고기가 서까래에 많이 걸려 있었다. 오랫동안 고기 맛을 못 봐서 식욕이 부쩍 생긴 소년은 칼로 마른 양고기를 썰어 여전히 타오르고 있는 불 위에 놓인 냄비 속에 집어넣고 요리했다.

그렇게 고기를 잘라 넣고 냄비 뚜껑을 닫으려는 찰나에 굴뚝 위에서 소리가 들렸다. "내려가도 되겠나?"

소년은 곧장 대답했다. "물론이죠, 오세요."

그러자 어떤 거인의 머리와 두 팔과 두 손과 허리까지의 몸통, 그러니까 신체의 절반만큼이 바닥으로 쿵, 하고 떨어져 내려와 꼼짝도 하지 않고 가만있었다.

이어서 또 다른 목소리가 굴뚝으로부터 들리는 것이었다. "내려가도 괜찮을까?"

"원하시면 내려오세요." 소년이 답했다. "안 될 것도 없죠."

그러자 그 거인의 나머지 부분, 그러니까 허리부터 허벅지까지가 뚝, 떨어지더니 역시 꼼짝하지도 않고 바닥에 놓여 있었다.

그러고는 같은 방향에서 세 번째 목소리가 들려왔다. "내려가도 괜찮겠지?"

소년이 말했다. "물론이죠. 근데 일어서려면 뭔가가 필요할 거예요."

그러자 커다란 다리 두 짝이 쿵, 하고 떨어져 내려 거인의 다른 신체 부위 옆에 가만히 놓였다.

그렇게 아무것도 움직이지 않은 채 시간이 좀 흐르자 지루해진 소년이 이렇게 말했다. "아저씨 몸 전체가 용케도 집안으로 들어왔으니, 이제 일어나서 가봐야죠?"

이 말을 듣자 조각나 있던 거인의 신체 부위는 엉금엉금 기어 서로 붙어서 하나가 되었고, 거인은 바닥에서 일어나 입도 벙긋하지 않은 채 성큼성큼 부엌에서 걸어 나갔다.

소년은 거인을 따라나섰고 이윽고 둘은 널찍한 마루방에 이르렀는데, 거기엔 나무상자 하나가 놓여 있었다. 도깨비 거인이 상자를 열자 그 안에 돈이 가득 들어 있는 게 소년의 눈에 들어왔다. 거인이 두 손 가득 돈을 집어 상자 밖으로 꺼내더니, 마치 물을 쏟아붓듯 바닥이 온통 돈으로 뒤덮일 때까지 자기 머리 꼭대기에다 돈을 쏟아부었다.

그렇게 상자의 돈을 꺼내 뿌리면서 밤의 절반을 허비한 도깨비 거인은 같은 식으로 금화를 주워 담느라고 나머지 절반을 써먹었다. 소년은 그 옆에 가만히 서서 거인이 나무 상자를 다시 채우는 모습이랑,

커다란 두 팔로 바닥을 거칠게 휘저으면서 여기저기 흩어진 동전들을 줍는 모습을 지켜보았다. 마치 자기가 동전을 전부 거두어들이기 전에 누군가가 방해라도 할까봐 두려워하는 모습이었는데, 소년은 그것이 필경 새벽이 다가오고 있기 때문일 거라고 상상했다.

마침내 거인은 상자 뚜껑을 닫은 다음 그 방에서 나가려는 듯 소년의 옆을 황급히 지나쳤다. 하지만 소년은 그에게 말했다. "너무 서두르지 말아요."

"아니, 난 서둘러야 해." 거인이 대꾸했다. "곧 새벽이 오거든."

그러나 소년은 그의 소매를 붙잡더니 여태까지의 우정을 생각해서라도 잠시만 더 함께 있어달라고 통사정을 했다.

이 말에 도깨비는 화가 치밀어 오르는지, 소년을 꽉 붙들고는 소리쳤다. "너 때문에 내가 늦어지기라도 하면, 너, 재미없을 줄 알아!"

하지만 소년은 찰싹 달라붙어 거인이 주먹을 휘두를 때마다 미꾸라지처럼 요리조리 빠져나갔고, 그렇게 실랑이를 벌이느라 약간의 시간이 흘렀다. 마침내 거인이 우연히도 활짝 열린 문을 등지게 되자, 기회가 왔음을 직감한 소년은 거인을 살짝 걸어 넘어뜨리면서 머리로 그를 들이박았다. 도깨비의 무거운 몸집이 뒤로 벌렁 나자빠져 반은 마루방 안에, 나머지 반은 밖에 걸리면서 문지방에 부딪혀 등뼈가 부러지고 말았다. 그와 동시에 새벽의 첫 햇살이 열린 문 사이로 스며들어 그의 눈을 내리쬐었고, 거인의 몸은 순식간에 두 동강 나서 마루방 문의 양쪽에 절반씩 걸린 채 땅속으로 들어가버렸다.

그러자 용감한 소년은 (피곤해서 반쯤은 죽을 지경이었음에도) 나무로 십자가를 두 개 만들어, 도깨비 몸통의 두 부분이 사라진 바닥에다 깊숙이 박아넣었다. 그런 다음에 소년은 깊은 잠에 곯아떨어졌고, 해가 중천에 떴을 즈음 사람들이 스칼홀트로 돌아왔다. 그들은 소년이 아직 생생하게 살아있는 걸 보고 놀라기도 하고 기쁘기도 해서 그에게 물었다. 간밤에 뭔가 특별한 걸 보지 못했니?

"유별난 것은 전혀 없었는데요." 소년이 답했다.

그리하여 소년은 온종일 거기 머무르게 되었다. 너무 피곤해서 그렇기도 했지만, 사람들이 그를 보내기 싫어 했기 때문이기도 했다.

저녁이 되어 사람들이 여느 때처럼 자리를 뜨기 시작하자, 소년은 거인이나 도깨비 따위가 괴롭힐 일은 없다고 그들을 안심시키면서 제발 가지 말라고 애원했다. 그렇지만 사람들은 굳이 떠나야 한다고 고집을 부렸다. 물론 이번에는 소년의 안전을 걱정하지 않았지만 말이다. 사람들이 모두 가버리자 소년은 잠자리에 들어 아침까지 푹 잤다.

날이 밝아 사람들이 돌아오자 그는 자기가 도깨비와 싸웠던 얘기를 시시콜콜 다 들려주었고, 그가 만들어 세운 나무 십자가며 상자 안에 그득한 금화도 보여주었고, 밤이 되어도 다시는 두려워할 게 절대없으니까 다들 떠날 필요가 없다고 장담했다.

사람들은 소년의 기백과 용기에 진심으로 감사의 뜻을 표한 다음,

상으로 받고 싶은 게 있으면 돈이든 귀중한 물건이든 뭐든 말해보라고 하면서, 그가 원한다면 얼마든지 오랫동안 그들과 살아도 좋다고 덧붙였다. 소년은 그들의 호의에 감사하면서도 이렇게 말했다. "저는 돈을 받고 싶지도 않고 또 여러분들과 더 오래 같이 있어야 할지, 그것도 결심이 서지 않았습니다."

이튿날 소년은 바로 여행길에 오르려고 나섰다. 스칼홀트에 그냥 머무르는 게 좋지 않겠냐고 아무리 설득해도 소용이 없었다. 그는 이렇게만 말했다. "이젠 여러분들이 조금도 무서워하지 않고 주교 관저에서 살 수 있으니까, 제가 여기서 할 일이 더는 없잖아요." 그렇게 마을 사람들과 작별한 다음, 소년은 북쪽의 황무지 쪽으로 발걸음을 옮겼다.

한참 동안 뭔가 새로운 일이라고는 하나도 생기지 않다가, 어느 날 소년은 커다란 동굴 앞에 이르러 그 안으로 들어갔다. 동굴 속엔 또 하나의 자그마한 동굴이 있었고 거기엔 침대가 열두 개씩이나 있는데, 이불이며 베개가 정리되지 않아 흐트러져 있었다. 아직 이른 아침인지라 소년은 침대나 정리해주는 게 어떨까, 싶어서 모두 가지런히 해놓았다. 그런 다음 입구에서 가장 가까운 침대에 풀썩 몸을 던지고 이불을 덮고는 잠을 잤다.

잠시 후 동굴 안에서 사람들이 두런두런 이야기하는 소리를 듣고서 소년은 잠을 깼다. 그들은 누가 침대를 말끔하게 치워놓았는지 궁금해 하면서, 어쨌거나 누군가가 수고해주었으니 무척 고마운 일 아니냐고 말하고 있었다.

이불 밑에서 내다봤더니 그들은 무장한 열두 명의 남자들로 귀족적인 풍모를 지니고 있었다. 저녁 식사를 끝낸 그들은 안쪽의 작은 동굴로 들어왔고, 그중 열한 명은 각자의 침대로 걸어갔다. 하지만 입구에서 가장 가까운 침대를 쓰는 마지막 한 사람은 거기 누워 있는 소년을 발견하고는, 동료들을 불렀다. 그들은 자리에서 일어나 소년에게 자신들을 위해 침대를 정리해주어 고맙다고 말한 다음, 그들과 함께 지내면서 시종으로 일해주면 좋겠다고 통사정을 했다. 자기들은 매일 해만 뜨면 나가서 적들과 싸워야 하고 늦은 밤이 돼야 비로소 돌아오기 때문에 각자 신변 정리를 할 시간이 도무지 나지 않는다는 것이었다.

그러자 소년이 물었다. 왜 매일처럼 싸워야 하는 거죠? 그들은 적들과 맨날 싸워서 이겨왔음에도 불구하고 밤늦게까지 죽인 적들은 아침이 되기 전에 항상 다시 살아나기 때문이라고 설명했다. 우리가 해 뜰 때 일어나 전장으로 달려 나가지 않으면, 놈들은 아침마다 우리 동굴로 와서 우릴 모두 죽일 거란 말이네!

다음날 아침에도 동굴의 주인들은 집안일은 모두 소년에게 맡겨둔 채, 완전무장을 하고서 싸움터로 출발했다.

정오가 되었을 즈음, 소년은 도대체 싸움터가 어디인지를 알아내기 위해 사내들이 택했던 것과 동일한 방향으로 가보았다. 그리고 멀리 싸움터가 보이자마자 몸을 돌려 동굴로 되돌아왔다.

전사들은 저녁에 피로와 의기소침으로 풀이 죽어 돌아왔지만, 그 대신 소년이 모든 것을 정리 정돈해놓은 것을 보고는 기뻐했다. 저녁을 먹고 잠자리에 드는 것 외에는 달리 할 일이 없었으니 말이다.

그들이 전부 곯아떨어지자 소년은 곰곰 생각해보았다. 어떻게 해서 죽은 적군이 밤이면 모두 다시 살아나는 걸까? 그런 일이 어떻게 일어나지? 호기심이 어찌나 강렬했던지, 그는 전사들이 모두 잠든 것을 확인하고 나서 자신에게 가장 잘 맞는 무기며 갑옷 등을 챙긴 다음, 살그머니 동굴을 빠져나와 싸움터 쪽으로 달려갔다. 처음에는 거기서 시체며 잘려나간 머리통밖에는 볼 수 없었다. 그래서 이제부터 무슨 일이 벌어지는가, 싶어 잠깐 기다려보았다.

희미하게 날이 밝아오자, 가까이에 있는 작은 무덤이 쩍 갈라지면서 푸른 망토를 걸친 한 노파가 손에 유리병 하나를 들고 나타나는 것이 아닌가. 가만히 지켜보니, 노파는 죽은 병사에게 다가가서는 그의 머리통을 집어 들고 병에 담겨 있던 연고 같은 것을 목에다 문질러 발라준 다음, 머리를 몸통에다 붙여놓은 것이었다.

다음 순간, 죽어 있던 병사가 다시 살아나 벌떡 일어섰다. 노파는 두어 명을 똑 같은 방식으로 살려놓았고, 마침내 소년은 비밀을 완전히 파악했다.

그는 곧장 노파에게 다가가서 칼로 그를 찔러 죽이고, 그녀가 살려 놓았던 병사들도 함께 죽었다. 그런 다음 노파의 유리병을 갖고 자신도 똑같이 죽은 자를 살려낼 수 있는지 실험해보았다.

물론 그 실험은 성공적이었다. 소년은 재미삼아 병사들을 죽였다가 다시 살리기를 반복했고, 이윽고 해가 뜨자 동굴에서 함께 기거하는 동료들이 싸움터에 도착했다.

그들은 소년이 싸움터에 있는 걸 보고 너무 놀라서 어안이 벙벙해졌다. 그들은 소년에게 말했다. 자네가 사라져서 안타까웠고 우리 무기며 갑옷까지 없어져서 당황했다네. 하지만 적군이 멀쩡하게 살아 전투대형을 갖추고 우릴 기다리는 게 아니라, 이렇게 죽어 자빠져 있는 걸 보니 기쁘기도 하네! 아니, 어떻게 한밤중에 이처럼 싸움터로 나와 볼 생각을 했지? 그리고 지금까지 뭘 한 건가?

소년은 간밤에 일어난 일을 모두 이야기해주고, 연고가 담긴 유리병도 보여주었으며, 그 신기한 효력을 증명하기 위해 한 시체의 목에다 연고를 문질렀다. 그랬더니 시체는 금세 되살아났으며, 동굴의 전사들이 곧바로 다시 죽었다.

그들은 자신들을 위해 소년이 해준 일에 대하여 마음에서 우러나오는 감사의 뜻을 전하고, 자신들과 함께 지내달라고 다시금 애원하면서 이번엔 그가 봉사하는 대가로 적절한 보수도 지급하겠다고 했다.

소년은 보수를 받건 받지 않건 그들이 원한다면야 기꺼이 함께 지내겠노라고 대답했다. 동굴의 전사들은 그 말에 크게 기뻐하면서 소년을 꼭 껴안아준 다음, 적군의 시신에서 무기를 제거하는 작업에 돌입했다. 그들은 적군의 시체를 쌓고 그 위에다 노파의 시신을 얹어서 모두 불태웠다. 그러고는 노파가 나왔던 무덤 속으로 들어가 거기 있던 보물 따위를 맘대로 가졌다.

그런데 누군가가 서로 죽이고 다시 살리는 놀이를 해보자고 제안했다. 죽는다는 것이 어떤 기분인지 알아볼 수도 있고, 서로 다시 살려낼 방법도 있으니 괜찮지 않겠느냐면서. 그들은 그렇게 서로를 죽였다가 연고를 발라서 금방 되살리는 장난을 쳤다.

과연 그것은 굉장히 재미있는 놀이였다. 잠시 동안은.

하지만 한 번은 저들이 소년의 머리를 잘랐다가 다시 붙인다는 것이 잘못해서 반대쪽으로 붙이고 말았다. 되살아난 소년이 그런 자신의 꼴을 보게 되자 완전히 정신이 나갈 정도로 두려움에 떨었다. 친구들에게 무슨 수를 쓰든 제발 이런 끔찍한 모습에서 풀어달라고 애걸복걸했다.

그러나 그들이 달려가 그의 머리를 다시 잘랐다가 제대로 붙여놓자, 소년은 놓았던 정신을 되찾아 예전과 다름없이 두려움이라고는 모르는 용감한 소년이 되었다.

그 후로 소년은 동굴의 친구들과 함께 행복하게 살았고, 아무도 그에 대한 이야기를 더는 들을 수 없었다.

여정

셰홀름에서 온 뱃사람

●◀

노르웨이

우리가 태어나기 훨씬 전, 북쪽 노르들란트에 있는 거라곤 볼썽사나운 어선뿐이고, 사람들은 핀족의 마법사로부터 포대에 넣은 맑은 바람을 살 수밖에 없던 때가 있었다. 그땐 겨울 날씨에 너른 바다에서 지그재그로 항로를 잡는 것은 위험한 노릇이었다. 그리고 선원은 절대 늙는 법이 없었다. 죽어서 땅에 묻히는 것은 대개 여자들이나 아이들이었다.

그런 시절, 헬걸란트 출신의 선원들이 탄 어떤 배가 있었는데, 바다로 나아가 로포텐 동쪽으로 항로를 택해 곧장 올라가고 있었다.

그런데 그해 겨울 물고기들은 미끼를 건드리지 않았다.

그들은 뱃머리를 바람 불어오는 쪽으로 놓은 채 몇 주일이고 기다렸다. 이윽고 한 달이 지났다. 어구를 실은 텅 빈 배를 돌려 집으로 돌아가는 것 외엔 달리 할 일이 없었다.

그런데 선원 가운데 셰홀름에서 온 잭이 크게 웃으면서 이렇게 말했다. 물고기가 여기에 없다면, 틀림없이 조금 더 북쪽으로 올라가면 잡힐 것 아닙니까? 설마하니 이 모든 식량이나 축내려고 여기까지 그 고생을 하고 노를 저어 온 것은 아니겠죠?

잭은 상당히 어린 친구로, 한 번도 이렇게 고기를 잡으러 나와본 적이 없었다. 그러나 선장은 생각했다, 경험은 없어도 이 친구 말에 일리가 있군.

그리하여 그들은 돛을 올리고 북쪽으로 향했다.

다음에 도착한 어장에서도 전보다 나을 게 없었지만, 모두들 음식이 떨어질 때까지 땀 흘려 일했다.

그러고는 선원들이 입을 모아 이제 포기하고 집으로 돌아가자고 주장했다.

하지만 잭은 생각했다. "여기서는 한 마리도 잡지 못했지만, 북쪽으로 좀 더 올라가면 틀림없이 물고기들이 있을 텐데." 그리고 이렇게 말했다. "어차피 여기까지 나왔으니 앞으로 조금 더 나아가는 게 낫지 않을까요?"

결국 그들은 행운을 좇아 한 어장에서 다음 어장으로 옮겨가다가 마침내 노르웨이 북쪽 끝, 북극권에 속하는 핀마크 턱밑까지 오게 되었다. 그러나 거기서 폭풍을 만난 그들은 바다로 툭 튀어나온 땅 같은 피난처를 찾으려고 별의별 노력을 기울여봤지만, 끝내 너른 바다로 다시 휩쓸려나오고 말았다.

상황은 그 어느 때보다 고약해졌다. 무진 고생을 해야 했다. 뱃머리는 묵직한 파도를 타넘지 못하고 자꾸자꾸 그 밑으로 가라앉더니, 그날 느지막해서는 배가 결국 가라앉기 시작했다.

성난 황소처럼 날뛰는 바다 한가운데, 선원들은 모두 무기력하게 용골 위에 앉아, 자신들을 자꾸만 부추겨 파멸로 이끌었던 그 잭이란 친구를 향해 따가운 불평을 쏟아냈다. 아휴, 이제 우리 마누라들과 애들은 어찌 되누? 도와주는 사람이라곤 하나도 없이 굶어죽게 생겼구나!

날이 어두워지자 그들의 손이 뻣뻣해지기 시작했고, 이어서 바다가 한 사람씩 데리고 가버렸다.

잭은 그 모든 걸 듣고 보았다, 마지막 비명과 마지막 필사적인 안간힘에 이르기까지. 그리고 동료들은 마지막 순간까지 자신들을 이런 불행으로 데리고 온 그를 끝없이 원망했고, 자신들의 서글픈 숙명을 끝없이 한탄했다.

"이제 꼭 붙들고 있어야 해." 잭은 스스로에게 다짐했다. 바닷물 속에 들어가 있는 것보단 지금 여기가 더 나으니까. 그래서 배의 용골에다 무릎을 바싹 대고는 손이며 발에 더 이상 아무런 감각도 없어질 때까지 죽으라고 붙들고 늘어졌다.

거친 바람이 불어오는 싸늘하고 칠흑같은 밤, 잭은 아직 살아남은 선원들 몇 명이 내지르는 고함소리를 들은 것처럼 느껴졌다.

"저들에게도 아내와 아이들이 있겠지." 잭은 생각했다. "그 가족들도 책임을 씌울 수 있는 나 같은 존재가 있을까, 궁금하네."

그렇게 물결 가는 대로 흘러가고 또 흘러가는 동안 점점 날이 밝아지려는 무렵, 갑자기 잭은 뭍을 향해 내달리는 강력한 해류의 기운이 배를 휘어잡는 느낌을 받았다. 그러고는, 아니나 다를까, 잭은 마침내 뭍으로 올라와 있었다. 하지만 사방팔방을 둘러봐도 새까만 바다와 새하얀 눈 말고는 아무것도 눈에 띄지 않았다.

그렇게 거기 서서 도대체 어떻게 된 영문인지 스스로에게 묻고 주위를 살피던 잭은 저 멀리 핀족의 오두막에서 피어오르는 연기를 발견했다. 그는 엉금엉금 기다시피 해서 낭떠러지 바로 아래에 있는 그 오두막까지 어찌어찌 다가갈 수 있었다.

주인인 핀 사람은 너무나 노쇠하여 거의 움직이지도 못 했다. 그는 따스한 재를 모아놓은 곳의 한가운데 앉아 커다란 포대 안에다 뭔가 중얼거리면서, 잭에게 아무 말도 하지 않았고 대답도 해주지 않았다.

큼직하고 노란 말벌들이 마치 오뉴월인 양 눈 위를 붕붕거리며 날아다니고 있었다. 그리고 웬 아가씨가 거기 앉아 불을 피우면서 노인에게 먹을 것을 주고 있었다. 노인의 손녀 손자들은 순록을 데리고 멀리멀리 빙하가 깎아먹은 대지에 나가 있었다.

여기서 잭은 옷도 잘 말릴 수 있었고, 그토록 갈망했던 휴식도 취할 수 있었다. 핀족 아가씨 세임케는 잭에게 순록의 우유도 마시게 하고 골이 든 뼈도 대접하는 등, 더할 나위 없이 그를 위해 마음을 써주었다. 덕분에 잭은 은빛 여우가죽 위에 드러누워 잠을 청했다.

연기가 퍼져 있는 오두막 안은 아늑하고 편안했다. 그러나 그가 비몽사몽 누워 있자니 자신의 주위에서 여러 가지 괴이한 일이 벌어지고 있는 것만 같았다.

주인인 핀 노인은 문간에 서서 순록과 이야기를 주고받는 듯했다. 순록들은 저 멀리 산속에 있을 텐데 말이다. 그는 늑대가 가는 길을 가로막기도 하고 곰에게 마술을 걸겠다고 으름장을 놓기도 했다. 그런 다음 그가 가죽으로 만든 포대를 열자 거센 바람이 울부짖고 외치며 오두막 안에 있던 재를 온통 소용돌이치게 만들었다.

잠시 후 모든 게 잠잠해지자 허공에 노란 말벌들이 가득했다. 노인이 뭔가를 지껄이고 중얼대며 해골 같은 머리를 흔들고 있는 동안 말벌들은 그의 털옷 속으로 들어가 자릴 잡았다.

그러나 그 노인을 황홀하게 바라보는 것 외에도 생각할 다른 일들이 좀 있었다. 무거운 잠이 그의 눈에서 떠나자마자, 그는 곧 느린 걸음으로 자기가 타고 온 배를 향했다.

배는 해변에 찰싹 달라붙어 마치 여물통처럼 기울어져 있었으며, 바닷물이 용골을 찰싹찰싹 때리며 문지르고 있었다. 잭은 바닷물에 닿지 않게끔 배를 충분히 육지 쪽으로 끌어올려 놓았다.

잭이 배 주위를 돌면서 자세히 뜯어보면 볼수록, 사람들이 바닷물을 막으려고 배를 지은 게 아니라 바다를 안으로 들여놓기 위해서 배를 만든 것처럼 보였다. 물밑으로 파고들 목적이라기엔 뱃머리는 돼지주둥이보다도 거의 나을 바가 없었고, 용골 옆 바닥의 판자는 나무 상자의 바닥처럼 평평했다.

잭은 생각했다, 배가 항해를 위한 것이라면 모든 게 이것과는 상당히 다르게 만들어져야 하지 않을까? 가령 뱃머리는 적어도 판자 두 개 정도 높이로 들어 올려야 하고, 또 파도를 만나면 휘어지면서 동시에 파도를 자르고 나아갈 수 있게끔 날카로우면서도 유연하게 만들어야 하지 않을까? 그래야만 누가 배를 움직이더라도 수월하게 운항할 수 있지!

잭은 밤이고 낮이고 그런 생각을 했다. 저녁에 핀 아가씨랑 이야기를 주고받는 때만이 유일하게 긴장을 푸는 시간이었다.

그는 세임케라는 이 핀 아가씨가 자신한테 홀딱 반해버렸다는 인상을 지울 수 없었다. 그녀는 잭이 가는 곳마다 졸졸 따라다녔고, 그가 바다 쪽으로 내려갈 때마다 그녀의 눈은 항상 슬픔으로 가득했다. 그의 생각이 여기를 떠나 딴 데로 가는 것에만 온통 쏠려 있음을 너무나 잘 알기 때문이었다.

한편 주인인 핀 노인은 잿더미 속에 앉아, 입고 있던 털외투가 시도 때도 없이 김이 나고 탈 때까지 뭔가를 중얼거렸다.

그사이 세임케는 갈색 눈동자로 잭을 어르고 유혹했으며, 온갖 감언이설로 그를 꼬여 마침내 노인이 그들의 말을 들을 수 없는 연기 한 가운데로 그를 끌어들였다.

핀 족의 마술사는 머리를 돌려 살펴봤다.

"내 두 눈은 어리석고 연기 때문에 눈물이 흐르지만," 노인이 말했다. "잭이 거기 뭘 붙들고 있는 거냐?"

"당신이 덫으로 잡은 하얀 들꿩이라고 말해요!" 세임케가 잭에게 속삭였다. 잭은 그녀가 몸을 웅크려 그에게 기대고는 살짝 떨고 있다고 느꼈다.

이어서 그녀는 속삭였다. 노인은 화가 나서 당신이 만들고 싶어하는 배에 대해 심술궂은 말이나 마법의 노래를 중얼거리고 있는 거예요! 그녀가 어찌나 살그머니 속삭이는지, 잭은 방금 그 말이 자기 자신의 생각이라고 착각할 정도였다.

세임케는 말을 이었다. 만약 당신이 배를 완성시킨다면 핀의 마법사는 앞으로 노르들란트 전역에 맑은 바람을 팔지 않을 걸요! 그런 다음 그녀는 괜히 핀족과 마법의 파리들 사이에 끼어들지 않도록 조심하라고 경고했다.

이렇게 되자 잭은 자신의 배가 어쩌면 자기를 파멸시킬지도 모른다는 느낌이 들었다. 하지만 사태가 나빠질수록, 그는 그런 가운데 최선을 다하려고 더 애를 썼다.

잿빛 새벽이 다가오고 핀족이 잠을 깨기 전에 그는 바닷가로 걸음을 옮겼다.

그런데 눈 덮인 언덕들이 평소와 달리 어딘지 상당히 기이하게 보였다. 언덕은 너무나도 많았고 너무나도 길어서 정말이지 끝도 없었다. 그 때문인지, 그가 깊고 깊은 눈 속을 아무리 계속하여 쿵쿵 밟고 나아가도 도무지 바닷가에 이를 수가 없었던 것이다.

북녘의 빛이 이처럼 대낮까지 오래 지속되는 것도 일찍이 본 적이 없었다. 그 빛들은 눈부시게 번쩍이며 타올랐고 불길의 기다란 혓바닥이 그를 따라오며 핥고 쉭쉭 소리를 냈다. 해변도 찾을 수 없고 배도 찾을 수 없었으며, 도대체 자기가 지금 어디에 있는지조차 전혀 알 수가 없었다.

마침내 그는 깨달았다, 아하, 내가 바다 쪽으로 내려가고 있는 게 아니라, 내륙 쪽으로 상당히 헤매고 있었구나! 그러나 이제 그가 몸을 돌리려 하자, 너무도 두텁고 너무도 잿빛인 바다 안개가 몰려와 바로 코앞의 손발조차 보이지 않았다.

저녁이면 그는 피로에 지쳐 거의 녹초가 되었고, 뭘 해야 할지 도무지 알 수가 없었다.

밤이 드리워지고 더 많은 눈이 바람에 실려 와 차곡차곡 쌓였다.

이제 그가 돌 위에 앉아 어떻게 하면 목숨을 부지하고 여기를 빠져

나갈 수 있을까, 곰곰 생각하고 있을 때, 설상화雪上靴(미끄러지지 않게 바닥에 쇠갈고리가 달린 신발) 한 켤레가 바다 안개를 뚫고 아주 살그머니 그를 향해 미끄러져 와서는 바로 그의 발 앞에 가만히 멈추었다.

"네가 이렇게 날 찾았으니, 돌아가는 길도 그렇게 찾아주면 좋겠다." 잭이 말했다.

그래서 잭은 설상화를 신고 그 신발이 알아서 언덕배기와 가파른 절벽을 넘어가도록 내버려두었다. 자신의 두 눈이 인도하도록 두지 않았고, 자신의 두 발이 그를 데려가도록 두지 않았다.

그렇게 그가 더 빨리 움직일수록, 그를 향해 몰아치는 눈발과 물거품도 한층 더 짙어졌다. 하마터면 성난 바람에 설상화가 벗겨지고 몸이 거의 날아갈 뻔했다.

언덕을 오르고 계곡으로 내려가며 그는 낮에 다녔던 데를 모두 되짚었는데, 어떨 땐 발밑에 딱딱한 거라곤 하나도 없이 허공을 날아다니는 것 같은 착각에 빠졌다.

그러다가 어느 순간, 설상화가 갑자기 딱 멈추어 섰고, 그는 핀족 마법사의 오두막 입구 바로 앞에 서 있었다.

거기 세임케가 서 있었다. 그녀는 그를 찾던 중이었다.

"당신을 따라가도록 내가 설상화를 보냈어요." 그녀의 말이었다. "당신이 배를 찾지 못하도록 핀 할아버지가 이 땅에 주문을 걸었다는 것을 깨달았거든요. 애초에 당신이 할아버지 집에 피신했으니 목숨은 안전해요. 하지만 오늘 저녁엔 당신이 할아버지를 보지 않는 편이 좋을 거예요."

그러면서 핀 주인이 감지하지 못하도록 세임케는 그를 몰래 집안으로 들인 다음, 그에게 고기와 휴식할 장소를 제공했다.

그러나 잭이 밤중에 잠을 깨자, 기이한 소리가 들렸다. 어딘지 멀리서 웅웅대는 소리와 노랫소리가 허공을 맴돌았다.

배가 있어도 핀족을 절대 묶어둘 수 없고,

선원이 있어도 파리를 찾을 수 없는데,

방향 잃은 바람만 빙글빙글 도는구나.

핀 주인은 잿더미 속에 앉아서 마법의 노래를 불렀고 땅이 제법 흔들릴 때까지 뭔가를 중얼거렸다. 그동안 이마를 바닥에 댄 세임케는 두 손을 목 뒤에 단단히 깍지 끼고서 그를 막아달라고 핀족의 신에게 기도하고 있었다.

그때 잭은 깨달았다. 핀족의 마술사는 여전히 눈발과 바다 안개 속에서 자신을 추적하고 있으며, 자신의 생명이 마법의 주문으로 위험에 빠져 있음을.

그래서 그는 날이 밝기 전에 옷을 갖춰 입고 밖으로 나갔다가, 온몸에 눈을 뒤집어쓴 채 다시 쿵쿵거리며 돌아왔다. 그러고는 핀족 사람들의 겨울 피난처에서 곰들을 찾아다녔다고 말했다. 그처럼 지독한 바다 안개는 생전 처음이었으며, 집에서 겨우 몇 발짝 나갔을 뿐이었는데도 오두막으로 돌아오는 길을 찾느라 여기저기 헤맸다고도 했다.

핀 주인은 벌집처럼 노란 파리 떼가 가득한 보자기를 살갗에 댄 채로 거기 앉아 있었다. 그는 파리들을 사방팔방으로 찾아다니게 내보냈지만, 모두 다시 돌아와서 그의 주위를 감싸고 윙윙 낮은 소리를 내고 있었다.

그는 잭이 문간에 서 있는 걸 보고 파리들이 제대로 방향을 가리켰다는 생각에 만족감을 느끼며 어느 정도 화가 누그러졌다. 그리고 몸이 흔들리도록 웃다가 이렇게 중얼거렸다. "우린 싱크대 아래에다 곰을 꽁꽁 묶어둘 거야. 그리고 잭이 자기 배를 못 보도록 내가 마법의 주문으로 그의 눈을 흐리게 만들었지. 게다가 난 봄이 올 때까지 그의 앞에다 잠에서 못 깨는 말뚝을 박아둘 거야."

그러나 같은 날, 핀 주인은 문간에 서서 몸으로 마술을 걸고 허공에다 이상한 손짓을 하느라 정신이 없었다.

이어 그는 흉측스러운 마법의 파리 두 마리를 날려 보냈다. 임무를 띤 파리는 어딜 가든 그 아래 흰 눈에다 새까만 흔적을 남겼다. 늪 속에 있는 오두막에 고통과 질병을 가져다주고, 핀의 질병을 바깥세상에 퍼뜨려 대도시의 신부를 결핵에 걸려 쓰러지게 하는 것이 그들의 임무였다.

그러는 동안 잭은 밤낮을 가리지 않고 오직 어떻게 해야 핀의 마법사를 이길 수 있을지만을 생각했다.

처녀 세임케는 그를 감언이설로 꾀거나 눈물을 흘리며, 목숨이 소중하다고 여긴다면 다시는 배를 찾으러 바닷가로 내려가지 말라고 간절히 애원했다. 그러나 그녀는 마침내 그 모든 게 소용없다는 걸 깨달았다. 잭은 떠나기로 마음을 굳힌 것이다.

세임케는 그의 손에 입을 맞추며 쓰라린 눈물을 흘렸다. 적어도 핀의 마법사가 스웨덴과의 국경에 있는 조크목산으로 가고 없을 때까지만이라도 기다리겠노라고 약속해달라고 하면서.

그가 떠나는 날, 핀 주인은 횃불을 들고 오두막 주위를 한 바퀴 돌면서 상황을 살폈다. 아주 멀기는 하지만 산속의 목초지들은 순록이며 개들과 함께 거기 있었고 핀족 사람들은 모두 가까이 다가왔다.

핀 주인은 야수들의 이야기를 이용해서 손자들한테 당부했다. 내가 멀리 떠나 있어서 늑대나 곰들로부터 너희를 보호할 수 없으니 순록을 너무 멀리 내놓지 말라고. 그런 다음 그는 약을 마시고 빙글빙글 돌면서 춤을 추기 시작했다. 이윽고 그는 숨을 헐떡이고 신음을 내뱉으면서 땅바닥에 주저앉았다. 마법사가 있던 자리에는 그가 덮고 있던 동물의 가죽만이 남았다. 그의 영혼은 저 멀리 조크목산으로 가버리고 없었다.

마술사들은 피난처인 높은 산 아래 어두운 바다 안개 속에 모두 둘러앉아, 온갖 종류의 비밀과 숨겨진 것들을 중얼대고 신참 마법사들에게 혼을 불어넣었다.

그러는 사이 마법의 파리들은 윙윙 소리를 내면서 노란 고리 모양으로 핀의 마법사가 남긴 동물 가죽 주위를 계속 빙글빙글 돌면서 감시를 게을리하지 않았다.

밤에 잭은 마치 멀리서 뭔가가 자꾸 잡아당기는 것 같은 느낌에 잠을 깼다. 말하자면 어떤 공기의 흐름이 그의 주변에 맴도는 것 같았다. 그리고 밖에서 휘날리는 눈발의 한가운데로부터 무언가가 윽박지르고 그를 불러댔다.

"그대가 오리처럼 매끄럽게 헤엄칠 수 있을 때까지

그대가 지으려는 배는 조금도 진전이 없을 테고,

핀의 주인은 그대가 돛 달고 남쪽으로 가게 놔두지 않을 터,

바람을 꽁꽁 조여 묶어두고 광풍도 가두어버릴 것이므로."

그 목소리의 끝에는 핀의 마법사가 있었다. 그는 몸을 숙여 잭을 내려다보았다. 그의 얼굴 피부는 길게 축 늘어져 있는 데다 늙은 순록의 살갗처럼 주름투성이었고, 그의 눈에는 어질어질한 연기가 서려 있었다.

잭은 몸을 바르르 떨며 사지가 뻣뻣해졌다. 핀의 주인이 자신에게 마법을 걸려고 온 정신을 집중하고 있다는 걸 알 수 있었다.

다음 순간 잭은 마법의 주문이 자신에게 미치지 못하도록 얼굴을 굳히고는 강하게 뻗대었다. 그런 식으로 둘은 드잡이를 펼쳤고, 이윽고 핀의 마법사는 얼굴이 녹색으로 변하면서 거의 질식할 뻔했다.

그러자 조크목산의 다른 마법사들이 잭을 향해 마술을 걸어왔으며 그의 정신을 흐리게 만들었다. 너무나도 기묘했다. 배를 만드느라 정신이 없거나 배 안의 무언가를 고쳐놓았을 때마다 금세 다른 무언가가 잘못되어서, 마침내 그는 자기 머릿속이 불안과 초조로 꽉 차 있다는 느낌이 들었다.

그런 다음엔 깊은 슬픔이 덮쳐왔다. 아무리 애를 써도 원하는 대로 배를 만들 수 없었다. 다시는 저 바다를 건너갈 수 없을 것만 같았다.

어느덧 여름이 찾아왔다. 잭과 세임케는 따스한 저녁마다 바다로 돌출한 곳에 함께 앉았다. 사위가 고요한 가운데 각다귀들이 윙윙대고 물고기는 해안 가까이 솟구쳐 올랐으며, 솜털오리들이 이리저리 헤엄치고 있었다.

"아, 누군가가 물고기처럼 날렵하고도 민첩하게 날 위해 배를 완성해주기만 한다면, 마치 갈매기처럼 저 큰 파도를 타고 넘을 수만 있다면." 잭이 한숨을 쉬며 탄식했다. "그러면 난 떠날 수 있을 텐데."

"내가 그대를 인도하여 고향 헬걸란트로 데려다주길 원하는가?" 바닷가로부터 어떤 목소리가 그렇게 물어왔다.

동물의 가죽을 뒤집어 평평하게 만든 모자를 쓴 어떤 사람이 거기서 있었다. 얼굴은 볼 수가 없었다.

그리고 바로 호박돌 너머 아까 솜털오리를 봤던 곳에 길고 폭이 좁으며 앞뒤 머리가 높은 배 한 척이 놓여 있는 게 아닌가! 타르를 바른 널빤지들이 그 아래 맑은 물속에 그대로 비쳤고, 나무엔 단 하나의 옹이조차 없었다.

"그렇게 길을 안내해주시면 더할 나위 없이 고맙겠습니다." 잭이 말했다.

세임케가 그 말을 듣자 소리 높여 울면서 무섭게 흥분했다. 그녀는 잭의 목을 잡고 늘어져 놓지 않으려 하면서 정신없이 지껄이고 절규했다. 세상의 어떤 것이든 뚫고 통과시켜줄 설상화를 주겠다고 약속했고, 여태껏 사람들이 땅에 묻은 행운의 금화란 금화는 모두 찾아낼 수 있도록 핀족의 마법사에게서 뼈 지팡이를 훔쳐 주겠다고 했다. 낚싯줄에다 연어잡이용 매듭 만드는 방법이라든지 아주 멀리서도 순록을 꾀어서 다가오게 만드는 방법을 가르쳐주겠다고도 했다. 당신이 날 버리지만 않는다면, 당신은 핀족의 마법사만큼이나 부자가 될 수 있단 말이에요!

그럼에도 잭의 시선은 오로지 저 아래 배에만 고정되어 있었다. 그러자 세임케는 벌떡 일어나더니 자신의 새까만 머리채를 뜯어내 그의 두 발에다 묶었다. 그 바람에 잭은 그 머리털을 잡아떼낸 후에야 그녀에게서 떨어질 수 있었다.

"만약 내가 여기 남아서 당신이나 어린 순록이랑 노닥거리고 있다면, 부서져버린 못을 들고 배의 용골에 들러붙어 있어야 할 가련한 일꾼들이 한둘이 아닐 거요." 잭이 그렇게 말했다. "나랑 화해하고 싶다면 입맞춤과 작별의 포옹을 해주시오. 아니면, 그런 것도 없이 내가 그냥 가버리길 원해요?"

그러자 세임케는 어린 들고양이처럼 그의 팔에 몸을 던지고는 흐르는 눈물 사이로 그의 눈을 들여다보면서 바들바들 떨기도 하고 깔깔 웃기도 했다. 제정신이 아닌 것 같았다.

그러나 그에게 어떤 영향도 미치지 못한다는 것을 깨닫고는 급작스레 몸을 돌려 떠나면서, 핀 주인의 오두막을 향해 머리 위로 두 손을 마구 흔들었다.

그 순간 잭은 그녀가 핀의 마법사에게 이 일을 고할 거라는 것을 깨달았다. 갈 길이 막히기 전에 어서 배 안으로 피신하는 편이 낫겠다고 생각했다. 사실 배는 이미 호박돌까지 너무나 가까이 다가와 있었기 때문에, 노 젓는 좌석 위로 발걸음만 옮기면 될 일이었다.

방향타가 그의 손에 스르르 미끄러져 들어왔고, 뱃머리 돛대 뒤에 누군가가 비스듬히 앉아 있다가 돛을 올려서 활짝 폈다. 그러나 잭은 그의 얼굴을 볼 수 없었다.

그들은 그렇게 출발했다.

아, 이처럼 바람을 안고 내달리는 배라니! 잭은 일찍이 그런 배를 본 적이 없었다. 바다는 거의 잠잠하면서도 마치 깊은 눈보라처럼 배 주위를 감싸며 우뚝 서 있었다. 하지만 그들이 그다지 멀리까지 나아가기도 전에 끔찍스러운 삑삑 소리가 울리기 시작했다. 새들이 날카

롭게 비명을 지르며 뭍을 향해 날아갔고, 바다는 그들의 뒤에서 시커
먼 벽처럼 솟아올랐다.

바람의 포대를 활짝 열어젖힌 핀의 마법사가 폭풍을 보내 그들을
좇아온 것이다.

"여기 핀족의 가마솥 안에선 돛을 모두 다 올려야겠구나!" 돛대 뒤
에 있던 누군가가 그렇게 말했다.

배를 장악하여 항해하고 있던 그 친구는 날씨 따위에는 아랑곳하
지 않았다. 오히려 콧방귀를 뀌면서 단 하나의 가로돛도 말아 올리지
않을 정도였다.

그러자 핀의 마법사는 그들을 뒤좇아 어마어마한 폭풍우를 일으
켰다.

둘은 거칠게 춤을 추듯 전속력으로 강어귀를 넘어갔고, 바다는 하
얀 물보라의 기둥으로 소용돌이쳐 올라와 하늘의 구름에까지 닿았다.

새보다도 더 빨리 배가 날아갈 수 있다면 모를까, 그렇지 않으면
낭패였다.

바로 그때 왼쪽 뱃전에서 섬뜩한 웃음소리가 들렸다.

"핀족의 마법사가 입을 부풀려

우릴 곧장 남쪽으로 불어 재끼네

그 통에 그의 포대에 틈새가 났으니

가로돛을 세 개 올리고 갈지자로 나아가야지!"

거대한 방수 장화를 매단 육중한 몸의 뱃사공은 물보라 속에서 뱃전판 위에 두 다리를 쩍 벌리고 서서, 배를 곧바로 기울이고 가로돛 셋을 올렸다. 눈 앞을 가리는 물보라를 뚫고 질주하여, 바람이 으르렁거리며 포효하는 가운데 곧장 외해로 나아갔다.

출렁이는 파도의 벽이 어찌나 어마어마한지 잭은 활대 너머로 한낮의 빛을 볼 수조차 없었고, 해구海溝 위로 지나가고 있는 것인지 그 아래로 빠지고 있는 것인지도 정확히 가늠할 수가 없었다.

뱃머리가 미끈미끈한 물고기 지느러미라도 되는 것처럼, 그리고 널빤지들은 제비갈매기의 알과 같이 부드럽고 섬세한 것처럼, 배는 그렇게 가볍고도 수월하게 바닷물을 흔들어 갈라놓았다.

하지만 잭은 아무리 둘러보아도 널빤지의 끝을 볼 수 없었다. 마치 배가 반쪽뿐이고 그 이상은 없는 것만 같았다. 뭐랄까, 뱃머리 쪽이 물거품 속에 완전히 떨어져 나가서 자신들이 반쪽짜리 배를 타고 질주하는 것처럼 보였다.

밤이 되자 그들은 뜨거운 잿불처럼 번쩍이는 바다 불빛 사이로 항해했다. 대기 중에는 바람 불어오는 쪽으로 섬뜩한 외침 소리가 오래오래 들렸다.

곳곳에 뒤집힌 배의 용골로부터 비탄의 소리와 고통받는 인간의 울부짖음이 바람에 대답했고, 그들은 그 곁을 쏜살같이 지나갔다. 오싹하게 창백한 모습의 사람들이 노 젓는 좌석을 꽉 붙들고 있었다. 번

들거리는 바다 불빛이 그들의 얼굴에 새파란 섬광을 던졌고, 그들은 거기 앉아서 입을 벌린 채 쏘아보고 광풍을 향해 소리를 질렀다.

잭은 갑자기 정신이 번쩍 들었다. 무엇인가가 소릴 지르고 있었다. "잭, 이제 그대의 고향에 돌아왔네!"

서서히 의식이 돌아오자 그는 자신이 어디에 와 있는지를 알아보았다. 그는 고향 집의 배 창고에서 멀지 않은 호박돌을 베고 누워 있었다.

조수가 얼마나 내륙 쪽으로 깊이 들어왔던지, 바로 감자밭 안에까지 물보라의 경계선이 반짝이고 있었으며, 불어오는 바람 때문에 잭은 두 발을 제대로 둘 수 없을 지경이었다.

이윽고 배 창고 안에 자리 잡고 앉은 그는 졸음에 겨워 더는 견딜 수 없을 때까지 칠흑 같은 어둠 속에서 바닥을 긁어 타고 왔던 유령선의 모양을 그리기 시작했다.

아침 햇살이 비칠 즈음 여동생이 고기가 담긴 바구니를 들고 그에게 왔다. 여동생은 오빠한테 오랜만에 본 사람에게 하듯 반갑게 인사하지는 않고, 아침마다 이렇게 와주는 것이 그냥 일상적인 것처럼 굴었다.

그리고 그가 핀마크까지 항해했던 것이며, 핀족의 마법사며, 간밤에 타고 돌아왔던 유령선 등등을 전부 이야기하기 시작하자, 여동생은 단지 싱긋 웃으며 그가 계속 지껄이게 놔두었다.

세훌름에서 온 뱃사람

어쨌거나 잭은 그날 내내 온 가족한테 자신의 모험담을 들려주었다. 하지만 마침내 그가 결론에 이르렀을 즈음엔 가족들이 그를 보고 살짝 나사가 빠졌나, 라고 생각했다. 그가 타고 돌아왔다는 유령선 얘기를 꺼냈을 땐 자기들끼리 미소를 주고받았다. 그러고는 누가 봐도 알 수 있게끔 일부러 맞장구를 쳐주었다. 좋아, 믿고 싶은 대로 믿으라지! 내가 하고 싶은 걸 할 수만 있다면 좋을 텐데! 외딴 배 창고에 혼자 있게만 해준다면 참 좋을 텐데.

잭은 생각했다. "그래, 물 흐르는 대로 따라가야지, 어쩌겠어. 만약 식구들에겐 내가 정신이 나갔고 나사가 살짝 빠진 것처럼 보인다면, 저들이 날 잘못 생각하고 있으며, 내 일을 방해하고 간섭하고 있다는 걸 깨닫도록 내가 행동하는 수밖에 없지!

그래서 잭은 동물 가죽으로 만든 이불을 창고로 가져가 밤이면 거기서 잤다. 그리고 낮에는 지붕 위 막대기에 앉아서 이제 배를 타고 바다로 나간다고 고함을 질러댔다. 어떨 땐 지붕 가장자리에 걸터앉아서 칼집이 있는 나이프를 서까래에 깊숙이 집어넣곤 해서, 사람들은 그가 바다에 나가서 배의 용골을 꽉 붙들고 있다고 상상하는 줄 알았다.

마을 사람들이 지나갈 때면 그는 문간에 서서 흰자위가 드러나도록 섬뜩하게 눈을 치켜뜨는 바람에 보는 사람마다 혼비백산했다. 그의 가족으로 말하자면, 그를 위해 창고에다 고기를 담은 바구니를 넣어주는 것만 해도 용기를 내야 할 판이었다.

그래서 그들은 잭의 여동생에게 그걸 들려서 보냈다. 명랑한 꼬마 말프리는 곧잘 오빠랑 앉아서 재잘거렸고, 오빠가 장난감이며 놀잇감을 만들어준다든지 이 세상의 다른 어떤 배와도 달리 새처럼 날렵하게 달리는 배 이야기를 해주는 것도 엄청 재미있게 생각했다.

누군가 느닷없이 그를 찾아와 도대체 그 창고 안에 틀어박혀 뭘 하는지 엿보려고 하면, 그는 목재를 쌓아둔 다락으로 기어 올라가 널빤지며 판자를 마구 두드리고 내던짐으로써 저들이 자기를 찾지 못하게 만들었다. 그러면 사람들은 즐거워하면서 자리를 떴다. 그러다가 잭이 큰대자로 덜컹 누워버리는 소리가 들리면 일제히 다시 앞다투어 언덕을 올라가서 보고는 와자하게 웃음을 터뜨렸다.

그런 식으로 잭은 사람들이 자신을 건드리지 않고 놔두도록 만들었다.

그는 거센 바람이 뗏장으로 만든 지붕 위의 돌과 자작나무 껍질을 찢고 뒤흔들며 해초 무더기가 바로 창고 문 앞까지 쓸려오는 밤에 가장 효율적으로 일했다.

구멍 난 벽을 뚫고 바람이 아픈 소리를 내며 울 때나, 가느다란 눈발이 틈새로 휘날릴 때면, 유령선의 모습이 아주 또렷이 눈앞에 드러났다. 겨울의 낮은 짧았고 그가 일할 때 비춰주는 고래기름 램프의 심지는 깊은 그림자를 드리웠다. 어둠은 금세 사위에 깔려, 그가 푹신하게 쌓인 대팻밥을 베개 삼고 동물 가죽으로 만든 이불 아래 잠을 청하는 아침까지 오래 계속되었다.

그는 아픔도 고생도 마다하지 않았다. 어떤 판자 하나가 다른 판자들과 잘 맞물려 홈에 제대로 들어가지 않으면, 아무리 사소하더라도 그는 모든 판자를 꺼내 몇 번이고 일일이 대패로 밀고 깎아 다듬었다.

그렇게 시간이 흘러 크리스마스가 얼마 남지 않은 어느 날 밤, 맨 위쪽 널빤지와 갈고리 몇 개만 빼고는 배가 거의 완성되었다. 잭은 일을 마무리하는 데 너무나 몰두한 나머지 전혀 시간 가는 줄을 모르고 있었다.

그러던 중 뭔가 새까만 것이 널빤지를 따라 움직이고 있는 걸 보고 그는 흠칫 놀라 멈추었다. 대패에서 만들어진 대팻밥이 나와 사방팔방으로 마구 휘날렸다.

그것은 보기에도 오싹한 커다란 파리였는데, 여기저기 기어 다니면서 배의 판자란 판자는 모조리 훑어보고 쓰다듬고 있었다. 맨 아래쪽 용골 판자에 이르자 파리는 날개를 부르르 떨며 붕붕 소리를 냈다. 그러더니 파리는 날아올라 그 위의 대기를 휩쓸 듯하다가 마침내 순식간에 방향을 바꿔 어둠 속으로 사라졌다.

잭은 가슴이 철렁 내려앉았다. 극도의 의심과 불안이 덮쳐왔다. 그는 알고 있었다, 저렇게 배 위를 윙윙 날아다니는 마법사의 파리가 좋은 심부름으로 왔을 리 없다는 것을.

그래서 그는 고래기름 램프와 나무 몽둥이를 들고서 뱃머리 부분을 살피고, 널빤지에 빛을 비춰보고, 발을 쿵쿵 구르며 판자 하나하나를 조사했다. 또 같은 식으로 이물에서 고물까지 배의 아래위 모든 부분을 샅샅이 체크했다. 못 하나, 리벳 하나, 정말로 믿을 수 있는 것은 이제 하나도 없었다.

그런데 이렇게 보니 배의 모양도 각 부분의 비례도 더는 그의 마음에 들지 않았다. 뱃머리는 너무 컸고, 뱃전에 이르기까지 배 전체의 재단에도 왠지 비틀린 데라든지 굽은 데나 빗나간 데가 있어서 서로 다른 두 척의 배의 절반을 뒤섞어놓은 것 같았고, 앞쪽 절반이 뒤쪽 절반과 아귀도 맞지 않았다. 머리칼에서 식은땀이 배어 나오는 것을 느끼며 잭이 이 난처한 상황을 좀 더 자세히 들여다보려는 순간, 고래기름 램프의 불이 꺼지면서 그는 칠흑 같은 어둠 속에 갇혀버렸다.

그러자 잭은 더 이상 스스로를 억제할 수가 없었다. 몽둥이를 치켜들고 창고 문을 활짝 열어젖혔다. 커다란 워낭을 확 집어 들고는 주위에 마구 흔들어대기 시작했다. 딸랑, 딸랑, 새까만 밤을 뚫고 워낭소리가 울려 퍼졌다.

"그대가 종을 울려 날 찾고 있는가, 잭?" 무언가가 그렇게 물었다. 그의 뒤에서 파도가 바닷가를 핥는 소리가 났다. 싸늘한 일진광풍이 창고 안으로 불어왔다.

거기 용골 막대기 위에 헐렁한 항해용 재킷을 걸친 누군가가 앉아 있었다. 모자를 귀 밑까지 푹 내려쓰고 있어서 그 머리는 나지막한 장식 술처럼 보였다.

잭은 소스라치게 놀랐다. 이건 그가 미칠 것 같은 분노 속에서 생각해왔던 바로 그 존재, 자신을 이 곳 헬걸란트로 다시 오게한 그가 아닌가! 그는 배에 괸 물을 퍼내는 깡통을 집어 들어 유령에게 획 던졌다.

하지만 깡통은 그대로 유령을 뚫고 지나가 뒤쪽 벽에 부딪혔다가 잭의 귀를 향해 쏜살같이 되돌아왔다. 자칫 맞았더라면 다시는 일어나지도 못했을 터이다.

그럼에도 늙은 유령은 다소 무뢰하게 눈만 껌뻑껌뻑했다.

"에잇!" 소리치면서 잭은 그 기괴한 것에 침을 탁 뱉었다. 하지만 이번에도 그가 뱉은 침은 고스란히 다시 자기 얼굴로 되돌아왔다.

"자, 너의 그 축축한 넝마조각을 다시 입었구나!" 큰 목소리가 홍소^{哄笑}를 터뜨렸다.

그런데 바로 그 순간, 잭의 두 눈이 번쩍 뜨이면서 바닷가에서 배를 건조하는 시설이 오롯이 눈앞에 펼쳐졌다.

그리고, 거기, 환한 바닷물 위에 모든 장비를 완벽히 갖추고 항해를 앞둔 노 여덟 개짜리 '오트링'이 있었는데, 배가 어찌나 길고 멋있고 찬란한지 그의 두 눈으로 실컷 보면서 즐기고도 남음이 있었다.

늙은 유령은 흡족한 표정으로 눈을 껌뻑였다. 그의 두 눈은 갈수록

빛이 났다.

그는 이렇게 말했다. "내가 그대를 이끌어 헬걸란트로 돌아오게 할수 있다면, 같은 식으로 그대의 밥벌이도 도울 수 있을 테지. 하지만 대신에 그대는 약간의 세금을 내야 하네. 그대가 일곱 척의 배를 지을때마다 한 번씩은 반드시 내가 용골의 널빤지를 끼울 것이네."

잭은 숨이 막히는 것 같은 느낌이었다. 그 배가 자신을 증오의 아가리 속으로 끌고 들어가는 것 같았다.

"혹시, 교묘하게 환심을 사서 아무 대가 없이 나로부터 그 속임수를 얻어내리라고 은근히 상상하는 것인가?" 입을 크게 벌리고 싱긋이 웃으면서 유령이 말했다.

이어 뭔가 윙윙 돌아가는 소리가 났다. 창고 안에 묵직한 무언가가 떠다니는 것 같았다. 그리곤 웃음소리가 이어졌다. "네가 원하는 게 뱃사람의 배라 하더라도, 죽은 자의 배까지 함께 받아들여야 해. 오늘밤 네가 몽둥이로 용골을 세 번 두드리면, 노르들란트 어디에서도 찾아볼 수 없는 배를 만들 수 있도록 도움을 주겠다."

그날 밤 잭은 몽둥이를 두 번 들어 올렸다가 두 번 옆으로 내려놓았다.

그러자 오트링은 그의 눈앞 바다에 가볍게 흔들리며 뽐내듯 놓여 있었다. 이미 자기 눈으로 보았던 것처럼, 온통 환하게 빛나고 타르를 새로 칠해 번들거렸으며 밧줄과 고기잡이 장비들도 갖추어져 있었다. 얼마나 가벼운지, 얼마나 높이 파도 위로 올라탈 수 있을는지 느껴보기 위해서 잭은 그 날씬하고 멋진 배를 발로 툭툭 차고 흔들기도 했다.

그런 다음 한 번, 두 번, 세 번, 나무 몽둥이가 용골을 때렸다.

그리하여 세흘름에서 첫 번째 배가 만들어졌다.

어느 가을날, 빽빽이 모인 새들처럼 엄청 많은 사람들이 바다로 툭 튀어나온 갑ᵃ에 모여 잭과 그의 형제들이 새로 만든 오트링의 돛을 올리는 모습을 지켜봤다.

배는 거센 물결을 뚫고 미끄러져 나갔고 물보라는 성의 해자ᵇ처럼 배를 둘러쌌다.

한순간 모습을 감추었다가 다음 순간 갈매기처럼 솟구쳐 오르면서, 배는 암초와 갑을 화살처럼 스치고 지나갔다.

멀리 어장에 있던 어부들은 노를 놓고 입을 벌린 채 멍하니 쳐다보았다. 그런 배는 생전 본 적이 없었기 때문이다.

첫해에 오트링 때문에 사람들이 넋을 잃었다면, 이듬해에 그들의 눈을 번쩍 뜨게 만든 배는 널찍하고 육중한 겨울 고기잡이용 펨뵈링이었다.

그리고 해마다 잭이 만들어낸 배는 그 앞의 작품보다 노 젓기에 더 가볍고 돛을 올리기에 더 날렵했다.

하지만 뭐니 뭐니 해도 가장 크고 가장 훌륭한 배는 바닷가 조선대 위에 우뚝 선 마지막 작품이었다.

이것이 일곱 번째 배였다.

잭은 이리저리 서성이면서 일곱 번째 배를 곰곰 생각했다. 그런데 아침에 바닷가로 내려와 봤더니, 참으로 이상하게도 간밤에 배가 좀 커진 것으로 보일 뿐 아니라, 얼마나 아름답게 보이는지 너무나 놀라서 어안이 벙벙해질 노릇이었다. 배는 마침내 만반의 준비를 끝내고 거기 자태를 뽐내고 있었으며, 사람들은 질릴 줄 모르고 그 배 이야기를 주고받았다.

당시 헬걸란트 전역을 관장하는 행정관은 의롭지 못한 인간이라, 주민들에게 무거운 세금을 매기고 물고기나 솜털오리의 무게나 가치를 갑절로 치는가 하면, 십일조나 곡물세에 관해서도 탐욕을 숨기지 않았다. 그의 부하들은 가는 곳마다 교묘한 수단으로 사람들의 것을 빼앗고 갈취했다.

그러니 잭이 새로 만든 배들에 관한 소문이 행정관의 귀에 들어가자마자 무슨 일이 생겼겠는가? 자신은 여러 뱃사람을 데리고 어장들을 돌아다니며 낚시하기에 바빴으니, 부하들을 내보내 무슨 일인지 확인하지 않았겠는가? 부하들이 돌아와서 그들이 목격한 것을 보고하자, 행정관은 너무나 놀라서 부리나케 셰홀름으로 달려가 화창한 어느 날 매가 달려들 듯이 잭을 덮쳤다.

"넌 네가 번 것에 대해 십일조도 세금도 내질 않았으니, 이제 네가 만든 배의 측표測標 절반에 해당하는 은화를 벌금으로 내야 하느니라!"
그가 선언했다.

행정관의 분노는 갈수록 요란해지고 격렬해졌다. 잭을 쇠사슬로
꽁꽁 묶어서 북녘 스크라르 요새로 보내, 해와 달을 더는 볼 수 없도
록 철저히 감시해야 한다고 했다.

그러나 행정관은 노를 저어 펨뵈링 주위를 한 바퀴 돌면서 얼마나
날렵하고 아름다운 배인지 맘껏 눈요기한 다음, 마침내 '정의'보다는
'자비'를 베푸는 데 동의하고 벌금 대신 펨뵈링을 받아들이는 것으로
만족한다고 했다.

그러자 잭은 모자를 벗고 말했다. 다른 누구보다도 제가 이 배를
드리고 싶은 사람이 있다면, 그것은 바로 행정관 나으리입지요!

그렇게 행정관은 그 배를 타고 떠났다.

그 아름다운 펨뵈링을 잃게 되자 잭의 가족들은 일제히 쓰라린 눈
물을 쏟아냈지만, 잭은 배 만드는 창고 지붕에 올라가 허리가 끊어지
도록 껄껄 웃어 재꼈다.

그 후 가을이 무르익을 즈음, 여덟 명의 부하를 대동한 행정관이
펨뵈링과 함께 서쪽 피요르드에서 침몰했다는 소문이 쫙 퍼졌다.

그 시절 노르들란트에는 낡은 배를 새 배로 바꾸는 일이 빈번해서
잭은 배를 만들어달라는 요청의 십분의 일도 충족시키질 못했다. 원
근 각지에서 사람들이 찾아와 그의 창고 벽 주위를 서성거렸고, 그들

의 주문을 받아들여 실제로 제작하는 데 동의해주는 것만도 잭으로선 상당한 호의를 보이는 것이었다. 오래지 않아 스무 척 가까운 배가 해변에 모습을 드러냈다.

잭은 '일곱 번째' 배 만들기에 더는 신경 쓰지 않았고, 어느 배가 일곱 번째인지 혹은 그 배에 무슨 일이 생겼는지 따위도 알고 싶지 않았다. 어쩌다 실패작이 된 배도 있었지만, 훌륭하게 진수되어 잘 다니는 배가 더 많았고, 전체적으로 보면 잘 만들고 있었다. 그뿐이랴, 사람들은 물론 직접 배를 고를 수도 있었고 가장 마음에 드는 배를 사 갔다.

잭은 그렇게 너무나 막강하고 대단한 사람이 되어서, 누구라도 그를 방해한다든지 그가 가장 잘하는 일에 간섭한다는 것은 현명하지 못했다.

다락에 보관한 큰 통에는 은화가 가득 담겼고, 배를 만들기 위한 그의 시설은 셰홀름의 모든 섬으로 확장되어 나갔다.

어느 일요일 잭의 형제들과 귀여운 여동생 말프리는 또 하나의 펨뵈링을 타고 교회에 가고 없었다. 저녁이 되어도 그들이 돌아오지 않았는데, 뱃사람 하나가 오더니 폭풍이 들이칠 조짐이 있으니까 배로 사람을 보내 그들을 찾아보는 게 좋을 것 같다고 했다.

잭은 다림줄을 손에 쥐고 앉아서 새로 만들 배를 측정하고 있었다. 다른 어떤 배보다도 훨씬 더 크고 더 웅장하게 만들 터여서 지금 그의 맘을 어지럽히기는 참 난처했다.

"그럼, 우리 식구들이 낡고 썩어빠진 배를 타고 나갔다고 생각하는 거야?" 그가 소리를 빽 질렀다. 그러자 뱃사람은 부리나케 자리를 떴다.

하지만 밤이 되자 잭은 뜬눈으로 누워서 귀를 기울였다. 밖에서 바람이 애처로운 소리를 내며 벽을 흔들었다. 멀리 바다에서 외치는 소리도 들렸다. 바로 그때 누군가가 문을 두드리더니 그의 이름을 불렀다.

"어디서 왔는지 몰라도, 돌아가!" 잭은 그렇게 소리 지르고 한층 더 이불 속으로 기어들었다.

잠시 후 조그만 손가락으로 문을 만지작거리고 긁는 소리가 들렸다.

"밤에라도 날 좀 가만둘 수 없어?" 그는 고함쳤다. "아니면 굳이 침실을 따로 만들기라도 해야 하는 거야?"

하지만 밖에서 문을 두드리고 빗장을 찾느라 헤매는 소리는 계속되었고, 이어 누군가 문을 못 열어 그러는 듯 쓸어내리는 소리가 났다. 그러더니 빗장 쪽으로 점점 더 높게 손을 뻗는 것 같았다.

하지만 잭은 그냥 누워서 웃기만 했다. "셰홀름에서 건조한 펨뵈링은 첫 번째 돌풍이 불기 전엔 침몰하지 않는다고!" 놀리듯이 그렇게 말했다.

그런데 빗장이 흔들리고 뛰어오르더니 문이 벌컥 열리는 것이 아닌가. 거기 문간에 예쁜이 말프리와 그의 어머니와 형제들이 서 있었다. 그들 주위로 바다의 불빛이 번득이고 있었으며 모두 물을 뚝뚝 흘리고 있었다.

그들의 얼굴은 파르스름하게 창백했으며 입가에는 방금 죽음의 고통을 지나오기라도 한 것처럼 여기저기 꼬집힌 흔적이 있었다. 말프리는 딱딱한 한쪽 팔을 엄마의 목에 감고 있었는데, 그 목은 딸아이가 마지막으로 엄마를 꽉 붙잡았던 때처럼 온통 찢기고 피를 흘리고 있었다. 여동생은 푸념을 늘어놓고 한탄하면서 파릇파릇한 자기 목숨을 되돌려달라고 빌었다.

그래서 잭은 이제 그들이 어떤 운명을 맞이했는지 알게 되었다.

그는 힘이 닿는 데까지 사람들과 배를 동원해, 깜깜한 밤과 밤보다 더 어두운 날씨 속으로 즉시 식구들을 찾기 위해 나섰다. 그들은 사방팔방 물살을 가르며 찾아다녔지만, 아무런 소용이 없었다.

그런데 날이 밝아올 즈음, 용골 판자에 커다란 구멍이 뚫린 펨뵈링이 거꾸로 뒤집힌 채로 집을 향해 떠내려왔다.

그제야 잭은 누가 이런 짓을 했는지 알 수 있었다.

잭의 식구가 몽땅 바다에 빠진 그 밤 이후로, 세홀름에는 여러 가지가 사뭇 달라졌다.

낮에 망치질하고 두드리고 대패로 깎고 죄는 소리가 귓전을 맴도는 동안만큼은 만사가 부드럽게 흘러갔고, 한 척 한 척 배의 골격이 섬에 사는 해조海鳥처럼 두텁게 드러났다.

그러나 날이 어두워지기가 무섭게 손님들이 찾아왔다. 그의 어머니가 집안을 헤집고 다니며 소란을 떨고 서랍이며 찬장을 열었다 닫았다 했으며, 계단은 형제들이 쿵쿵 발소리를 내며 침실로 올라가는 통에 삐걱삐걱 신음했다.

밤이면 그의 두 눈에는 잠이 찾아오는 법이 결코 없었고, 물론 귀여운 말프리는 그의 방문으로 다가와 한숨을 쉬고 신음했다.

그럴 때면 잭은 말똥말똥 눈을 뜬 채로 누워서 생각했다. 내가 얼마나 많은 배를 용골의 널빤지들이 불량인 채로 바다 위에 띄웠을까? 더 오래 헤아리면 헤아릴수록 더 많은 유령선을 그런 널빤지로 만들었던 것 같았다.

잭은 침대에서 풀쩍 뛰어내려 어둠 속에서 창고 쪽으로 엉금엉금 기어갔다. 거기서 그는 배 밑에 불을 갖다 대고는 망치로 용골 널빤지를 하나하나 두드리며 혹시나 '일곱 번째' 판자가 없는 건 아닌지 확인해봤다. 하지만 널빤지는 단 하나도 틈이 없었다. 모든 배가 하나같았다. 모두 단단하고도 유연했으며, 나무도 타르를 벗겨내 보니 하얗고 싱싱했다.

근래 새로 만든 배 섹스트링은 노가 여섯 개였다. 어느 날 밤 잭은 날이 새면 출항할 준비를 마쳤다. 하지만 다리 옆에 놓여 있던 이 배가 걱정되어서 도저히 견딜 수가 없었다. 당장 내려가서 용골 널빤지를 망치로 확인해보지 않고서는 마음의 평안을 찾을 수 없었다.

그런데 그가 배에 들어가 불을 밝히고 노꾼들이 앉는 자리 위로 몸을 굽히고 있을 때, 멀리 바다 쪽에서 꿀꺽, 하는 소리가 들리는가 싶더니, 무섭도록 끔찍한 썩은 악취가 몰려왔다. 같은 순간 사람들이 해안으로 다가오는 듯 바닷물을 헤치고 걷는 소리가 들렸고, 이어서 바다로 돌출한 땅 위로 배의 선원들이 걸어오는 모습이 보였다.

모두 괴이한 몰골을 한 뱃사람들이었다. 그들은 일제히 앞쪽으로 몸을 숙이더니 두 팔을 앞으로 쭉 내뻗었다. 돌이든 뭐든, 그 어떤 장애물이 앞을 가로막아도 그들은 그걸 뚫고 그냥 통과했으며, 아무 소리도 외침도 들리지 않았다.

그들 뒤로는 또 다른 배에서 나온 듯, 어른과 아이가 뒤섞여 크고 작은 선원들이 덜컹덜컹 삐걱삐걱 소리를 내며 다가왔다.

그렇게 선원들이 줄지어 갑 쪽으로 나 있는 길을 걸어갔다.

달이 빼꼼 얼굴을 내밀자, 잭은 그들의 두개골 속을 그대로 볼 수 있었다. 그들의 얼굴은 번쩍번쩍 빛났고 이빨이 번들거리는 그들의 입은 뻥 뚫린 듯 열려 있었다. 마치 지금껏 바닷물을 꿀꺽꿀꺽 삼키고 있었던 것처럼. 그들은 무리를 지어 행렬을 이루었고 주변을 가득 메웠다.

그제야 잭은 깨달았다, 내가 잠자리에 누워 생각하고 헤아려봤던 사람들 모두가 바로 여기에 와 있구나! 발작적으로 분노가 치솟았다.

배 안에 있던 그는 벌떡 일어나 가죽 바지 엉덩이 쪽을 후려치면서 소릴 질렀다. "잭이 배를 짓지 않았더라면 너희들은 훨씬 더 많이 죽었을 거잖아!"

하지만 그들은 이제 싸늘하게 쌩쌩 부는 바람처럼 잭을 향해 한꺼번에 다가와 퀭한 눈으로 그를 응시했다.

그들은 이를 바드득 갈았고, 각자 잃어버린 목숨을 안타까워하며 한숨을 뱉고 탄식했다.

이렇게 되자 공포에 질린 잭은 갑자기 세흘름을 떠났다.

그리고 얼마 후, 돛이 느슨해졌다. 그는 죽은 듯 잠잠한 바다로 미끄러져 들어갔다. 거기엔 썩어서 퉁퉁 부어오른 널빤지들이 조금도 움직임이 없는 바닷물 한가운데를 일제히 떠다니고 있었다. 모두 한때는 가지런히 형태를 갖추고 만들어졌지만, 이젠 터지고 휘어진 데다 끈끈한 점액과 녹색 곰팡이와 더러운 오물들이 매달려 있었다.

죽은 손들이 하얀 마디로 그 널빤지의 가장자리를 그러잡았으나 재빨리 잡지 못했다. 손들은 물속에서 쭉 뻗더니 다시 아래로 잠겨버렸다.

그러자 잭은 돛이란 돛은 모두 펼친 다음, 배를 몰고, 몰고, 또 몰았다. 바람이 부는 대로 갈지자로 나아갔다.

혹시 뒤에 남은 잔해들이 자기를 따라오지 않을까, 몸을 돌려 노려

보았다. 바닷물 속에는 죽은 손들이 버둥대며 뒤틀리고 있었고 고물 쪽의 갈고랑이로 그를 후려치려고 하기도 했다.

이어서 흐느끼듯, 괴성을 지르듯, 한바탕 광풍이 불어왔고 배는 하얗게 소용돌이치는 파도 사이를 따라 나아갔다.

하늘이 어두워지고 두툼한 눈발이 대기를 가득 채웠다. 배 주위의 쓰레기들은 점점 더 녹색을 띠었다.

낮에는 저 멀리 잿빛 안개 속을 나르는 가마우지를 이정표로 삼았는데, 밤이 되면 녀석들의 날카로운 외침이 귓가에 맴돌았다.

새들은 끊임없이 획획 날아다녔지만, 잭은 가만히 앉아서 그 섬뜩한 새들을 올려다보고 있었다.

바다 안개가 걷히면서 대기는 밝고 검고 붕붕 소리를 내는 파리로 인해 생기를 되찾았다. 해는 타올랐고 저 멀리 내륙으로는 그 빛 아래 눈 덮인 평원이 번쩍였다.

잭은 뱃머리를 바람 불어오는 쪽으로 돌려 멈출 수 있는 갑을 또렷이 알아보았다. 거기 눈 덮인 언덕 위 오두막에서 연기가 피어오르고 있었다. 문간에 핀족의 마법사가 앉아 있었다. 그는 몸을 관통하는 한 올의 힘줄로 뾰족한 모자를 아래위로 흔들고 있어서, 그의 살갗이 삐걱거렸다.

그리고 거기엔 아니나 다를까 세임케도 서 있었다.

햇살 좋을 때 펼쳐놓는 순록 가죽 위로 몸을 굽히는 그녀는 좀 늙고 수척해 보였다. 그러나 팔 아래를 힐끗 내려다볼 때는 마치 새끼들을 거느린 고양이처럼 민첩하고 빈틈없었다. 햇살이 내리쬐면서 그녀의 얼굴과 새까만 머리칼을 환하게 밝혔다.

그녀는 경쾌하게 벌떡 일어서더니 손으로 눈 위를 가리면서 그를 내려다보았다. 옆에서 개가 짖어대니까 그녀는 마법사가 아무것도 눈치채지 못하도록 개를 달래 조용하게 했다.

기묘한 그리움이 그를 감쌌다. 그는 뭍에다 배를 댔다.

그가 세임케 옆에 서자, 그녀는 두 팔을 머리 위로 흔들며 깔깔 웃더니 그의 몸을 흔들고 파묻히듯이 그에게 달라붙었다. 엉엉 울다가 뭔가 간청했다가, 스스로 어쩔 줄을 몰랐다. 그러다가 그의 가슴께로 파고들더니 그의 목을 와락 껴안고 입을 맞추고 어루만지며 그를 놓아주려 하지 않았다.

그러자 핀족의 마법사는 뭔가가 이상하다는 것을 눈치채고 줄곧 모피를 뒤집어쓰고 앉아서 마법의 파리들에게 혼잣말처럼 중얼거렸다. 잭은 감히 그와 문간 사이로 나아가지 못했다.

핀의 주인은 단단히 화가 났다.

노르들란트 전역의 배들이 그처럼 맨날 바뀌어왔기 때문에 더는 맑은 바람을 팔 수가 없었고 그 때문에 자기 일은 망쳐버렸다고 투덜댔다. 이젠 너무 가난해져서 머잖아 밖에 나가 구걸이라도 해야 할 판이었다. 게다가 그 많던 순록도 다 없어지고 집 주위를 어슬렁대는 저

암컷 한 마리가 남았을 뿐이고.

세임케는 잭의 뒤로 슬그머니 다가와서 이 암순록을 사겠다고 제안하라고 귓속말을 했다. 그러고는 순록 가죽을 몸에 두르더니, 마법사가 잿빛 가죽만 보고 그들이 순록을 데리고 온 거라고 상상하게 만들기 위해, 연기 자욱한 오두막 입구 안쪽으로 가서 섰다.

이어 잭은 세임케의 목에 손을 얹고 흥정을 시작했다.

마법사의 뾰족한 모자가 획 움직이고 끄덕이더니 그가 따뜻한 허공에 침을 탁 뱉었다. 하지만 그는 순록을 팔려고 하지 않았다.

잭은 가격을 올렸다.

그러나 마법사는 주위에 온통 재를 끌어올리고는 으름장을 놓고 소리를 질렀다. 파리들이 눈보라처럼 빡빡하게 날아왔다. 마법사의 털가죽 싸개엔 파리들이 꽉 차 있었다.

잭은 거듭거듭 가격을 올렸다. 마침내 값이 한 부셸 가득한 은화에 이르자, 마법사는 화가 나서 펄쩍 뛰었다. 그리곤 은화 일곱 부셸로 올라갈 때까지 중얼대기도 하고 마술 노래를 부르기도 했다.

그런 다음 핀의 주인은 허리가 거의 부러질 때까지 웃어 재꼈다. 그리고 생각했다, 누군지 몰라도 저걸 사는 친구는 돈깨나 쓰겠는걸?

그사이 잭은 세임케를 번쩍 들어 올려 함께 배를 향해 뛰어 내려갔다. 그러면서 핀의 마법사가 알지 못하게 순록 가죽은 내내 뒤에다 들고 있었다.

마침내 둘은 뭍을 떠나 바다로 나아갔다.

세임케는 너무나 행복해서 두 손을 맞부딪혔고 자기 순서가 오자 노를 잡았다.

북국의 빛이 온통 녹색과 적색으로 불타오르며 머리빗처럼 쏟아져 나와 그녀의 얼굴을 핥고 장난쳤다. 그녀는 그 빛을 향해 말을 걸기도 하고 두 손으로 다투기도 했으며, 맑은 두 눈을 반짝였다. 그녀는 혀와 입과 재빠른 손짓을 사용해서 그 빛과 말을 주고받았다.

이윽고 날이 어두워지자 그녀는 잭의 가슴을 베고 누웠고, 그는 그녀의 따뜻한 숨결을 느낄 수 있었다. 그녀의 까만 머리칼이 바로 그의 위로 흘러내렸다. 손으로 가만히 만졌다. 그녀는 무언가에 깜짝 놀라 핏줄이 펄떡펄떡 뛰는 한 마리 뇌조처럼 부드럽고 따스했다.

잭은 그녀의 몸에 순록 가죽을 덮어주었다. 배는 육중한 바다 위를 좌우로 흔들거리며 나아갔다. 마치 바다가 요람처럼 느껴졌다.

둘은 밤의 장막이 내려올 때까지 쉬지 않고 항해했다. 바다로 돌출한 땅도, 섬도, 멀리 떨어진 섬들에 사는 해조도 더는 보이지 않을 때까지 돛을 올리고 계속 나아갔다.

그의 진짜 신부:
일로나와 왕자 이야기

핀란드

일찍이 부모를 여읜 오빠와 여동생이 있었다. 여러 세대에 걸쳐 조상들이 살아왔던 낡은 농가에서 둘이서만 살고 있었는데, 오빠의 이름은 오즈모, 여동생의 이름은 일로나였다. 오즈모는 성실하고 근면한 젊은이였지만, 농장이 보잘것없이 작고 황폐해서 그저 연명하기조차도 너무 힘든 지경이었다.

어느 날 오빠가 입을 뗐다. "일로나야, 아무래도 내가 너른 세상에 나가서 일자리를 찾아봐야 할까보다."

"응, 오빠가 가장 좋다고 생각하는 길을 택해야지." 일로나의 대답이었다. "여긴 나 혼자서 어떻게든 꾸려나갈게, 자신 있어."

그렇게 오즈모는 고향을 떠나면서 돈을 벌어 새집을 장만할 수 있게 되면 동생을 데리러 꼭 돌아오겠다고 약속했다. 그는 이리저리 떠도는 생활 끝에 마침내 왕자님의 목동으로 자릴 잡을 수 있게 되었다.

임금님의 아들은 오즈모와 비슷한 나이 또래였는데, 종종 오즈모가 양 떼를 돌보고 있는 모습을 볼 때면 걸음을 멈추고 그와 이야기를 주고받곤 했다.

어느 날 오즈모는 왕자에게 자신의 여동생인 일로나 이야기를 해주었다.

"저는 참 멀리도 다니면서 이 지구상의 여러 곳을 보았습니다만, 제 동생 일로나처럼 아름다운 처녀는 단 한 번도 만나보지 못했습니다." 오즈모는 그렇게 말했다.

"그래? 일로나가 어떻게 생겼기에?" 왕자가 물었다.

오즈모는 그녀의 모습을 그려서 보여주었고, 왕자는 그 탁월한 아름다움에 마음이 녹아 단번에 일로나와 사랑에 빠져버렸다.

"오즈모," 왕자가 말했다. "자네가 지금 집으로 돌아가 여동생을 데리고 온다면, 내가 그녀와 결혼하고 싶어."

마음이 다급해진 오즈모는 자신이 올 때 선택했던 기나긴 육로가 아니라, 곧장 배를 타고 바다를 건너 고향으로 돌아갔다. 그러고는 일로나를 보자마자 이렇게 소리쳤다.

"일로나, 지금 당장 나랑 함께 가자. 왕자님이 너랑 결혼하고 싶어 하셔!"

오빠는 동생이 좋아서 팔짝 뛸 것으로 예상했으나, 뜻밖에도 일로나는 한숨을 푹 쉬면서 고개를 절레절레 흔들었다.

"아니, 무슨 일이니? 왜 땅이 꺼지라고 한숨을 쉬고 그래?"

"우리 조상들이 대대로 살아왔던 이 낡은 집을 떠난다고 생각하니 슬퍼져서 그러지."

"이그, 말도 안 돼, 일로나! 왕자와 결혼한 다음에 네가 살게 될 임금님의 성과 비교하면 이 낡아빠진 집이 무슨 대수냐?"

그렇지만 일로나는 계속 머리를 흔들 뿐이었다.

"소용없어, 오빠. 우리 선대 조상들이 곡식을 갈 때 사용했던 이 맷돌이 닳아서 못 쓰게 될 때까지는 이 옛집을 떠날 수가 없을 것 같애."

여동생의 뜻이 확고하다는 것을 깨달은 오즈모는 몰래 나가서 맷돌을 산산조각내고 말았다. 그러고는 깨진 조각들을 붙여서 예전과 꼭 같이 보이도록 만들어놓았다. 다음번 일로나가 맷돌을 건드리자, 물론 조그만 조각으로 깨져버렸다.

"자, 일로나, 이젠 날 따라나설 테지?" 오즈모가 물었다.

하지만 일로나는 다시 머리를 절레절레 흔들었다.

"오빠, 소용없어. 여러 세대에 걸쳐 우리 어머님들이 앉아 물레를 돌리던 저 낡은 걸상이 닳아 없어질 때까진 여길 떠날 엄두도 못 낼 것 같아."

그리하여 오즈모는 이번에도 직접 나서서 몰래몰래 낡은 걸상을 부숴놓았고, 일로나가 그 위에 앉자 걸상은 산산조각 나버렸다.

그러자 일로나는 대대로 사용해오던 절구가 절굿공이로 한 번 내려칠 때 산산이 부서질 정도로 낡아버린다면 모를까, 그렇지 않으면 고향 집을 떠날 수 없다고 버텼다. 오즈모는 절구에 금을 내버렸고 동생이 절굿공이로 두드리자 역시 박살나버렸다.

그 다음엔 일로나가 뭘로 핑계를 댔을까? 조상님들이 대대로 건너다녔던 저 오래된 문지방이 자신의 치맛자락에 휩쓸려 산산조각 부서진다면 모를까, 그렇지 않고는 집을 못 떠난다고 우겼다. 이번에도 오즈모는 낡은 문지방을 몰래 쪼개서 일로나가 그 문지방을 걸어 넘을 때 치맛자락에 으스러지도록 만들었다.

마침내 일로나가 물러섰다. "우리 조상님들이 더는 나를 붙들지 않는 걸 보니, 이젠 내가 떠날 때가 되었네."

일로나는 자신이 갖고 있던 모든 리본과 조끼와 치마 등등을 환한 색깔의 나무상자에 차곡차곡 넣고 강아지 필카를 데리고 배에 올라탔으며, 오즈모는 동생과 함께 임금님의 궁전을 향해 배를 저어 나아갔다.

머지않아 두 사람은 좁고 긴 땅을 지나갔는데, 그 끝에 어떤 여자가 서서 손을 흔들고 있었다. 아니, 좀 더 정확히 말하자면, 여자처럼 보이는 누군가가 손을 흔들었다. 사실 그것은 마녀 수예타였지만, 물론 두 사람은 그걸 알 턱이 없었다.

"날 배에 좀 태워주시구라!" 마녀가 큰 소리로 말했다.

"어째, 태워줄까?" 오즈모가 동생에게 물었다.

"그러면 안 될 것 같은데." 일로나의 대답이었다. "저 여자가 누구 인지, 뭘 원하는지도 모르고, 게다가 저 여자가 혹시 악마일지 어떻게 알아?"

그 말에 오즈모는 여자를 태워주지 않고 그냥 노를 저었다. 여자는 자꾸 소리쳤다.

"이거 봐요, 배에 좀 태워줘요. 태워달라니까."

다시 한 번 멈칫한 오즈모는 동생에게 또 물었다.

"태워줘야 한다는 생각이 안 들어?"

"아냐, 오빠." 일로나는 다시 말했다.

그래서 오즈모는 계속 노를 저어 나갔다. 그러자 가련한 여자한테 이 정도의 도움도 안 주다니 이게 무슨 일이냐고 그가 어찌나 비참하 게도 소란을 피워대는지, 오즈모는 더 이상 거절할 수가 없어 일로나 의 경고에도 불구하고 배를 뭍으로 가져다 댔다.

마녀 수예타는 곧바로 풀쩍 뛰어 배에 올라타, 일로나에겐 등을 대 고 오즈모를 바라보면서 자리를 잡았다.

"아이고, 참 훌륭한 젊은이로군." 수예타는 징징대면서도 아첨을 떠는 어조로 말했다. "노를 잡고 있는 모습이 얼마나 튼튼하고 당당한 지! 게다가 이 아가씨는 참 예쁘기도 해라. 내 감히 말하지만 이 처녀 를 보면 왕자라도 금세 반해버리겠어!"

그 말에 오즈모는 너무도 어리석게도 왕자가 이미 일로나와 결혼하기로 약속했다는 이야기를 수예타에게 털어놓았다. 그러자 수예타의 얼굴에 뭔가 사악한 표정이 이는 것 같았고, 마녀는 한 동안 손톱을 물어뜯으며 가만히 앉아 있었다. 이윽고 마녀는 오즈모로 하여금 여동생의 말을 못 듣게 만들고, 일로나로 하여금 오빠의 말을 듣지 못하게 만드는 주문을 중얼중얼 외기 시작했다.

마침내 저 멀리 왕궁의 탑들이 모습을 드러냈다.

"자, 일어나, 일로나!" 오즈모가 말했다. "치마를 툭툭 털고 예쁜 리본을 제 자리에 잘 꼽아. 이제 곧 육지로 나가야 하니까."

일로나는 오빠의 입술이 움직이는 걸 볼 수는 있었지만 그의 말을 들을 수는 당연히 없었다.

"오빠, 뭐라고 했어?" 일로나가 물었다.

그 순간 마녀 수예타가 끼어들어 대신 답해주었다.

"네 오빠가 너보고 물속으로 곤두박질해서 뛰어들라고 그러는데?"

"아니, 아니에요!" 일로나가 소릴 질렀다. "오빠가 그런 잔인한 짓을 시킬 리가 없어요!"

그러자 오즈모가 말했다.

"일로나, 너, 왜 그래? 내 말이 안 들리니? 치마를 깔끔하게 털고 예쁜 리본을 제대로 착용하라니까. 이제 곧 뭍으로 올라간다고."

"오빠, 무슨 말을 하고 있는 거야?" 일로나가 다시 물었다.

마녀 수예타가 아까처럼 오빠 대신 답했다.

"오빠가 너한테 빨리 물속으로 뛰어들라고 그러잖아."

일로나는 눈물을 왈칵 쏟으며 소리쳤다. "오빠, 어쩜 그렇게 잔인한 일을 시킬 수 있어? 기껏 이렇게 만들려고 나를 다그쳐 우리 조상님들의 집을 떠나게 만든 거야?"

그러자 오즈모는 세 번째로 윽박질렀다.

"그만 일어나, 일로나. 다소곳이 치마를 털고 리본도 제대로 꼽아. 이제 곧 뭍으로 올라가야 한단 말이야."

"오빠 말이 안 들려! 도대체 뭐라는 거야?"

그러자 수예타가 사납게 그녀 쪽으로 몸을 돌리더니 소릴 빽 질렀다.

"오빠가 말하잖아, 당장 물속으로 뛰어들라고!"

"오빠가 그렇게 시킨다면 따라할 수밖에." 가련한 일로나는 흐느끼면서 그대로 물속으로 뛰어들었다.

오즈모가 그녀를 말리려 했지만, 마녀 수예타가 그를 저지해놓고 직접 노를 저어 배를 몰았고 일로나는 물에 가라앉게 놔두었다.

오즈모가 탄식했다. "아, 이제 난 어떻게 하면 좋지? 내가 여동생을 데려오지 않은 것을 왕자님이 알게 되면 난 틀림없이 죽은 목숨이야."

"아냐, 그렇지 않아." 마녀가 끼어들었다. "내가 시키는 대로만 하면 너한텐 아무런 해도 미치지 않을 거야. 나를 왕자에게 데려가, 그리고 내가 자네 여동생이라고 소개해. 왕자는 차이를 느끼지도 못할 거고, 또 자신 있게 말하지만, 나는 일로나와 꼭 마찬가지로 아름답다고."

그렇게 말하면서 마녀는 일로나의 옷들을 넣어둔 나무상자를 열고, 치마와 조끼와 화사한 색깔의 리본 등을 마음대로 걸쳤다. 그렇게 요란스레 치장을 하고 보니, 마녀는 아닌 게 아니라 잠시 동안은 예쁜 처녀처럼 보였다.

그리하여 오즈모는 마녀 수예타를 왕자에게 일로나로 소개했고, 왕자는 이미 약속한 바가 있었으므로 마녀와 결혼했다. 그러나 채 하루가 지나기도 전에 왕자는 오즈모를 불러놓고 화난 얼굴로 따져 물었다.

"네 여동생이 아름답다고 말했는데, 이게 도대체 어떻게 된 일이냐?"

오즈모가 더듬거리며 답했다. "어, 예쁘지 않은가요, 왕자님?"

"예쁘지 않아! 나도 처음엔 그런가 싶었는데, 전혀 안 그래! 저 여잔 흉측하고 사악해. 자, 넌 날 속여먹은 대가로 손해를 배상해야 돼!"

말을 마치자마자 왕자는 오즈모를 독사가 득실거리는 방에다 가두라고 명령했다.

"네가 만약 결백하다면," 왕자가 말했다. "독사들이라도 널 해치지 않을 거다. 하지만 너에게 죄가 있다면 널 집어삼킬 거야!"

한편, 가여운 일로나는 물속으로 뛰어들어 아래로, 아래로, 깊이 빠져들어 가다가 이윽고 용왕의 궁전에 도달했다. 용왕의 신하들은 그녀를 정중하게 영접하고 위로했으며, 그녀의 비탄과 아름다운 자태에 감동을 받은 용왕의 아들은 그녀와 결혼하겠다고 손을 내밀었다. 그렇지만 일로나는 육지의 세계를 그리워하기만 할 뿐, 그의 청혼을 받아들이려 하지 않았다.

"전 오빠를 다시 보고 싶어요." 일로나는 눈물을 흘렸다.

그들은 육지의 왕자가 오빠를 독사로 가득한 방에 처넣었으며, 일로나 대신에 마녀 수예타랑 결혼해버렸다고 알려주었다. 그럼에도 일로나는 뜻을 굽히지 않고 육지로 돌아가게 해달라고 너무나 참담하게 애원했던지라, 마침내 용왕이 이렇게 말했다.

"그래, 좋다, 그럼! 계속해서 사흘 밤, 네가 저 위 물 밖의 세상으로 돌아가는 것을 내가 허락하노라. 하지만 그 후에는 절대로 다시 허락하지 않을 것이다."

그래서 그들은 사랑스러운 바다의 보석으로 일로나를 꾸미고, 목에는 커다란 진주 목걸이를 걸어주었으며 양쪽 발목에는 기다란 은발찌를 달아주었다. 물속에서 그녀가 몸을 일으키자 발찌는 은방울처럼 오묘한 소리를 냈으며, 십 리 밖에서도 그 소리를 들을 수 있었다.

일로나는 바다의 수면, 오즈모가 닻을 내렸던 바로 그 자리에 돌아왔다. 맨 처음 그녀의 눈에 띈 것은 물가에 정박한 오빠의 배와 그 배의 저 안쪽에 웅크리고 앉아 있던 자신의 강아지 필카의 모습이었다.

"필카!" 일로나가 기뻐서 소리를 지르자 강아지는 벌떡 일어나 반갑다고 짖으며 달려와 일로나의 손을 혀로 핥으면서 멍멍 짖기도 하고 까불어대는 것이었다.

일로나는 필카를 향해 이렇게 마법의 노래를 불러주었다.

> 필리, 필리, 귀여운 필카,
> 빗장을 슬쩍 들고 안으로 들어가
> 마당의 경비견도 슬그머니 지나고
> 곤히 잠든 파수꾼도 슬그머니 지나쳐
> 뱀처럼 부드럽게 기어서 들어갔다가
> 저들이 깨기 전에 몸을 낮춰 나오려므나!
> 필리, 필리, 귀여운 필카!
> 필리, 필리, 필카!

그러자 필카가 멍멍 짖으며 까불대더니 이렇게 말했다.

"주인 아가씨, 물론입죠. 뭐든 시키시는 대로 다 할 거예요."

일로나는 용궁에 머물러 있을 때 직접 만들었던 금은으로 수를 놓은 네모 장식을 주면서 이렇게 말했다.

"이걸 가져다 왕자님이 잠들어 있는 침대의 베개 위에다 올려놓거라. 왕자님이 그걸 보시면 오즈모의 진짜 여동생이 보냈다는 것을 금세 아실 거야. 또 자신이 결혼한 무시무시한 존재는 수예타라는 것도 아실 거야. 그렇게 되면 아마도 그 독사들이 집어삼키기 전에 오빠를 풀어주실 거다. 자, 어서 가, 나의 충실한 필카! 그리고 날이 밝기 전에 돌아오너라."

강아지 필카는 수놓은 네모 장식품을 입에 물고 임금님의 궁으로 내달렸다. 해가 뜨기 전 일로나가 반 시간나마 기다렸을까, 그녀의 강아지가 헐떡이면서 돌아왔다.

"무슨 소식을 갖고 왔니, 필카? 오빠는 어떻게 지내? 그리고 가여운 내 사랑이신 왕자님은?"

"오즈모는 여전히 독사들이 득실대는 방에 있어요." 필카의 대답이었다. "하지만 아직 잡아먹히지는 않았답니다. 전 왕자님이 머리를 누이는 베개 위에다 수놓은 네모 장식물을 놓아두었어요. 그의 바로 옆, 주인 아가씨가 있어야 할 곳엔 수예타가 잠들어 있었죠. 그 괴물은 끔찍하게 생긴 입을 쩍 벌리고 흉측하게도 코를 골고 있었어요. 왕자님은 자고 있는 동안에도 마음 고통이 심해 이리저리 뒤척이고 있더라고요."

"그래, 성의 곳곳을 다녀보기도 했니, 필카?"

"네, 주인 아가씨."

"그럼 결혼 축하연 후의 남은 흔적도 여기저기서 봤겠구나?"

"네, 주인 아가씨, 수예타가 손님들에게 고기 대신 뼈다귀에다 생선 머리며 순무 이파리, 타고 남은 빵 찌꺼기 따위를 대접했던 바로 그 연회의 흔적들을 봤죠."

"잘했다, 필카." 일로나가 말했다. "착한 우리 강아지! 아주 잘했어. 이제 날이 밝아오고 있으니 난 용왕의 궁전으로 돌아가야 해. 하지만 오늘 밤 다시 올 거고, 내일 밤에도 여기로 올 테니까 넌 반드시 여기서 날 기다리고 있어야 해!"

필카는 약속했고, 일로나는 은방울 같은 발찌의 달랑달랑 소리를 따라 용궁으로 내려갔다. 멀리서 왕자는 잠결에 그 소리를 듣고 잠시 잠에서 깨어나 이렇게 물었다.

"저게 무슨 소리지?"

"소리는 무슨 소리!" 수예타가 으르렁댔다. "꿈을 꾸고 있는 게로구만! 다시 잠이나 자라고!"

몇 시간 후 다시 잠을 깬 왕자의 눈에 베개 위에 놓여 있던 아름다운 자수 장식물이 들어왔다. 그는 큰 소리로 물었다.

"아니, 누가 이걸 만들었지?"

그때 수예타는 뱀처럼 헝클어진 머리털을 빗고 있었다. 그녀는 재빨리 왕자를 바라보았다.

"누가 뭘 만들었다고 그래?"

수놓은 장식물을 보자 그녀는 왕자의 손에서 그걸 낚아채려 했지만, 왕자는 꼭 붙들고 놔주지 않았다.

"누구긴 누구야, 내가 만들었지." 그녀가 당당히 말했다. "당신이 코를 골며 늘어지게 자고 있는 동안에 내가 아니면 누가 밤새도록 쪼그리고 앉아 이런 걸 만들겠냐고!"

그러나 왕자는 장식물을 고이 접으며 혼잣말로 중얼거렸다.

"흥, 내 눈엔 당신이 만들 물건 같지 않아!"

아침식사를 마치자 왕자는 오즈모가 어떻게 되었는지 물었다. 독사들이 우글대는 방으로 시종 하나를 보냈더니, 돌아와서 오즈모가 아무런 해를 입지 않은 채 뱀들 사이에 앉아 있더라고 보고했다. 그러고는 이렇게 덧붙였다.

"나이 많은 독사 왕이 오즈모와 친구라도 된 것처럼 그의 팔뚝에 칭칭 감겨 있었사옵니다."

시종의 말에 왕자는 깜짝 놀라면서도 적이 맘이 놓이기도 했다. 이 모든 사태가 그의 마음을 어지럽혀 몹시 아팠을 뿐 아니라, 무언가 마술적인 일이 벌어질 낌새를 느꼈기 때문이다.

마침 왕자는 바닷가의 자그마한 오두막에 홀로 살고 있는 어떤 지혜로운 할머니를 알고 있었는데, 그녀에게 달려가 의견을 들어봐야겠다고 결심했다. 그렇게 노인에게 달려간 왕자는 오즈모에 대해 이야기해주고, 특히 그가 어떻게 여동생에 관해서 자신을 속였는지도 모두 들려주었다. 그런 다음 독사들이 오즈모를 잡아먹기는커녕, 그와 친구가 되었더라는 말도 했고, 마지막으로 그 날 아침 베개 위에 놓여 있던 아름다운 네모 자수 장식품을 노인에게 보여주었다.

"어딘가에 비밀이 있어요, 할머니." 왕자는 결론을 내리듯이 말했다. "하지만 전 그걸 풀 수가 없답니다."

할머니는 사려 깊은 표정으로 그를 바라보았다.

"애야," 마침내 노인이 입을 뗐다. "네가 결혼한 사람은 절대로 오즈모의 동생이 아니다. 이 늙은이의 말을 믿어도 좋아, 그건 마녀 수예타야! 하지만 오즈모의 여동생은 틀림없이 어딘가에 살아 있어. 그리고 이 수놓은 장식물이 그녀의 징표로구나, 틀림없어. 아무래도 이건 오즈모의 동생이 오빠를 제발 풀어달라고 너한테 애원하고 있다는 의미야."

소스라치게 놀란 왕자는 노인의 말을 받았다. "수예타라고요!"

왕자는 그처럼 끔찍한 일이 있을 수 있다는 걸 처음엔 도저히 믿을 수 없었지만, 그게 사실이라면 많은 것들을 설명해줄 수 있겠구나, 하는 생각이 들었다.

"할머니 말씀이 옳다면," 왕자가 말했다. "바짝 경계를 해야겠군요."

그날 밤 정확히 자정이 되자 은방울 소리가 들리면서 일로나가 물결 위로 떠올랐고, 그녀의 모습이 보이자 강아지 필카는 기쁨에 겨워 멍멍 짖으면서 그녀를 맞았다.

전번처럼 일로나는 노래를 불렀다.

필리, 필리, 귀여운 필카,
빗장을 슬쩍 들고 안으로 들어가
마당의 경비견도 슬그머니 지나고
곤히 잠든 파수꾼도 슬그머니 지나쳐
뱀처럼 부드럽게 기어서 들어갔다가
저들이 깨기 전에 몸을 낮춰 나오려므나!
필리, 필리, 귀여운 필카!
필리, 필리, 필카!

일로나는 이번엔 왕자를 위해서 준비한 셔츠를 필카에게 주었다. 이 셔츠도 일로나가 용궁에서 직접 만든 것으로, 역시 금은으로 아름답게 수를 놓은 것이었다.

필카는 무사히 셔츠를 성안으로 가져갔고, 왕자가 눈을 뜨자마자 볼 수 있도록 베개 위에다 놓아두었다. 그런 다음 필카는 독사들의 방을 잠깐 들렀고, 새벽의 첫 햇살이 비치기 전에 바닷가로 돌아와 일로나에게 오빠가 안전하게 잘 있다고 안심시켰다.

이윽고 새벽이 오고 일로나는 은방울 소리를 내며 바다물결 속으로 돌아가기 전에 필카에게 소리쳤다.

"오늘 밤 같은 시각에 여기서 만나는 거야! 귀여운 필카, 날 실망시키진 않겠지? 오늘은 용왕님이 나를 뭍으로 올라가도 좋다고 허락한 마지막 밤이니까."

필카는 애타게 짖으면서 약속했다.

"우리 예쁜 주인 아가씨, 걱정 말아요, 꼭 여기서 기다릴게요!"

그날 아침 왕자는 눈을 뜨자마자 머리맡 베개 위에 놓인 예쁜 수를 놓은 셔츠를 보았다. 처음에는 마치 꿈을 꾸고 있는 것만 같았다. 아니, 인간의 손으로 만든 그 어떤 셔츠보다도 훨씬 더 아름답지 않은가!

"오!" 마침내 그는 한숨을 뱉었다. "이런 걸 누가 만들었단 말인가?"

"누가 또 뭘 만들었다고?" 수예타가 무례하게 물었다.

수예타가 셔츠를 보고는 빼앗으려 들었지만, 왕자가 그걸 꽉 붙잡고 놔주질 않았다. 그녀는 깔깔 웃는 척하더니 이렇게 말했다.

"아, 그거? 물론 내가 만든 거지. 당신이 거기 누워서 코를 골고 있는데 이 세상의 다른 어느 누가 밤을 꼬박 새며 당신을 위해 일할 거라고 생각해? 그런데도 난 고맙다는 소리 한 번 못 듣는구먼, 원, 세상에."

"흥, 이게 당신 작품이라고? 말도 안 돼." 왕자는 의미심장하게 말을 던졌다.

이번에도 시종은 오즈모가 여전히 살아 있고 독사들도 그를 해치지 않았다고 보고했다.

"참으로 기이하군." 왕자는 생각했다.

왕자는 수가 놓인 셔츠를 들고 지혜로운 할머니를 다시 한 번 찾았다.

"아하!" 셔츠를 본 노인이 말했다. "이제야 알겠구나! 들어봐, 나의 왕자님. 어젯밤 자정 즈음에 말이야, 은방울이 달랑달랑 하는 소리에 잠이 깼지. 일어나서 바깥을 내다보았어. 그런데 거기 물가에 대놓은 작은 배 옆에서 아주 이상한 모습을 봤지 뭔가. 아주 사랑스러운 처녀가 물결 위로 쑥 올라오는데 자네가 지금 들고 있는 그 셔츠를 손에 들고 있더라고! 배에 누워있던 강아지 한 마리가 좋다고 멍멍 짖으면서 그 처녀를 맞이하더군. 처녀는 마술의 힘을 지닌 듯한 노래를 강아지에게 불러주더니 그 셔츠를 주었고, 강아지는 그걸 물고는 어디론가 달려갔어. 왕자님, 그 처녀가 틀림없이 일로나야. 지금은 용왕의 권력 안에 붙들려 있는 모양인데, 내 생각엔 일로나가 자신을 구해주고 오빠를 풀어달라고 자네한테 간절히 애원하고 있는 거야."

왕자는 천천히 머리를 끄덕였다.

"할머니, 지금 하신 말씀이 옳아요. 제가 일로나를 구출하도록 좀 도와주세요. 넉넉하게 보상해 드릴게요."

"그렇담, 얘야, 바로 행동에 들어가야 하겠다. 왜냐하면, 일로나가 한 말을 들었는데, 오늘밤이 용왕한테 바다 바깥의 세상으로 나가도 좋다는 허락을 얻은 마지막 밤이거든. 지금 당장 대장장이한테 가서 튼튼한 쇠사슬 하나와 커다랗고 단단한 낫을 만들어달라고 해. 그리고 밤이 되면 저 바닷가로 나가 배의 그림자에 숨어 있다가, 자정이 되어 은방울 소리가 들리고 그 처녀가 파도에서 천천히 모습을 드러내면, 쇠사슬을 그녀의 주위에 던져서 재빨리 자네한테로 잡아당겨야 해. 그런 다음 낫을 단호하게 휘둘러서 그녀가 발목에 차고 있는 은 발찌를 잘라내라고. 그런데, 얘야, 이게 다가 아니야. 일로나는 지금 주문에 걸려 있기 때문에 네가 그녀를 붙잡으려고 하면 용왕이 그녀를 온갖 이상한 것으로 둔갑시킬 거야. 물고기, 새, 파리 같은 것으로, 난 잘 모르겠어, 아무튼 어떤 모습으로든 둔갑해서 그녀가 달아나 버리면, 오, 만사가 끝장이란 말이야!"

왕자는 즉시 대장간으로 급급히 달려가 대장장이로 하여금 튼튼한 쇠사슬과 묵직하고 날카로운 낫을 만들게 했다. 그리고 어둠이 깔리자 그는 배의 그림자 속에 숨어서 기다렸다. 자정이 되자 은은하고 달콤한 은방울 소리가 나면서 일로나가 천천히 파도 위로 올라왔다. 그녀는 다가오면서 노래를 부르기 시작했다.

필리, 필리, 귀여운 필카,

왕자는 지체하지 않고 튼튼한 쇠사슬을 그녀의 주위로 던져서 그녀를 자신에게로 잡아당겼다. 그러고는 세차게 낫을 휘둘러 그녀의 발목을 감고 있던 은 발찌를 싹둑 잘라버렸다. 발찌는 땡그랑 소리를 내며 물속 깊이 빠졌다. 그런데 다음 순간, 왕자의 팔에 안겨 있던 처녀는 눈 깜짝할 사이에 끈적끈적한 물고기로 변해 몸을 비틀고 꿈틀거리며 거의 그의 손가락에서 빠져나갈 뻔했다. 그가 물고기를 죽여버리자, 오, 그것은 물고기가 아니라 겁에 질린 한 마리 새로 변하여 달아나려고 안간힘을 쓰고 있는 게 아닌가! 그는 새도 죽였는데, 오, 이번엔 새가 아니라 도마뱀으로 변해 있었다! 그렇게 여러 번의 변신을 거치면서 점점 더 작고 약한 생물로 둔갑하더니, 마침내 자그마한 모기 한 마리만 남았다. 왕자가 모기를 으깨 죽이자, 그의 팔 안에는 다시 사랑스러운 일로나가 안겨 있었다.

"오, 아름다운 아가씨," 왕자가 속삭였다. "당신 흉내를 내고 있었던 수예타가 아니라 바로 당신이 나의 진짜 신부였구려. 갑시다, 당장 성으로 가서 그 마녀와 맞닥뜨려야겠어!"

하지만 그 말에 일로나는 떨리는 목소리를 높였다.

"나의 왕자님, 아니에요, 거긴 안 됩니다. 마녀 수예타는 저를 보자마자 죽여서 한 입에 집어삼키려 할 거예요. 그 마녀 곁에 절 데려가지 마세요."

"좋아요, 내 사랑, 알았어요." 왕자가 답했다. "그럼 우리 내일까지 기다립시다. 내일 이후로는 더 이상 수예타를 두려워할 필요가 없을 거요."

그리하여 일로나와 왕자와 충실한 강아지 필카, 이렇게 셋은 지혜로운 할머니의 오두막에 몸을 숨겼다.

날이 밝아오자 왕자는 일찌감치 성으로 돌아가 사우나를 뜨겁게 데웠다. 사우나 입구의 바로 안쪽에 깊은 구멍을 파게 하고 거기에 지글지글 끓는 타르를 부어 가득 채웠다. 그런 다음 그 구멍 위에는 갈색 매트를 죽 깔아놓고 다시 그 위에 파란색 매트를 덮었다. 준비가 끝나자 왕자는 안으로 들어가 수예타를 깨웠다.

"밤새도록 어딜 쏘다녔어요?" 화가 난 마녀가 다그쳤다.

"아, 이번엔 미안하게 됐소." 왕자는 짐짓 공손한 척했다. "하지만 앞으로는 절대 나의 진짜 신부와 떨어지지 않겠다고 약속할게. 그러니, 여보, 나와 같이 가서 목욕이나 합시다, 사우나가 준비되어 있으니까."

자기가 정말 인간이라도 된 것처럼 사우나를 하러 가는 모습을 주위 사람들한테 과시하는 게 흐뭇했던 수예타는 기다란 목욕 가운을 걸치고 손뼉을 딱딱 쳤다. 네 명의 노예가 나타났다. 그중 둘이 그녀의 목욕 가운 자락을 들고, 다른 둘은 양쪽에서 그녀를 부축했다. 그렇게 수예타는 천천히 걸어 성 밖으로 나와서 안뜰을 지나 사우나 쪽으로 건너갔다.

"와, 모두들 내가 진짜 사람이고 공주라고 생각하네!" 혼자 그렇게 중얼거린 수예타는 자신이 정말 아름다워서 사람들이 찬탄하는 거라고 너무도 확신한 나머지, 고개를 잔뜩 뒤로 젖히고는 입이 찢어질 정도로 싱글벙글하면서 점잔 빼는 걸음을 뗐다.

사우나에 도착한 수예타는 가운을 벗어 던지고 곧바로 문지방을 뛰어넘어 사우나탕 속으로 들어갈 태세였다. 하지만 그때 왕자가 속삭였다.

"아니, 아니, 그럼 안 되지. 아리따운 공주님의 체면이 있지, 자, 저 파란 매트 위로 우아하게 걸어봐요."

그러자 수예타는 한 번 더 고개를 뒤로 젖히고 그 흉측한 얼굴에 한 번 더 싱긋 웃음을 띤 다음, 파란 매트 위로 발걸음을 옮겼다. 그리고 타르가 지글지글 끓고 있는 구멍에 쑥 빠지고 말았다. 왕자는 재빨리 사우나 문을 잠그고 수예타가 끓는 타르 안에서 타죽게 내버려두었다. 여러분도 아시다시피, 마녀를 끝장내려면 태워죽이는 방법뿐이니까.

증오심에 휩싸인 채 타죽으면서 수예타는 마지막으로 자신의 머리카락을 한 줌 쥐어뜯어 공중에다 흩뿌렸다. 그러면서 고래고래 소릴 지르며 욕설을 퍼부었다.

그의 진짜 신부

〰 251 〰

"이 머리칼들이 모기며, 벌레며, 나방으로 둔갑해서 인간들을 영원히 괴롭힐지어다!"

이윽고 마녀의 외침도 서서히 잦아들더니 마침내 완전히 멈추었다. 왕자는 이제야 일로나를 집으로 데려와도 안전하리란 것을 알 수 있었다. 그러나 그보다 먼저 독사들이 득실대는 방에서 오즈모를 꺼내주고 그 부당한 처벌에 대해서 먼저 용서를 구해야 했다.

그런 다음 왕자와 오즈모는 함께 지혜로운 할머니의 오두막으로 달려갔고, 거기서 오빠와 여동생은 눈물 콧물 뒤범벅된 행복한 상봉을 하게 되었다. 왕자는 지혜로운 할머니에게 감사의 뜻으로 다 같이 왕궁에 가서 함께 살자고 부탁했다. 하여 네 사람은 까불대고 기쁨으로 멍멍 짖어대며 앞서가는 필카와 함께 왕궁으로 출발했다.

그날 왕궁에는 새로운 결혼 축하연이 성대하게 개최되었고, 이번에는 뼈와 생선 머리와 시커멓게 타버린 빵조각이 아니라 왕자가 오랫동안 맛보지 못했던 산해진미를 손님들에게 베풀었다. 이처럼 행복한 혼인을 축하하기 위해서 왕자는 오즈모를 의전관에 임명하고 강아지 필카에겐 아주 예쁜 새 목줄을 달아주었다.

"마침내," 일로나가 말했다. "이제는 우리 조상님들의 터전을 떠나왔다는 사실을 저도 기뻐할 수 있겠네요."

네 심장은 어디다 둔 거야?

노르웨이

옛날 옛적 어느 왕에게 일곱 왕자가 있었다. 그는 왕자들을 어찌나 아끼고 사랑했는지, 언제나 그들이 모두 곁에 있지 않고서는 일이 손에 잡히지 않을 지경이었다. 왕자들은 항상 부왕의 곁을 지켜야 했다.

형제들이 성장하자 그들 중 여섯은 신붓감을 찾으러 길을 떠났다. 하지만 왕은 막내아들만큼은 떠나보내지 않고 곁에 두면서, 형들에게 막내를 위해서도 공주를 찾아 궁으로 데려오라고 명령했다.

왕은 여섯 왕자들에게 더할 나위 없이 훌륭한 최상의 의복을 하사해, 멀리서도 찬란하게 빛나는 그들의 모습을 볼 수 있었다. 그리고 왕자마다 엄청나게 비싼 말을 한 필씩 주어서 여정을 시작할 수 있도록 했다.

수많은 왕궁을 찾아가 직접 보고 그곳의 공주들을 만난 여섯 왕자들은 마침내 공주만 여섯을 거느린 어느 임금을 만나게 되었다. 그들은 이토록 아리따운 공주를 여태 본 적이 없었기에, 각자 한 명의 공주를 맡아 사랑의 구혼을 시작했고, 여섯 공주 모두의 마음을 얻는 데 성공하자 그들은 귀향길에 올랐다.

그러나 각자 공주를 유혹하려고 정신이 없던 와중에 왕자들은 고향에 남아 있던 막내 아셰파틀[1]을 위한 신붓감 구하기를 까맣게 잊어버리고 말았다.

귀향길에 올라 얼마쯤을 갔을까, 여섯 왕자는 아주 가파른 산의 허리를 가깝게 지나고 있었다. 그런데 거기 어떤 거인의 성이 있었다. 거인은 그들을 보자마자 여섯 왕자와 여섯 공주를 모두 돌덩어리로 둔갑시켜버렸다.

부왕이 여섯 왕자들을 기다리고 또 기다렸지만, 단 한 명도 돌아오지 않았다. 극도의 비탄에 빠진 왕은 살아서 다시는 기쁠 일이 없을 거라고 탄식했다. 그러고는 막내에게 이렇게 말했다.

"너라도 내 곁에 남지 않았더라면, 난 더 살고 싶지도 않았을 것이다. 네 형들을 모두 잃었으니 이 무슨 비극이랴!" 그러자 막내 아셰파틀이 대답했다. "임금님, 사실 저는 형들을 찾아 나서도 좋다는 허락

---

1. 노르웨이 동화에 많이 등장하여 사람들의 사랑을 받는 영웅은 흔히 '아스컬라든 (Askeladen)'이라 불리는, 말하자면 신데렐라의 남성 버전으로 언제나 한 가족의 막내아들로 나온다.

을 구하려고 생각하고 있었습니다."

그러나 왕은 극구 말렸다. "아니다, 너마저 떠나보낼 수는 절대 없어! 막내왕자까지 잃을 수는 없잖니?" 하지만 막내는 뜻을 굽히지 않고 계속해서 간청하고 애원했으며, 기어코 떠나도 좋다는 허락을 부왕으로부터 얻어냈다.

그런데 여섯 형들에게 좋은 말들을 줘버렸던 터라, 남은 거라곤 늙어빠진 말 한 마리뿐이었다. 막내는 그래도 개의치 않고 시원찮은 늙은 말 등에 올라탔다.

"건강하십시오, 아버님." 막내 왕자가 임금에게 인사했다. "전 반드시 돌아올 것입니다. 그리고 여섯 형님들까지 저와 함께 돌아올 수 있게 만들게요." 그러고는 떠났다.

막내가 얼마나 갔을까, 길 위에 갈까마귀 한 마리가 날개를 퍼덕이며 누워 있었다. 얼마나 오래 굶었던지 막내가 다가가도 피해줄 엄두를 못 내는 것이었다.

"아, 친절하신 왕자님, 먹을 것을 좀 주세요. 그러면 왕자님이 곤경에 처했을 때 도와드리겠습니다." 갈까마귀가 허덕이며 부탁했다. "나도 먹을 게 거의 없는데," 막내가 대답했다. "게다가 네 모습을 보니 별로 나를 도와줄 형편은 아닌 것 같구나. 그렇지만 척 보기에도 네가 몹시 궁한 것 같으니까 먹을 것을 약간은 주어야겠군." 왕자는 지니고 있던 음식을 갈까마귀한테 나눠주었다.

막내가 말을 타고 좀 더 길을 가자, 시냇물이 졸졸 흐르고 있었다. 그런데 거기 연어 한 마리가 땅바닥 위에서 이리 펄떡 저리 펄떡 몸부림치며 물속으로 돌아가지 못해 안달하고 있는 게 아닌가.

"오, 친절하신 왕자님, 날 좀 도와 물속으로 넣어주십시오." 연어가 왕자에게 통사정했다. "그러면 왕자님이 큰 어려움에 처했을 때 제가 도와드리죠." 왕자는 이렇게 대꾸했다. "글쎄다, 네가 뭐 대단한 도움을 줄 수 있겠니? 하지만 거기 그렇게 누워 있는 모습이 안 되었구나. 그러다가는 목숨을 잃을 것 같아." 왕자는 연어를 살짝 밀어서 시냇물 속으로 넣어주었다.

그런 다음 오래오래 여행한 막내 왕자는 이윽고 늑대 한 마리를 만나게 되었다. 이 늑대는 어찌나 굶주렸던지, 길을 걷지도 못하고 온몸을 질질 끌면서 기고 있었다. 그러고는 왕자에게 말을 붙였다.

"친절하신 왕자님, 당신의 그 말을 저한테 주십시오. 전 너무너무 배가 고파서 이놈의 뱃가죽이 아주 등가죽에 가서 철썩 달라붙었답니다. 두 해씩이나 아무것도 먹질 못했거든요."

하지만 아셰파틀은 고개를 절레절레 흔들었다. "안 돼, 그럴 수는 없어. 처음엔 갈까마귀를 만나 먹을 것을 줘버렸고, 그 다음엔 연어를 만나 물속으로 돌아가도록 해주었는데, 이제 넌 내 말까지 달라고 하는구나. 하지만 그건 불가능해, 내가 타고 움직일 수가 없거든."

"압니다, 알아요, 왕자님. 그래도 저를 좀 도와주셔야 해요." 늑대가 징징댔다. "대신에 제 등에 올라타면 되잖아요. 왕자님이 정말 어려운 지경에 빠지면 제가 도와드릴게요."

"흠, 글쎄, 네가 뭘 그리 큰 도움을 주겠냐만, 그래, 네가 그렇게도 쫄쫄 굶었다고 하니 이 말을 먹어야지 어쩌겠니?" 그렇게 말한 다음 늑대가 말을 먹어치우자, 막내 왕자는 굴레를 가져다 늑대의 입에 재갈을 물리고 등에는 안장을 얹었다.

오랜만에 실컷 배를 채울 수 있었던 늑대는 어찌나 힘이 불끈불끈 치솟는지, 마치 등에 앉은 왕자가 아무것도 아닌 양, 날아가듯 뛰어가기 시작했다. 왕자는 그처럼 빠르게 달려본 적이 없었다.

"여기서 조금 더 가면 거인의 성이 나오니까 왕자님께 보여드리지요." 늑대가 말했다. 잠시 후에 둘은 정말 거인의 성에 이르렀고, 늑대가 다시 설명했다. "자, 봐요, 여기가 거인의 성이에요. 그리고 저 길 보세요, 거인이 돌덩어리로 둔갑시켜버린 왕자님의 여섯 형들, 그리고 그들의 신부 여섯이 저기 있답니다. 저 너머 보이는 게 성문이니까, 저리로 들어가세요."

"거길 감히 어떻게 들어가?" 왕자가 말했다. "거인이 날 죽일 텐데." 그러자 늑대가 답했다. "전혀 안 그래요. 저 성에 들어가면 어떤 공주를 만날 겁니다. 그리고 그 공주가 어떻게 해야 거인을 처치할 수 있는지 알려줄 거예요. 그러니까 공주의 말대로만 하면 됩니다."

그렇게 해서 아셰파틀은 성 안으로 들어갔는데, 말이야 바른 말이지 엄청 무서웠다. 성 안에 들어선 다음 막내 왕자는 마침 거인이 밖에 나가고 없다는 걸 알게 되었다. 그 대신 늑대의 말처럼 어느 방에 앉아 있는 공주를 보았다. 일찍이 막내 왕자가 본 적이 없는 숨이 막힐 것만 같은 미모였다.

"오, 하나님, 맙소사, 여길 어떻게 들어왔죠?" 왕자를 보자마자 깜짝 놀란 공주가 말했다. "당신은 이제 죽은 목숨이나 다름없어요. 여기 사는 거인에겐 심장이 없기 때문에 어느 누구도 그를 죽일 수 없거든요."

아세파틀은 가슴을 펴고 말했다. "하지만 기왕 여기까지 왔으니 한번 거인과 힘을 겨루어봐야 할 것 같은데요. 게다가 지금 돌로 변해서 밖에 서 있는 우리 형님들을 마법에서 풀어줄 수 있을지도 봐야 하겠고, 또, 공주님도 구해드릴 거예요." 그러자 공주가 대꾸했다. "아, 당신이 달아날 뜻이 없다면, 우리 함께 최선을 다해봐야겠군요. 우선 여기 침대 밑으로 기어들어가세요. 그리고 내가 거인과 이야기할 때 그가 뭐라고 하는지, 귀를 세우고 들어야 해요. 아, 그리고 숨소리도 내지 말고 쥐 죽은 듯이 가만있어야 하고요."

그래서 막내 왕자는 침대 밑으로 기어들어갔다. 곧이어 거인이 돌아왔다. "윽, 이 방에서 웬 기독교인의 피 냄새가 나는 거지?" 거인이 소리쳤다. "네, 까치 한 마리가 사람의 뼈를 물고 집 위로 날아와선 그걸 굴뚝 안으로 떨어뜨렸지 뭐예요." 공주가 둘러댔다. "내가 뼈를 급급히 밖으로 내던졌지만, 냄새는 그렇게 빨리 없어지지 않는가보죠." 그러자 거인은 더 이상 그 이야기를 하지 않았고, 저녁이 깊어지자 둘은 침실로 갔다.

한동안 누워 있던 공주가 입을 열었다. "이런 걸 물어봐도 괜찮을지 모르지만, 당신한테 무지무지하게 물어보고 싶었던 게 한 가지 있어요."

"음? 그게 대체 뭘까?" 거인이 물었다. "당신은 심장을 갖고 다니질 않는데, 그럼 당신 심장은 어디에 있는 거죠? 너무너무 알고 싶어요." 공주가 물었다.

"아, 그런 건 당신이 알 필요 없어." 거인이 대수롭잖게 답했다. "하지만 꼭 알아야 한다면 말해주지. 내 심장은 우리 대문 밖 석판 아래에 있어."

"아하," 침대 밑에 숨어 있던 아셰파틀이 중얼거렸다. "그래, 네 심장이 정말 거기 있는지 곧 밝혀질 테니 두고보자고."

다음날 아침 거인은 일찌감치 일어나 숲을 향해 떠났고, 그의 모습이 보이지 않게 되자 막내 왕자와 공주는 대문 밖 석판을 들치고 거인의 심장을 찾았다.

그러나 아무리 주변 땅까지 파헤치고 찾아봤지만 아무것도 보이지 않았다. "좋아, 이번엔 날 바보로 만들었다 이거지," 공주가 말했다. "하지만 다시 시도해볼 거야." 공주는 눈에 띄는 아주 예쁜 꽃들을 모조리 꺾어다가 석판 위에 전부 흩뿌려놓은 다음, 석판을 다시 제자리에 놔두었다.

거인이 돌아올 시간이 되자 막내 왕자는 침대 밑으로 들어갔다. 그가 제대로 몸을 숨기기가 무섭게 거인이 들어왔다.

"이크, 이 방에서 웬 기독교인의 피 냄새가 나는구면?" 거인은 다시 외마디 소리를 질렀다. "그러게요, 까치 한 마리가 우리 집 위로 날아와서 물고 있던 인간의 뼈를 굴뚝 안에 떨어뜨리더라고요."공주가 말했다. "그래서 내가 재빨리 그걸 치웠지만 냄새는 곧장 없어지지 않은 모양이네요." 거인은 더는 묻지 않았다.

그러나 잠시 후 그는 대문 밖 석판에 꽃을 뿌려놓은 게 누구냐고 물었다. "아, 그거야 물론 내가 뿌려놓았죠." 공주가 대답했다. "그래, 무슨 뜻으로 꽃을 흩뿌린 거지?" 거인이 다시 물었다. "아, 그거야, 내가 당신을 무척 좋아한다는 건 당신도 알잖아요. 그런데 당신의 심장이 그 아래 있다는 걸 알고는 꽃을 뿌려놓지 않을 수가 없었단 말이에요."

"아하, 그랬었군! 하지만 사실 내 심장은 거기 있는 게 아냐."

밤이 깊어 그들이 침실에 들자, 공주는 거인에게 심장이 어디 있느냐고 다시 물었다. 당신을 너무 좋아하기 때문에 꼭 알고 싶은 거죠, 하면서. 그러자 거인이 대답했다. "아, 내 심장은 저기 벽에 붙은 찬장 위에 있어." 옳거니, 우리가 찾아낼 거다, 막내 왕자와 공주는 다

같이 속으로 무릎을 쳤다.

이튿날 아침 거인은 일찍이 일어나 다시 숲속으로 들어갔다. 그의 모습이 사라졌는가 싶었는데, 공주와 막내 왕자는 곧바로 거인의 심장을 찾아 찬장의 안팎을 뒤지기 시작했다.

하지만 아무리 들여다보고 쳐다보고 내려다보고 찾아봤지만 심장은 없었다. "흠, 한 번 더 노력을 해봐야겠네요." 공주가 말했다. 그러면서 찬장 주위로 꽃이며 화환들을 걸어놓았다.

해가 기울고 아세파틀은 다시 침대 밑에 몸을 숨겼다. 오래지 않아 거인이 돌아왔다. "윽, 윽, 아이고, 기독교인의 피 냄새가 또 나네!"

"그러게 말이죠, 조금 전에 까지 한 마리가 여기로 날아와선 사람 뼈를 굴뚝 안에 던져버리더라고요." 공주가 말했다. "내가 부지런히 그걸 내다버렸지만, 여전히 냄새가 안 빠졌나보네요." 이 말을 들은 거인은 더 캐묻지 않았다.

그런데 찬장이 꽃과 화환으로 장식되어 있는 걸 본 거인은 누가 그랬는지 물었다. 그거야 물론 공주였다. "하지만 무슨 뜻으로 그딴 바보 같은 짓을 한 게지?" 거인이 물었다. "아, 뭐, 그거야, 내가 당신을 좋아하니까 그렇지." 공주가 짐짓 답했다. "당신 심장이 거기 있다는 걸 아는데 내가 어떻게 안 그럴 수 있어요?"

"아이구, 나, 참, 그런 말을 믿다니 정말 바보로군!" 거인이 웃었다. "에이, 당신이 그렇다고 말하는데 어떻게 안 믿을 수가 있겠어요?" 공주가 대꾸했다. "아이고, 당신 참 바보로구나." 거인이 말했다. "내 심장이 있는 곳은 당신이 절대로 갈 수 없는 곳이라고!"

"아, 그렇구나. 하지만 어찌 되었건 그게 어디 있는지는 꼭 알고 싶다고요."

그리하여 거인은 더는 거절할 수가 없어서 이렇게 알려주고 말았다. "저 멀리, 멀리 어떤 호수 안에 섬이 하나 있어. 그 섬에 교회가 하나 서 있고. 그 교회 안에 우물이 하나 있거든. 그 우물 속에 오리 한 마리가 헤엄을 치고 다녀. 그 오리 몸속에 알이 한 개 있는데 말이지, 그 알 속에 내 심장이 있다고."

다음날 아침 해가 채 뜨기도 전에 거인은 또 숲을 향해 떠났다. "자, 나도 일찌감치 출발하는 게 좋겠군." 막내 왕자가 마음을 다졌다. "그나저나 가는 길이라도 알 수 있다면 좋으련만."

그가 잠시 공주와 작별을 고하고 성 밖으로 나오자 늑대가 여전히 그를 기다리고 있었다. 왕자는 늑대에게 성 안에서 벌어졌던 일을 다 말해주고 이젠 그 교회에 있는 우물을 찾으러 갈 거라고 하면서 탄식했다. 하지만 어떻게 찾아가야 할지 전혀 알 수가 없으니!

늑대는 그에게 자기 등에 올라타라고 말한 다음 자신이 반드시 길을 한번 찾아보겠노라고 약속했다. 그래서 둘은 휘파람소리를 내며 쌩쌩 불어제치는 바람을 뚫고 언덕과 산을 넘어 너른 들판과 계곡들을 지나갔다.

여러 날을 그렇게 내달린 다음에야 그들은 마침내 그 호수에 이르 렀다. 왕자는 어떻게 호수를 건널지, 묘안이 떠오르지 않았다. 하지만 늑대가 그에게 두려워하지만 않으면 괜찮다고 말하면서, 왕자를 등에 태우고는 호수로 첨벙 뛰어들어 섬을 향하여 헤엄치기 시작했다.

이윽고 거인이 말한 교회에 도착하자 교회 문을 열 수 있는 열쇠가 보였다. 그러나 열쇠는 저 멀리, 높이, 높이, 교회 뾰족탑에 걸려 있 었다.

막내 왕자는 어떻게 해야 열쇠를 손에 넣을 수 있을지, 방도가 생 각나지 않았다. 바로 그때 늑대가 말했다. "갈까마귀를 불러야 할 것 같은데요?"

왕자는 자기 이마를 탁, 때리며 갈까마귀를 불렀다. 그러자 금세 나타난 갈까마귀는 뾰족탑으로 날아올라 열쇠를 가져다주었고, 왕자 는 교회 안으로 들어갈 수 있었다.

그가 우물로 다가가 보니, 아니나 다를까, 거기 오리가 있었다. 거 인의 말대로 오리는 우물에서 헤엄치고 있었다. 왕자는 오리를 부르 고, 부르고, 또 불렀으며, 가까스로 자신에게 다가오게 만들어 오리를 꽉 붙들었다.

그런데, 이게 웬 일, 오리를 물 밖으로 들어 올리려고 하는 순간, 오리는 알을 우물 속으로 떨어뜨려버리는 게 아닌가! 낭패였다. 아셰 파틀은 어떻게 알을 건져낼지 생각이 나지 않았다. 그때 늑대가 거들었다.

"연어를 부르는 게 좋겠어요."

늑대의 충고대로 왕자는 연어를 불렀고, 금세 나타난 연어는 우물 바닥에서 알을 건져내 갖다 주었다.

그러자 늑대는 알을 꾸욱 눌러보라고 했다. 막내 왕자가 알을 꾹 누르는 순간, 거인의 비명이 들려왔다. "한 번 더 꾹 눌러요." 늑대가 재촉했다. 왕자가 그렇게 하자, 거인은 한층 더 불쌍하게 비명을 올리며 제발 목숨을 살려달라고 간절하게 빌었다. 왕자님이 제 심장을 자꾸 눌러 산산조각 내지만 않으신다면, 왕자님이 원하는 것은 뭐든 다 들어주겠습니다!

"저 거인한테 말하세요. 자기가 돌로 만들어버린 왕자님의 여섯 형과 그 신부들을 다시 살려낸다면, 목숨은 붙어 있도록 해주겠다고 말입니다."

늑대가 말한 대로 막내 왕자는 거인에게 통보했다. 물론입죠, 당장 그렇게 하겠습니다. 거인은 그렇게 답하고 곧장 여섯 왕자와 여섯 신부를 다시 살려냈다.

그러자 늑대는 재빨리 말했다. "자, 이제 그 알을 꾹 눌러서 산산조각 내버리세요!" 막내 왕자가 두 손으로 알을 눌러 납작하게 만들자, 거인은 펑, 터져버렸다.

그렇게 거인을 처치한 다음, 아셰파틀은 친구 늑대의 등에 올라타고 거인의 성으로 되돌아왔다. 거기엔 그의 여섯 형들과 신부들이 모두 되살아나, 그를 기다리고 있었다. 막내는 자신의 신부를 데려오기 위해서 산 속으로 들어갔다.

이후 일곱 쌍은 모두 부왕의 궁전을 향해 출발했다. 일곱 왕자가 빠짐없이 신붓감을 데리고 돌아왔을 때 부왕은 얼마나 기뻤을까, 굳이 말할 필요도 없으리라.

"하지만 너희들 중에서 특히 사랑스러운 공주는 바로 아셰파틀의 신부일 터이니," 왕이 웃으며 말했다. "막내가 공주와 함께 오늘 만찬의 상석에 앉도록 하라!"

이어 왕자님들의 혼례가 성대히 이루어졌고, 왕이 베푼 진수성찬의 축하연은 여러 날 동안 계속되었다. 그것으로도 잔치가 다 끝나지 않았다면, 글쎄, 그들은 지금도 떠들썩한 파티를 즐기고 있을 것이다.

노르딕 환상동화의 다양한 출처에 대해서

이 책에 실린 이야기들은 19세기 후반부터 20세기 초반 사이에 수집되고, 번역되고, 출간되었다. 그 이야기들은 아래의 저작물로부터 발췌한 것으로, 이 작품들은 지적재산권 등에 상관없이 누구나 사용할 수 있는 공공영역(public domain)에 속해 있음을 알려둔다. 특히 〈Yule-Tide Stories〉에 실린 이야기들은 원래 Carit Etlar의 〈Eventyr og Folkesagen fra Jylland, forfalte af Carit Etlar, Kjöb〉의 일부로 출간되었다. 그리고 〈Mighty Mikko〉에 나오는 이야기들은 다양한 원전으로부터 번역되었지만, 저자는 그 출처를 일일이 밝히지 않고 있다.

Jón Arnason 작 〈Icelandic Legends〉 (번역 George E. J. Powell과 Eiríkur Magnússon) London: Richard Bentley, 1864.

P. Ch. Asbjörnson 작 〈Christmas Fireside Stories or Round the Yule Log: Norwegian Folk and Fairy Tales〉 (번역 H. L. Brækstad) London and Edinburgh: Sampson Low, Marston & Company, Limited, 1919.

P. Ch. Asbjörnson 작 〈Tales from the Fjeld: A Series of Popular Tales from the Norse〉 (번역 Sir George Dasent, D.C.L) London: Gibbings & Company Limited, New York: G.P. Putnam's Sons, 1896.

Baron G. Djurklou 작 〈Fairy Tales from the Swedish〉 (번역 H. L. Brækstad). London: William Heinemann, 1901.

Parker Fillmore 작 〈Mighty Mikko: A Book of Finnish Fairy Tales and Folk Tales〉 New York: Harcourt, Brace and Company, 1922.

Jonas Lie 작 〈Weird Tales from Northern Seas〉 (번역 R. Nisbet Bain) London: Kegan Paul, Trench, Trubner & Co. Ltd., 1893.

Benjamin Thorpe 편집 〈Yule-Tide Stories: A Collection of Scandinavian and North German Popular Tales and Traditions from the Swedish, Danish, and German〉 London: George Bell & Sons, 1910.

각 동화의 원전

내 재산 몽땅, 내 재산 몽땅!
Baron G. Djurklou의 〈Fairy Tales from the Swedish〉에서 (번역 H. L. Brækstad)

난 두려움이 뭔지 몰라!
Jón Arnason의 〈Icelandic Legends〉에서 (George E. J. Powell과 Eiríkur Magnússon 공역)

죽음과 의사
P. Ch. Asbjörnson의 〈Tales from the Fjeld: A Series of Popular Tales from the Norse〉에서 (번역 Sir George Dasent, D.C.L)

햇님의 동쪽, 달님의 서쪽
P. Ch. Asbjörnson의 〈Christmas Fireside Stories or Round the Yule Log: Norwegian Folk and Fairy Tales〉에서 (번역 H. L. Brækstad)

숲속의 신부: 생쥐로 변한 공주 이야기
Parker Fillmore의 〈Mighty Mikko: A Book of Finnish Fairy Tales and Folk Tales〉에서

네 심장은 어디다 둔 거야?
P. Ch. Asbjörnson의 〈Christmas Fireside Stories or Round the Yule Log: Norwegian Folk and Fairy Tales〉에서 (번역 H. L. Brækstad)

요정들의 여왕, 힐두르
Jón Arnason의 〈Icelandic Legends〉에서 (George E. J. Powell과 Eiríkur Magnússon 공역)

정직한 한 푼
P. Ch. Asbjörnson의 〈Tales from the Fjeld: A Series of Popular Tales from the Norse〉에서 (번역 Sir George Dasent, D.C.L)

세홀름에서 온 뱃사람

Jonas Lie의 〈Weird Tales from Northern Seas〉에서 (번역 R. Nisbet Bain)

마법사의 제자

Benjamin Thorpe가 편집한 〈Yule-Tide Stories〉에서

천하장사 미코: 가난한 나무꾼과 여우의 보은

Parker Fillmore의 〈Mighty Mikko〉에서

닉 영감과 소녀

Baron G. Djurklou의 〈Fairy Tales from the Swedish〉에서 (번역 H. L. Brækstad)

노파와 떠돌이

Baron G. Djurklou의 〈Fairy Tales from the Swedish〉에서 (번역 H. L. Brækstad)

톨러의 이웃사람들

Benjamin Thorpe가 편집한 〈Yule-Tide Stories〉에서

그의 진짜 신부: 일로나와 왕자 이야기

Parker Fillmore의 〈Mighty Mikko〉에서

세상만사 그런 거지, 뭐

P. Ch. Asbjörnson의 〈Tales from the Fjeld: A Series of Popular Tales from the Norse〉에서 (번역 Sir George Dasent, D.C.L)

과부의 아들

P. Ch. Asbjörnson의 〈Christmas Fireside Stories or Round the Yule Log: Norwegian Folk and Fairy Tales〉에서 (번역 H. L. Brækstad)

일러스트레이터 울라 타이넬은?

최근 떠오르는 북유럽 최고의 일러스트레이터이자 그래픽 디자이너. 주로 핀란드 수도 헬싱키에서 활동하고 있으며, 몽환적이고 감각적인 디자인으로 많은 이들의 사랑을 받는 아티스트다.

옮긴이 권기대는?

서울대 경제학과를 졸업하고 일찍이 1980년부터 뉴욕 월스트리트의 은행에서 근무했다. 그 길만 걸었더라면 부와 권력의 금수저를 누릴 수도 있었겠지만, 바보스럽게 그 기회를 버리고 유년기부터 그를 매혹했던 문화와 예술을 살고자 노력했다. 인도네시아와 호주를 거쳐 홍콩에 둥지를 틀고서는 다양한 문화 콘텐트의 국제교류를 업으로 삼기도 했다. 2005년에 귀국하여 이젠 다소곳이 '번역하고 책 만드는' 사람이 되어 있다.

고등학교 2학년 때 이미 에드거 앨런 포의 추리소설을 번역 발표한 적이 있는 그의 번역 활동은 영어, 독어, 불어를 아우르며, 그렇게 펴낸 작품이 어느덧 50종에 가깝다. 그가 옮긴 영어 서적으로는 베스트셀러 〈덩샤오핑 평전〉, 부커상 수상작 〈화이트 타이거〉, 한국학술원 우수도서 〈부와 빈곤의 역사〉, 〈우주 전쟁〉, 〈첼시의 신기한 카페로 오세요〉 등이 있다. 독일어 서적으로는 2019년 노벨 문학상 수상자 페터 한트케의 〈돈 후안〉, 쇼펜하우어의 〈이기는 대화법 38〉 등을 번역 출간했으며, 불어 도서로는 르노도상 수상작 〈살로테〉, 앙드레 지드의 소설 〈코리동〉 등을 펴냈다.

노르딕 환상 동화

초판 1쇄 인쇄 2019년 12월 16일
초판 1쇄 발행 2019년 12월 25일

그　　　림 울라 타이넬
옮 긴 이 권기대
펴 낸 이 권기대
펴 낸 곳 베가북스
총괄이사 배혜진
편　　집 강하나, 박석현
디 자 인 박숙희
마 케 팅 황명석, 연병선

출판등록 2004년 9월 22일 제2015-000046호
주　　소 (07269) 서울특별시 영등포구 양산로3길 9, 201호
주문 및 문의 (02)322-7241 팩스 (02)322-7242

ISBN 979-11-90242-23-3 03850

이 도서의 국립중앙도서관 출판예정도서목록(CIP)은 서지정보유통지원시스템 홈페이지(http://seoji.nl.go.kr)와
국가자료종합목록 구축시스템(http://kolis-net.nl.go.kr)에서 이용하실 수 있습니다. (CIP제어번호 : CIP2019048720)

※ 책값은 뒤표지에 있습니다.
※ 좋은 책을 만드는 것은 바로 독자 여러분입니다.
　베가북스는 독자 의견에 항상 귀를 기울입니다.
　베가북스의 문은 항상 열려 있습니다.
　원고 투고 또는 문의사항은 vega7241@naver.com으로
　보내주시기 바랍니다.

홈페이지 www.vegabooks.co.kr
블로그 http://blog.naver.com/vegabooks.do
인스타그램 @vegabooks　트위터 @VegaBooksCo　이메일 vegabooks@naver.com